Collection Fiction

W0393816

SHIELDS, Sharma. *Cassandre*
Titre original : *The Cassandra*

Traduction de Shakespeare p. 249-250 par Émile Monégu
Traduction de John Donne p. 280 par Aurélie Thiria-Meulemans

© EDLM, 2025, pour l'édition française.

ISBN : 978-2-373-05751-5
Dépôt légal : 1re édition, mai 2025

Couverture : Elena Vieillard
www.elenavieillard.fr

Les Éditions Aux forges de Vulcain
1 rue de la Montagne
77600 Bussy-Saint-Martin
www.auxforgesdevulcain.fr

Cassandre

SHARMA SHIELDS

Traduit de l'anglais (États-Unis)
par Élisabeth L. Guillerm

LES ÉDITIONS AUX FORGES DE VULCAIN

Pour Itha Anderson,
qui m'a adorée et m'a mise en garde.

« Le Columbia roule
à travers le désert,
impassible et indépendant...
... Le puissant fleuve passe, sans rien toucher,
Mais pas intouché. »

« Richland Dock, 2006 »,
Kathleen Flenniken, *Plume*

« Quand j'y repense maintenant, je me rends compte que c'était un pays libre mais que nous vivions derrière des barbelés à Hanford, tout cela pour protéger la gent féminine. Je sais qu'en ce qui concerne les femmes, Hanford pouvait soit nous émanciper, soit nous briser. »

Jane Jones Hutchins, employée de Hanford dans les années 1940, citée dans *Working on the Bomb: An Oral History of WWII Hanford*, par S. L. Sanger et Craig Wollner

« Maintenant, ai-je manqué le but ou l'ai-je atteint comme un habile archer ? Suis-je une fausse divinatrice qui va bavardant et frappant aux portes ? »

Cassandre, d'*Agamemnon* d'Eschyle (Orestie)

1944

POUR LIBÉRER LES HOMMES

J'étais à la merci de l'homme assis derrière le bureau. Il fallait qu'il voie mon avenir aussi clairement que moi. Il leva quatre doigts roses, son annulaire orné d'une grosse alliance dorée, et énuméra les qualités de la femme active idéale :

– Chaste. Volontaire. Intelligente. Silencieuse.

J'avalai ses mots et me forçai à les intégrer dans ma chair et dans mon sang. Je croisai mes chevilles et joignis mes genoux, me transformant en femme parfaite.

L'homme m'observa avec fierté, comme si je lui appartenais.

– Honnêtement, mademoiselle Groves, vous êtes la meilleure dactylographe que nous ayons interviewée. Votre rapidité et votre efficacité sont admirables.

Je me redressai et souris.

– Ils m'appellent l'élève modèle, à l'école de secrétariat d'Omak, lui dis-je.

– Vous êtes plutôt jolie, vous savez ?

– Merci. C'est très aimable à vous.

– Un peu forte. Un tantinet plus potelée que d'autres. Mais un assez beau visage, assura-t-il en lissant le dossier sur son bureau. Il y a un bon stock de maris potentiels à Hanford, mademoiselle Groves. Vous aurez l'embarras du choix en matière d'hommes.

Sur mes genoux, mes mains se mirent à trembler comme des souriceaux agités. Des mains si belles, si stupides. *Allons, calmez-vous, petites sauvages.* Je me concentrai sur le visage bruni par le soleil de l'homme face à moi. Il me rappelait celui d'un lombric, lisse, rond, aux lèvres fines. Il était beau, pour un lombric. Ou c'était un beau lombric. Si je louchais ne serait-ce qu'un tout petit peu, sa tête se brouillait en une tache rose et ovale.

Nous nous trouvions dans un simple bureau de recrutement de ma ville natale, Omak, dans l'État de Washington. Tout le comté d'Okanogan était en effervescence depuis que des postes étaient à pourvoir à Hanford. Il s'était passé la même chose lors de la construction du barrage de Grand Coulee. Nous étions des patriotes. Prêts à nous lancer dans n'importe quelle entreprise. *Hommes et femmes, contribuez à la victoire ! Venez travailler à Hanford !* nous exhortait l'*Omak-Okanogan Chronicle*, le journal du comté. J'avais découpé l'article et l'avais plié dans mon portefeuille, loin du regard indiscret de Mère. J'étais venue en cachette et ce secret me ravissait. Des frissons parcoururent mes avant-bras. Je les frottai pour empêcher ma chair de jeune fille de se transformer en peau de serpent.

La pièce était d'une propreté impeccable, avec des murs en lambris beige, un plancher de pin et de simples rideaux bleus. Une affiche de guerre était accrochée derrière la tête de lombric du recruteur.

Elle représentait une jeune femme séduisante, vêtue d'un uniforme, les lèvres d'un rouge écarlate, le menton fièrement relevé, le regard vif et décidé, le bleu de ses yeux mis en valeur par le drapeau américain qui flottait derrière elle.

Son assurance me parlait. *Je suis là, Mildred. Je peux t'aider.*

Je lui souris. *Je suis là, moi aussi. Pour toi. Pour vous tous.*

Quelle chance nous avons, disaient ses yeux. *Si quelqu'un peut nous sauver, c'est bien toi.*

Au-dessus de son portrait, je pouvais lire :

POUR LIBÉRER LES HOMMES
Aujourd'hui, engagez-vous dans les WAVES[1] !
« La Nation vous en sera reconnaissante lorsque nous serons victorieux »

Pour ma part, je ne m'apprêtais pas à rejoindre les WAVES, mais la force civile, le Women's Army Corps – le WAC –, dont le travail à Hanford était tout aussi essentiel à l'effort de guerre. De la femme de l'affiche, je partageais le courageux dévouement. Je me mis à l'imiter, relevant le menton avec la même fierté et arquant mes sourcils d'une manière que j'imaginais pleine de grâce. Je voulais montrer au recruteur que j'étais aussi sérieuse et déterminée qu'elle à me jeter dans la mêlée.

– Vous êtes agitée, remarqua-t-il en souriant d'un air inquiet. Êtes-vous mal à l'aise ?

---

1. Branche féminine de la Navy Reserve, la réserve des volontaires de la Marine. (N.D.T.)

Je lui assurai que j'allais parfaitement bien, que j'étais simplement enthousiaste, et je baissai les yeux. Je portais mon seul beau chemisier, bleu myosotis, ainsi qu'une vieille jupe de laine brune. Les chaussures étaient celles de Mère et elles me serraient les pieds. J'avais décidé qu'un jour, j'achèterais une paire de chaussures à talons compensés. J'avais entouré un modèle noir que j'aimais beaucoup dans le catalogue de Noël de Sears. Quand Mère était tombée sur cette page, elle m'avait grondée pour l'avoir marquée à l'encre.

Un jour, dans le centre-ville de Spokane, après avoir rendu visite à des cousins, j'avais vu l'actrice Susan Peters qui marchait dans la rue en portant ce genre de chaussures. Je lui avais adressé un signe de la main et elle m'avait saluée elle aussi, comme si nous étions de très bonnes amies. J'aurais voulu lui parler, mais Martha, ma grande sœur, m'avait tirée en arrière en me faisant remarquer que je me comportais comme une admiratrice écervelée et qu'il valait mieux que je me calme avant de faire quelque chose que nous regretterions toutes les deux.

– Ne me fais pas honte, comporte-toi normalement, pour une fois, avait-elle pesté.

Le recruteur se racla la gorge, aligna ses papiers sur son bureau et poursuivit sa description du complexe de Hanford. Intérieurement, je me maudis de rêvasser ainsi. Réprimant l'envie de me mettre une claque, je me penchai en avant et croisai les bras, espérant ainsi donner l'image d'une jeune femme alerte et intelligente.

– Hanford est une merveille. Une superficie de près de vingt mille hectares, sur la rive du fleuve Columbia. Nous avons commencé la construction l'année dernière et nous en voyons déjà la fin, ce qui est un vrai miracle, il faut bien le dire. Vous comprendrez quand vous verrez la taille des bâtiments. D'énormes blocs de béton. À côté de ça, le palais de justice du comté d'Okanogan ne paraît pas plus grand qu'une boîte à chaussures. Nous avons fait venir plus de quarante mille ouvriers au campement de Hanford, alors croyez-moi quand je vous dis que vous aurez l'embarras du choix en matière d'hommes.

Il m'adressa un clin d'œil, et je lui répondis par un hochement de tête reconnaissant.

– Le travail là-bas est top secret, reprit-il. Honnêtement, je ne sais pas exactement ce qui s'y passe – gardez ça pour vous –, mais tout le monde affirme que c'est ce qui nous fera gagner la guerre. Je sais qu'un général américain haut placé est impliqué, tout comme certains des meilleurs scientifiques du monde. La construction est supervisée par l'entreprise DuPont. Mais même ce genre de détails doit rester top secret, mademoiselle Groves.

Il me tendit une fiche d'informations que je lus avec attention, gardant le dos droit et le menton légèrement relevé pour éviter, comme aimait persifler ma sœur, de faire ressortir mon double menton.

> Hébergeant près de cinquante mille travailleurs, le complexe de Hanford est désormais la troisième plus grande ville de l'État de Washington :

8 salles à manger
110 baraquements pour les hommes (chacun pour 190 personnes)
57 baraquements pour les femmes
21 baraquements pour les hommes nègres
7 baraquements pour les femmes nègres
Plus des baraquements familiaux et des caravanes
Total : 1 175 bâtiments pour le logement et le travail

Nous sommes nombreux, alors rappelez-vous : les bavardages insouciants servent l'intérêt de l'ennemi, fermons nos clapets !

– C'est un projet audacieux, fis-je observer. Ce serait un honneur d'y travailler.

Il sourit, faisant apparaître des rides sur son visage.

– En ce qui concerne votre candidature, je n'ai pas beaucoup de réserves, mademoiselle Groves. Vos antécédents sont impeccables. Vous avez signé la déclaration de confidentialité. Notre seule préoccupation concerne votre questionnaire. Quelques-unes de vos réponses étaient… comment dirais-je ? Originales.

Pendant un instant, mon avenir s'assombrit. Je m'étais torturé l'esprit avec cette candidature. Je ne voyais pas ce qui pouvait clocher.

– Par exemple, dit-il en levant une feuille sous ses yeux, à la question concernant votre éventuelle expérience professionnelle pertinente, vous avez répondu : « Je me suis imaginée dans un nombre incalculable de métiers, certains difficiles, d'autres aisés, et je me voyais toujours faire un excellent travail, dans l'un ou l'autre cas. » Certains membres du comité ont trouvé cette réponse farfelue, mademoiselle Groves. Il aurait été préférable de vous contenter d'écrire « aucune expérience professionnelle pertinente ». Comme la plupart des femmes qui ont postulé, vous vous doutez bien.

– Oui, je comprends.

Je sentis ma paupière tressaillir violemment.

– Et puis, il y a aussi votre réponse à la question portant sur vos faiblesses, ajouta-t-il. Vous avez écrit, je cite : « J'ai commis une terrible erreur dans ma vie et elle me hante tous les jours. Quand je commets d'aussi graves erreurs, elles me tourmentent pendant longtemps. J'aimerais être capable de tourner la page plus rapidement. »

Retenant mon souffle, j'attendis la suite. Je songeai à Mère, au bruit de plongeon, de craquement d'os qui avait retenti lorsque je l'avais poussée dans la rivière depuis la berge. Je me demandai s'il pouvait voir son ombre vaciller sur mon visage, et entendre faiblement son cri étouffé.

– Pour finir, lorsqu'on vous a demandé si vous vouliez ajouter quelque chose, vous avez écrit : « Je souhaite simplement dire que je suis absolument convaincue d'être la personne qu'il vous faut pour ce poste. Je m'y suis vue avec une grande clarté. J'en ai également rêvé. Je sais pertinemment que vous m'engagerez. Je ne vous décevrai pas. »

Il releva sa tête lisse de lombric vers moi, ses sourcils grisonnants légèrement arqués. Il paraissait davantage amusé que perturbé.

– Je n'ai pas besoin de vous rappeler que nous avons besoin de travailleurs parfaitement sains d'esprit à ce poste, mademoiselle Groves. Des employés fiables et obéissants. Certains membres du comité ont pris votre assurance pour de l'arrogance. Et un ou deux hommes ont émis des doutes sur votre rationalité.

– L'école de secrétariat d'Omak nous a conseillé d'être franches et sûres de nous dans nos candidatures, monsieur. Si j'en ai trop fait, j'en suis désolée.

Le recruteur pencha la tête.

– Pour ma part, j'ai trouvé ça rafraîchissant. Vous devriez voir certaines des filles qui viennent ici, toutes nerveuses. Ça fait du bien de voir un peu d'assurance.

Je demeurai silencieuse, étirant mes lèvres en une moue censée exprimer compétence et humilité. Je savais que je n'avais pas à lui expliquer la vérité : j'avais bel et bien rêvé de Hanford, je m'étais vue là-bas. Lors d'un accès de somnambulisme, j'avais marché jusqu'à Eastside Park et m'étais réveillée brusquement derrière un bosquet de peupliers, sous les étoiles, tandis que le vent murmurait mon destin entre les branches. Cet homme allait m'engager parce que je l'avais vu, et mes visions se réalisaient toujours d'une façon ou d'une autre.

Comme s'il percevait ce souvenir, le visage du recruteur se crispa.

– Vous imaginez certainement les conséquences si des secrets étaient partagés avec des faibles d'esprit.

– Cela causerait la perte de notre Nation, monsieur, répondis-je gravement.

Son visage s'adoucit, formant comme un tas de boue rose et approbateur. J'avais fait bonne impression. Il s'enfonça dans son siège et sourit.

– En vérité, dit-il, quand j'ai lu vos réponses, je me suis dit : voilà enfin quelqu'un qui comprend les choses. Votre assurance dérange peut-être certains de mes collègues, mais en ces temps difficiles, il faut avoir du cran. Et attaquer ! Nous devrions bombarder ces Allemands et les réduire en bouillie, ne croyez-vous pas ?

– Oh, oui. Très certainement. Feu à volonté.

– Vous êtes une fille exceptionnelle, mademoiselle Groves, une dactylographe habile et une vraie patriote. Personne n'est mieux placé que moi pour juger le caractère de quelqu'un, et vu votre excellente réaction en personne, je suis heureux d'apposer un tampon d'approbation sur votre formulaire.

Il m'adressa un large sourire, avec des airs de généreux bienfaiteur.

– Je vous engage comme dactylographe à Hanford. Bienvenue au Women's Army Corps.

Je fermai les yeux un instant et pris une grande inspiration. Mes membres tremblaient sous le coup de l'euphorie.

– Oh, monsieur, lâchai-je en rouvrant les yeux. Je vous en suis tellement reconnaissante.

Je n'avais jamais mis le pied hors d'Omak, mais, à présent, j'allais devenir une élégante travailleuse à Hanford, me joignant à la lutte aux côtés des Alliés et œuvrant pour un monde meilleur. Les larmes me montèrent aux yeux, sans que je sache si je devais me pencher au-dessus du bureau pour lui serrer la main ou simplement rester assise, tremblante devant mon destin.

– Je suis ravie. Vous n'avez pas idée.

– Je dis toujours ceci aux jeunes gens qui passent par ici : « Gardez la tête haute. Vous êtes un héros. »

Il se releva gracieusement de son siège, comme s'il me montrait comment faire. Je me redressai, moi aussi, plus maladroitement.

– Gardez la tête haute, mademoiselle Groves. Les épaules en arrière, la poitrine en avant. Voilà, c'est ça. Enfin, presque. Bon, peu importe, ça fera l'affaire. Bien sûr, je ne peux pas vous donner les détails de votre travail, mais permettez-moi de vous dire que vous avez choisi une noble vocation. Les jeunes filles altruistes comme vous sont l'une des nombreuses raisons qui nous feront gagner cette guerre.

Au mot *altruistes*, j'entendis dans le silence stupéfait de mon esprit le rire sombre de Mère.

Il me tendit une liasse de documents introductifs ainsi qu'un coupon pour un billet de bus gratuit. Je les acceptai, laissant sa main chaude agripper mon coude. Il m'accompagna jusqu'à la porte et me relâcha.

– Un jour, vous rendrez un jeune homme très heureux, mademoiselle Groves. Les jeunes filles patriotes y parviennent toujours. Quoi que vous fassiez, gardez toujours cette innocence.

J'avais bien du mal à imaginer Mère et Martha entendre parler de moi en ces termes. Elles se seraient jetées sur le recruteur et l'auraient déchiqueté pour s'être aussi lourdement trompé sur mon compte.

– Je la garderai, assurai-je. C'est promis.

– Bien, vous êtes une bonne fille. Bonne chance.

Je quittai son bureau dans la peau d'une nouvelle femme, une WAC, une travailleuse, une patriote, une innocente altruiste, une guerrière prête à combattre.

Au cinéma

Sur le chemin du retour, je m'arrêtai au drugstore et m'achetai une bouteille de Coca-Cola et un tube de rouge à lèvres. Mère me donnait un peu d'argent de poche une fois par mois. J'avais presque tout dépensé avec ces emplettes, mais je n'allais plus avoir besoin de son argent, désormais ; j'allais bientôt gagner le mien. La vieille madame Brown, qui tenait la boutique, lorgna le tube de rouge à lèvres et grimaça.

– Une couleur de putain, lâcha-t-elle. Dis-moi que ce n'est pas pour toi, Mildred, ma chérie.

Je me rengorgeai.

– C'est un cadeau pour une amie.

– Tu ne devrais pas dépenser tes sous pour de telles futilités en temps de guerre. Dieu préfère les lèvres pâles. Tu ne voudrais pas donner des idées aux hommes.

J'ouvris mon portefeuille et comptai la monnaie.

– Merci, madame Brown.

– Prends bien soin de toi, chère petite. Salue ta mère de ma part.

Je bus mon Coca en marchant et cognai accidentellement le goulot contre mes incisives, ce qui fit vibrer ma tête.

J'ai oublié de dire au revoir à madame Brown.

Elle me houspillerait de partir ainsi, mais si je ne la revoyais jamais ?

Que tu es bête, Mildred ! Tu la reverras. Bien sûr que tu la reverras.

Je poursuivis mon chemin d'un pas sautillant. Il faisait agréablement chaud et sec et le Coca était froid et pétillant dans ma gorge. J'ouvris mes bras et tournai sur moi-même, juste une fois. Un tour de plus et je décollerais du trottoir, tourbillonnant dans le ciel brillant comme un diamant.

*

Omak était une petite ville nichée dans les contreforts des montagnes d'Okanogan. Pendant quelques mois, au printemps, c'était un très bel endroit, verdoyant et animé par le chant des oiseaux, mais les hivers étaient rudes et les étés encore plus, si secs qu'on avait l'impression d'inhaler des lames de couteau. Le Canada n'était pas très loin au nord. Hanford, avais-je appris, se trouvait à trois heures de route vers le sud, dans un lieu tout aussi aride. J'avais l'avantage d'être déjà habituée au climat ingrat du centre de l'État de Washington.

Les environs d'Omak étaient modestes, et notre rue ne faisait pas exception. Nous habitions le long de la route principale, qui était très fréquentée, dans une maison blanche entourée d'autres, aussi petites et simples qu'elle. Ce qui rendait la nôtre unique était son grand jardin dont Père, avant sa mort, s'occupait avec un soin maniaque. Pendant mon enfance, les alliums, les asters, les lupins et les échinacées proliféraient ; orientée au nord, la parcelle restait verte et dense pendant l'été, donnant fruits et légumes. Les week-ends, Père vendait des bulbes de ses nombreuses plantes vivaces avec une pancarte écrite à la main : *Bulbes, dix cents la douzaine*, et des voitures s'arrêtaient toute la journée pour en acheter. J'aimais m'asseoir pieds nus sur la pelouse et regarder les gens descendre de leurs véhicules, poussant souvent des exclamations de ravissement ou de jalousie devant la main verte de mon père.

Notre ville bordait la réserve indienne de Colville, qui rassemblait des tribus variées telles que les Nespelem, les Sanpoil et les Nez Percés. Notre région était surtout connue pour le rodéo annuel d'Omak et la *Suicide Race*, où les hommes poussaient les chevaux à dévaler les rives périlleuses de Suicide Hill, plonger dans la rivière Okanogan, puis galoper jusqu'à la ligne d'arrivée dans un sprint à mort. Notre voisine, Claire Pentz, était l'attachée de presse du rodéo. C'était elle qui avait lancé la *Suicide Race* en 1935. Elle disait s'être inspirée des courses d'endurance indiennes et la considérait comme un événement culturel. C'était exaltant de voir les chevaux mouillés galoper sur les cinq cents derniers mètres de la dernière ligne droite, mais, l'année qui avait précédé la mort de mon père, la course avait tué deux chevaux : l'un s'était brisé le cou et l'autre avait dû être abattu d'une balle dans la tête après s'être cassé une patte. Depuis, Mère refusait d'y assister.

Après cela, certains de nos voisins s'étaient mis à marmonner « c'est la barbarie des sauvages », mais Père leur rétorquait :

« Prenez-vous-en à Claire. C'est elle qui a créé cette compétition, tout ça pour que son rodéo rapporte plus d'argent. Et elle n'est pas Indienne. »

Mais je savais que, secrètement, il était toujours impatient d'assister à la course, et il était fier de la ténacité des hommes qui y participaient, bien qu'il n'aurait jamais chevauché de son plein gré sur Suicide Hill, ou même monté à cru, étant constitué de ce qu'il me décrivit un jour comme « des os délicats d'oiseau ».

En me voyant, personne ne pouvait me soupçonner d'avoir des os d'oiseau, mais j'étais certaine qu'il y en avait en pagaille dans mon corps tout entier, que mon cerveau et mon cœur étaient nichés dans un enchevêtrement d'ivoire qui cliquetait et claquait quand je me déplaçais trop rapidement. Plus jeune, je me coupais avec du papier et je pleurnichais dès que je soulevais quelque chose de trop lourd. Une insulte ordinaire – *fayotte, andouille, ringarde* – m'affligeait autant qu'un mal de dents pendant des jours entiers. Ma mère avait la coriacité d'un ours : constitution solide, dos large, ferme assurance. Ses cheveux, coupés au niveau de ses épaules, étaient d'un brun si foncé qu'ils avaient presque l'air noirs, et elle les laissait raides, sans les mises en plis qui étaient à la mode à l'époque. Elle avait beau se plaindre constamment, j'avais toujours eu l'impression que peu de choses pouvaient l'atteindre. Qu'il s'agisse d'insultes, d'erreurs, de la stupidité des autres, elle ne prenait jamais rien personnellement. La vie, supposais-je, devait être plus simple à vivre lorsqu'on était de nature impitoyable.

Cela n'a plus d'importance, maintenant, me dis-je en reportant mon attention dans cette rue ordinaire d'Omak par ce jour d'été si chaud. *Je m'en vais loin de tout ça. Je m'extrais de ma vieille mue pour devenir une autre version de moi-même, plus grande et meilleure.*

J'atteignis notre pelouse. Le fils du voisin l'avait tondue la veille. Elle avait l'air confortable et j'eus envie de m'étendre sur ses bandes vertes et uniformes pour savourer mon après-midi en paix. Mais Mère était là, assise sans bouger sur la terrasse couverte, emmitouflée dans une épaisse couverture.

– Oh, Mère, vous n'êtes pas bien ?

Elle toussa et s'emmitoufla un peu plus dans la couverture.

– J'ai attrapé la mort.

– Mère chérie, il fait plus de trente degrés, vous n'avez pas trop chaud ?

Elle me jeta un regard noir.

– Madame Brown vient d'appeler. Elle m'a dit que tu avais acheté un rouge à lèvres de putain. Elle m'a dit que je devais le savoir. La ville tout entière l'a entendu sur la ligne partagée[1].

– C'était un cadeau pour une amie. Je suis déjà allée le lui donner sur le chemin du retour. C'est son anniversaire.

– Tu n'as pas d'amies.

---

1. Ligne téléphonique commune à toute la ville, d'où la possibilité d'écouter les conversations de ses voisins. (N.D.T.)

C'était vrai : mes camarades de classe s'étaient montrées peu tolérantes avec moi, presque méchantes. À présent que j'étais plus âgée, que j'avais davantage confiance en moi et que je méritais peut-être une amie ou deux, j'étais seule avec Mère.

– C'était Allison, lui dis-je, me souvenant d'une fille du lycée aux cheveux chatoyants. Allison Granger, qui habite à un bloc au sud d'ici, et que j'ai revue au pique-nique de l'église. Trois hommes lui ont demandé sa main, trois ! Et elle a dit que c'était grâce à son rouge à lèvres.

Le visage de Mère se tordit en un rictus.

– Tu as une imagination diabolique, Mildred. Allison Granger habite à Airway Heights maintenant. J'ai vu sa mère, l'autre jour. Elle m'a dit qu'Allison était mariée à un lieutenant-colonel. Imagine à quel point *sa* mère doit être fière d'elle.

Je l'écoutai en silence, sans faire de commentaire.

– Oublie cela, acheva-t-elle en se tortillant dans sa couverture. Je ne me sens pas bien. J'ai attrapé la mort. Aide-moi à rentrer, Mildred, avant que je m'évanouisse.

– Vous avez besoin d'un verre d'eau froide. Enlevez donc cette couverture.

– Je n'ai jamais été aussi malade de ma vie. J'ai la tête qui tourne.

– Là, Mère, prenez mon bras.

– Mildred, tu es la fille la plus ingrate qui ait jamais existé.

– Voilà, Mère, prenez mon bras. Venez à l'intérieur, maintenant.

– Pourquoi est-ce que tu pleures ? Tu m'agaces.

Je ne pleurais pas, pas vraiment. Je laissais simplement mes émotions s'exprimer, et elles coulaient le long de mes joues comme de l'eau. La semaine suivante, je m'en irais, sans dire au revoir à Mère, ce dont je me sentais horriblement coupable, mais inutile de le lui révéler. Elle me contrôlait comme une marionnette. Elle lèverait le petit doigt et tirerait d'un coup sec sur la ficelle attachée à ma poitrine, et je pivoterais. Je resterais, haineuse.

Non, j'avais un plan : la veille de mon départ, je posterais une lettre à ma sœur, Martha. Elle la recevrait le jour suivant et il serait trop tard pour qu'elle puisse m'arrêter. Elle viendrait vérifier que Mère allait bien à contrecœur, je le sais, mais je m'étais occupée d'elle suffisamment longtemps. Il était temps pour moi de vivre ma propre vie. Elles pensaient que j'en étais incapable. Elles pensaient que j'étais mieux enfermée avec Mère, loin de toute véritable expérience personnelle. Pendant longtemps, rongée par la culpabilité après m'en être prise à elle, je l'avais cru moi aussi et j'avais servi Mère avec diligence. Je cuisinais, je faisais le ménage, je prenais soin d'elle, répondant à ses moindres besoins, même lorsque ses demandes devenaient ridicules.

J'en avais fait assez.

Je continuerais à prendre soin d'elle à présent, mais d'une autre façon. Je leur enverrais de l'argent chaque mois, plus d'argent qu'elles n'en avaient jamais vu de toute leur vie. Et lorsque je rencontrerais mon mari et aurais des enfants, je reviendrais leur rendre visite, et là, je présenterais des excuses à madame Brown pour être partie sans avoir dit au revoir, et elle m'en présenterait pour avoir été une telle cafteuse, et tout le monde serait très content de me revoir et tout irait bien. Mère serait dans tous ses états devant la beauté de nos enfants – ses petits-enfants ! – et elle me remercierait d'être devenue une jeune femme aussi responsable et indépendante. Et ma sœur, jalouse, dirait : *Pourquoi ton mari n'est-il pas vieux et chauve comme le mien, et pourquoi tes enfants sont-ils aussi gentils et généreux, contrairement aux miens ?* Je hausserais les épaules, je la prendrais dans mes bras et je lui dirais que peu importait, que je les aimais, elle, son mari vieux et chauve et leurs misérables enfants, et elle dirait : *Oh, Mildred, je t'aime aussi, et je t'admire.*

– J'ai besoin d'aller aux toilettes, déclara Mère bruyamment.

Je venais tout juste de l'installer sur le canapé avec sa couverture, ses oreillers et un verre d'eau froide.

– Tout de suite ? lui demandai-je.

– Non, la semaine prochaine, Einstein.

– D'accord, Mère. Allons-y. Reprenez mon bras.

– Tu es toujours en train de pleurer ? Toi et tes idées noires ! Tu me rends nerveuse. Qu'est-ce qui se passe dans ta cervelle de moineau ?

Au revoir, Mère !

J'attendis de l'autre côté de la porte qu'elle s'essuie et tire la chasse pour l'aider à retourner sur le canapé et lui préparer un bon déjeuner. Je couvris ma bouche de mes mains et tentai de ravaler ma joie. Les larmes étaient parties. Désormais, je débordais de joie.

Au revoir et au revoir et au revoir !

– Mildred, lança Mère d'un ton cassant. Pourquoi tu ricanes ? Viens m'aider à nettoyer. Doux Jésus, j'en ai mis partout.

Je m'efforçai de rester sérieuse. Je redressai les épaules et le menton, puis entrai pour aider ma pauvre mère.

*

Quelques matins plus tard, j'épinglai mon foulard autour de ma tête et enfilai, à nouveau, mon beau chemisier bleu et ma jupe en laine. Je descendis voir Mère une dernière fois.

– Vous vous sentez bien ? lui demandai-je.

Elle était étendue sur le canapé Davenport, un gant de toilette mouillé posé sur les yeux. Ses cheveux grisonnants étaient emmêlés autour de son visage et je notai intérieurement que je devrais les peigner une dernière fois avant de m'en aller.

– Je suis aux portes de la mort, répondit-elle. Mais à part ça, tout va bien.

– Vous avez mal à la tête ?

– Non, j'ai une écharde dans le pied.

Elle ôta le gant et me regarda, les yeux humides.

– Oui, j'ai mal à la tête, Mildred. Si tu étais une gentille fille, tu irais me chercher un cachet d'aspirine.

Je m'exécutai. Je portais les gants noirs que je mettais lorsque je conduisais et je craignis qu'elle fasse une réflexion en les voyant, mais elle prit l'aspirine sans commentaire.

– Attendez, je vais vous chercher un verre d'eau, dis-je.

– Je l'ai déjà avalé.

– Je vais vous en chercher un. Pour plus tard, si besoin.

– Mildred, tu sais que je déteste quand tu fais des choses inutiles pour moi.

– Pour plus tard, Mère.

Je n'aurais pas dû dire ce qui s'ensuivit. Je me sentais d'humeur espiègle.

– Je vais peut-être m'absenter un moment.

– Ne dis pas ça, me rabroua-t-elle en me regardant d'un air mi-paniqué, mi-railleur. Ne me dis pas que tu vas encore passer toute la journée au cinéma, à regarder le même film une demi-douzaine de fois ? Je vais refaire une crise cardiaque. Je déteste savoir que tu envies ces stupides starlettes.

– Mais non, Mère. Je vous le promets.

Je m'abstins de lui faire remarquer qu'elle n'avait jamais eu de crise cardiaque.

J'allai à la cuisine, lui remplis un verre d'eau et retournai le poser sur la table basse. *Au revoir, vieille table !* C'était sur ce meuble que j'avais un jour découpé des poupées en papier avec ma sœur. Martha s'émerveillait alors de ma précision. Elle m'avait demandé de l'aider, et j'avais été ravie de le faire. *Au revoir, jolis souvenirs !*

Je plaçai le verre d'eau suffisamment proche de Mère pour qu'elle puisse aisément l'attraper sans avoir à se redresser.

Bien, bien, pensai-je. *Je devrais peut-être lui donner quelque chose à manger, aussi ?*

Je me rendis au garde-manger, trouvai quelques crackers, en mis quelques-uns dans une assiette et la lui apportai. Elle observa tout cela sans rien dire, en boudant.

Le téléphone sonna. Mère apposa à nouveau le gant de toilette sur son visage et fit un signe dédaigneux de la main vers le bruit. J'allai décrocher.

– Mildred, m'apostropha ma sœur. Je suis furieuse. Ne bouge pas d'où tu es. Walter est parti chercher la voiture. Nous arrivons tout de suite.

– Oh, bonjour Martha, dis-je en maudissant intérieurement la promptitude des services postaux.

Je ne m'attendais pas à ce qu'ils livrent ma lettre si tôt.

– Ça me fait plaisir de t'entendre. Comment vont les enfants ?

J'entendis Mère grogner depuis le canapé.

– Ne joue pas les saintes nitouches, Mildred, m'avertit Martha. J'ai lu ton horrible lettre. Tu ne peux pas, tu ne peux tout simplement *pas* faire ça à Mère. C'est une femme âgée et elle est seule au monde. Et t'attendre à ce que je plaque tout pour elle, alors que j'ai des enfants, Mildred, alors que j'ai un mari ! C'est fou ! Je l'ai toujours dit, si seulement tu avais des enfants, si seulement tu avais un mari, tu comprendrais, tu saurais *parfaitement* ce que je veux dire.

Mère se redressa sur un coude et tourna la tête vers moi, le gant toujours étalé sur son visage.

– Dis à ta sœur que je peux l'entendre brailler depuis l'autre bout de la pièce. Elle me casse les oreilles. Dis-lui qu'elle ressemble à une banshee ivre.

– Marthie, Mère dit que tu ressembles à une banshee ivre.

– Donne-lui le téléphone, répondit ma sœur. Est-ce que tu l'as mise au courant ? Non, bien sûr que non. C'est tellement ton genre, de t'enfuir comme une lâche. Tu es la personne la plus lâche que je connaisse, Mildred. Passe-moi Mère. Elle te ramènera à la raison. Walter et moi allons tout de suite monter dans la voiture, avec les enfants, nous serons là dans vingt minutes à p...

– Mère, dis-je. Martha veut vous parler.

– Non. Absolument pas. Débrouille-toi avec elle, Mildred. Comme si je n'avais que ça à faire. Dis-lui que j'ai une terrible migraine.

– Elle ne veut pas, Martha. Elle a une terrible migraine. Je suis désolée. Et maintenant, je dois vraiment y aller.

Je jetai un coup d'œil à Mère, de nouveau détendue, étalée de tout son long sur le canapé, en train de grignoter un cracker.

– Je vais au cinéma. Je vais au cinéma pour un long moment. Au revoir, ma chérie.

– Tu ne le feras pas. J'en suis sûre. Tu es la personne la plus lâche que je connaisse, et aussi la plus irrésolue.

Je raccrochai, tremblante de soulagement.

J'embrassai Mère.

– Au revoir.

J'essayai de ne pas avoir l'air trop solennelle. Elle refusa d'enlever le gant de toilette, mais accepta mon baiser de bonne grâce.

– Tu vas pourrir ta cervelle de moineau avec ces films, Mildred.

Elle ne le dit pas si méchamment que cela. Ce n'était pas une mauvaise façon de la quitter.

Je sortis par la porte d'entrée, que je laissai ouverte pour Martha et Walter, même s'ils avaient leur propre clé, je descendis le perron en ciment et je récupérai ma petite valise, que j'avais cachée plus tôt ce matin sous le forsythia. Mon père était mort en l'élaguant – terrassé sur-le-champ par une foudroyante attaque –, mais il demeurait mon arbuste favori, d'une couleur vive au printemps et également maintenant, aux prémices de l'automne. Sous ses feuilles éclatantes, les branches ressemblaient aux bras fins de Père, tendus vers le ciel en signe de reddition. Quand j'étais très jeune, il m'avait un jour appelée « petit génie », mais Mère avait objecté. *Elle peut voir l'avenir, cette fille*, avait-il dit. Il avait raison. Mais elle lui avait dit qu'il n'y avait aucune place dans ce monde pour les femmes instruites et qu'il devrait s'abstenir d'encourager de telles inepties. *Voir l'avenir, ça n'apportera rien de bon à une femme*, avait-elle dit. *Cela ne fera que doubler ses peines*. Le forsythia s'agita dans la brise, comme pour effacer ce souvenir. Je m'éloignai de lui en hochant respectueusement la tête.

J'aimais sentir dans ma main la poignée de la valise, solide comme un plan bien exécuté. Je n'avais pris que le strict nécessaire : quelques vêtements, une vieille paire de bottes d'hiver, mes papiers, mon tube de rouge à lèvres et mon portefeuille. Il y avait aussi mon billet de bus. Je traversai la rue en toute hâte, en direction de la gare. Je n'avais que quelques minutes pour m'y rendre. Je ne pouvais pas être en retard.

Martha se trompait : je n'avais jamais été aussi résolue de toute ma vie.

Femmes parfaites

– Je m'appelle Bethesda Green, dit la jeune femme alors que le bus démarrait.

Elle me tendit sa main.

– Tu peux m'appeler Beth.

– Mildred Groves, dis-je en touchant ses doigts. Je suis dactylo.

– Infirmière, répondit-elle en se désignant.

Elle cala son adorable tête contre le vinyle vert du siège et me sourit gentiment.

– Tu me fais penser à ma petite sœur, mon Annie. Je sens que nous allons être de très bonnes amies.

– Oh, oui, ce serait merveilleux.

C'était le meilleur des présages, de rencontrer une amie aussi rapidement. Quelques instants plus tôt, j'avais trébuché sur les marches en me précipitant dans le bus et m'étais effondrée dans l'allée. De bruyants rires masculins avaient éclaté et, en me redressant, j'avais vu les visages moqueurs et anguleux de dizaines d'hommes. L'un d'entre eux s'était penché vers moi, la main tendue.

– Tout va bien, mademoiselle ? Quelle chute. Je présume que vous n'êtes pas une très bonne danseuse.

Je m'étais instinctivement écartée, alarmée par la forte odeur d'oignon qui émanait de son haleine.

– Je vais bien, lui avais-je répondu. Je dois m'asseoir.

J'avais regardé désespérément autour de moi à la recherche d'un visage plus amical et j'en avais vu un plus loin dans l'allée, joli et gentil, qui me retournait paisiblement mon regard. J'avais été soulagée en voyant la jeune femme se décaler et tapoter le siège à côté d'elle, comme si elle m'attendait depuis tout ce temps. Deux autres femmes avaient choisi les sièges juste devant nous. Toutes les quatre, nous formions un radeau précaire au milieu de cet océan d'hommes.

– Tu as des cheveux magnifiques, dis-je à Beth.

Elle toucha ses pointes auburn et sourit.

– Tu es une âme douce, Milly. Exactement comme l'était mon Annie. L'une des rares personnes à être franches.

– Où est Annie à présent ? demandai-je.

Bethesda porta sa main au col montant de sa robe pour l'ajuster.

– Elle est morte quand elle avait douze ans.

Son visage devint très froid, et je pus presque voir Annie flotter à côté d'elle comme un ballon dégonflé.

– Je suis vraiment désolée, lâchai-je.

Beth s'extirpa de sa transe. Elle passa son bras dans le mien, de sorte que nos coudes formèrent un bretzel bosselé.

– Tu me fais vraiment penser à elle. Ce sont les yeux, je pense. Tristes et grands. Écoute, une fois à Hanford, on ne se quittera pas d'une semelle.

Nous irons ensemble au réfectoire, au pub, chez le coiffeur, *partout*. Nous allons passer des moments merveilleux. Tu seras les petits pois et moi les carottes.

– C'est merveilleux, soufflai-je. J'ai bien besoin d'une amie.

– N'est-ce pas le cas de tout le monde ? dit-elle avant d'éclater de rire.

Ce n'était pas comme si je n'avais jamais connu d'amitiés auparavant, mais elles avaient été rares et brèves. Il y avait eu Melanie Bright, l'unijambiste, à l'école élémentaire, dont les chemisiers étaient toujours froissés, qui attrapait des grenouilles avec moi dans le lac jusqu'à ce que j'écrase accidentellement l'une des siennes avec un caillou et qu'elle me donne un coup de poing sur le nez. Elle pensait que je l'avais fait exprès et impossible de la convaincre du contraire. Puis il y avait eu Junie Anderson, en cours de maths, qui rentrait parfois avec moi à la maison pour jouer aux poupées en papier, du moins jusqu'à ce que je prédise la mort de sa mère. *Ce sera dans un accident de voiture.* J'étais certaine que cela arriverait un mercredi soir pluvieux, même si je n'étais pas sûre du mois. Je refusais de changer de sujet et insistais, même lorsqu'elle m'ordonnait de la fermer. J'essayais juste de l'avertir. Furieuse, elle avait fini par prendre une paire de ciseaux, couper les têtes de toutes mes poupées en papier, même celles dessinées par la main assurée de sa mère, et avait refusé de m'adresser à nouveau la parole ou même de me regarder en cours de maths. Quand sa mère était morte un an plus tard, tuée au cours d'une nuit pluvieuse dans un horrible accident impliquant trois véhicules, j'étais persuadée que nous pourrions à nouveau être amies, mais sa haine n'avait fait que s'amplifier. Sa mère était morte un jeudi. Je m'étais trompée sur ce point, après tout.

J'avais également été amie avec quelques filles au lycée, mais elles semblaient toutes tellement plus malignes que moi, et aussi d'une certaine façon plus stupides. Je faisais des rêves sur chacune d'entre elles. Parfois, c'étaient des visions de leur avenir, qui me venaient alors même que j'étais en train de leur parler du cours de latin du jour. Je perdais subitement connaissance et retrouvais mes esprits étendue par terre, balbutiant de manière incohérente sur leur future maladie ou leur bébé mort-né, pendant que tout le monde criait de me laisser de l'espace parce que j'avais encore eu une de mes vilaines crises. Les visions les plus terrifiantes avaient lieu pendant mon sommeil. Je me réveillais généralement en train de patauger dans l'Okanogan après avoir erré sur près d'un kilomètre depuis la maison, les mollets gelés. Dans mes cauchemars, ces filles étaient devenues des femmes. Elles s'étaient mariées trop jeunes, s'étaient lassées de leurs maris, souffraient d'étranges maladies, battaient leurs enfants ou restaient alitées toute la journée en pleurant et en se demandant ce qui n'allait pas chez elles. Une seule d'entre elles semblait avoir une vie heureuse, un mari aimant et des fils adorables, mais je voyais pour elle une mort solitaire et douloureuse, dans une maison de retraite où les aides-soignantes étaient brutales et haineuses, sans aucune famille à proximité pour veiller sur elle. J'avertissais tout le monde de ce qui les attendait, mais mon insistance avait fini par les effrayer.

Laisse-nous tranquilles, Mildred la folle. Inquiète-toi de ton sort, pour changer.

J'étais bel et bien inquiète. J'étais inquiète pour nous toutes.

Mon père avait remarqué mon désespoir. Il aimait me rappeler :

– Ma' Ingrid était comme toi, Mildred. Une *Wahrsagerin*, c'est comme ça qu'elle se désignait. Une voyante. En grandissant, tu apprendras à tenir ta langue.

Mère, en entendant de tels propos, levait les yeux de sa broderie et fronçait les sourcils :

– Ingrid a toujours été difficile. Toute la ville l'appelait *Hexe*. Certains avaient peur d'elle. Je l'ai toujours trouvée péremptoire et stupide.

Je me rappelais grand-mère Ingrid, cette immense créature semblable à un ours, qui ne me paraissait pas stupide du tout, mais impressionnante, voire terrifiante. Elle ne parlait que l'allemand. Sa seule fréquentation était une femme de l'Okanagan, une Indienne syilx. Chaque matin, elles se rendaient tour à tour dans la cahute de l'une ou de l'autre pour jouer aux cartes, généralement au rami, et elles communiquaient par de brefs grognements en allemand ou en salish. Elles semblaient parfaitement se comprendre. Je n'ai presque jamais vu grand-mère sourire, sauf quand elle gagnait. Là, elle jubilait devant son amie, se levait cérémonieusement de sa chaise et dansait un *Schuhplattler* lent et maladroit, applaudissant et frappant ses cuisses de ses paumes féroces, piétinant de ses grands pieds le plancher en pin. La femme syilx, Nicky, faisait mine de réprouver ce comportement, mais lorsque nos regards se croisaient, je pouvais voir un scintillement de joie dans ses yeux. Elles buvaient de petits verres de bière en jouant et j'aimais les servir. La boisson avait la couleur de l'or, et je mimais le dégoût en sentant son odeur nauséabonde, même si je la trouvais secrètement chaude et réconfortante.

Un jour, alors que j'étais en train de verser de la bière à Nicky, elle m'avait raconté en anglais que sa fille allait se marier le week-end suivant. J'avais demandé si grand-mère Ingrid irait à la noce.

– Pas d'invitation, avait répondu Nicky.

De surprise, j'en avais ri. Je pensais qu'elle plaisantait. Grand-mère avait dit quelque chose en allemand et haussé les épaules. Elle comprenait l'anglais, même si elle refusait de le parler.

– Mais vous êtes de bonnes amies, avais-je protesté.

– Bonnes amies pour les cartes, avait répliqué Nicky en mélangeant le paquet. Mais Ingrid a du sang de colon. Comme toi. Vous êtes venus sans invitation.

Grand-mère Ingrid avait bu sa bière et distribué les cartes, impassible. Elle était marginale, une immigrée malgré elle. Cela ne la dérangeait pas d'être une étrangère.

Mais moi, cela me troublait. J'étais née ici, mais ma naissance était importune. Mon foyer se trouvait dans une région que mes grands-parents et mes arrière-grands-parents avaient déformée et maltraitée, que mes parents et mes pairs continuaient d'éreinter et d'insulter. Depuis mes premiers pas, j'entendais la Terre grogner sous mes pieds. Que signifiait le fait d'être née blanche dans ce pays, de parler une langue qui avait germé non pas là, mais de l'autre côté de l'océan ? D'infester et de contrôler, sans jamais appartenir à cet endroit ni s'en soucier, comme un parasite ? Quelles horreurs avions-nous commises, quelles horreurs continuions-nous de commettre vis-à-vis des habitants originels, Nicky et les siens ? *Qu'avons-nous fait à leurs enfants, petits et effrayés, comme moi ?* Ma peau me démangeait. J'avais timidement gratté mon coude. Nicky avait vu flotter sur mon visage la confusion et la réticence, et elle s'était détournée de moi, me laissant ruminer ma gêne. D'une pichenette, elle avait lancé une carte à grand-mère Ingrid, puis celle-ci lui en avait lancé une, encore et encore. Elles avaient joué jusqu'à tard dans la soirée. Je m'étais endormie par terre près du poêle, et ne m'étais réveillée que lorsque grand-mère Ingrid avait déposé sur moi une épaisse couverture.

En général, quand nous restions la nuit, grand-mère m'installait dans le grand lit avec elle, pendant que mon père dormait sur une paillasse. Sur son matelas bosselé, je m'allongeais sur le côté, face au mur. Elle me parlait en allemand et me caressait les cheveux. Je m'endormais au son de ces mots tranchants murmurés et du frôlement de ses doigts contre mon crâne, semblables à de lointaines lames. Je rêvais de forêts sombres, de chiens sauvages, de vieilles sorcières aux ongles longs, de maisonnettes faites de pain d'épices qui dissimulaient un intérieur menaçant : des cages, des ossements, un poêle chaud qui puait la chair brûlée, des planches à découper jonchées de doigts ensanglantés. Une fois, je m'étais réveillée en entendant le hululement accusateur des coyotes, qui me rappelait les hurlements sans visage de mes cauchemars. Je m'étais alors blottie contre la masse chaude et solide de ma grand-mère, son sang réchauffant le mien. Ces cris semblables à ceux d'une petite fille portaient des secrets en eux, et si j'écoutais attentivement, je pouvais domestiquer leur puissance.

J'avais huit ans quand un jour, au beau milieu de l'hiver, grand-mère Ingrid avait glissé sur une plaque de verglas alors qu'elle allait au salon de coiffure. Selon un garçon qui avait assisté à la scène, sa tête avait heurté le trottoir avec un bruit de hache fendant du bois. Sous son regard étonné, elle avait convulsé quelques instants avant de s'immobiliser complètement. Père m'avait confié que c'était une bénédiction, cette mort rapide. Alors que nous nous rendions à ses modestes funérailles dans notre Église presbytérienne, Mère avait de nouveau marmonné quelque chose sur « la stupidité de Ma' Ingrid », comme si la stupidité avait quoi que ce soit à voir avec le fait de mourir.

Pour être honnête, Mère détestait aussi ses propres parents. Même si elle refusait d'en parler, mon père disait qu'ils avaient été de fervents adeptes de la discipline, croyants à l'excès. Selon eux, le monde était en danger, au bord de la destruction. Mère trouvait pénibles leurs interminables discussions sur l'Apocalypse et la localisation réelle de l'Armageddon. Peu enthousiaste, elle écoutait les différentes prédictions de la fin du monde tout en étant secrètement convaincue que cela ne l'affecterait jamais directement.

Ma mère avait seize ans quand un garçon dont elle était amoureuse l'avait invitée à son premier bal. Elle avait consacré des semaines à s'y préparer, acheté un beau tissu calicot rouge et marron, cousu sa propre robe, poli ses chaussures du dimanche et ciré les pompes de ses parents jusqu'à ce qu'ils finissent par la laisser y aller. Ils avaient accepté à la seule condition que sa mère la chaperonne. La nuit précédant le bal, elle avait mis des bigoudis dans ses cheveux et s'était couchée avec fébrilité, ignorant les épingles qui s'enfonçaient dans son crâne.

J'adorais les détails de cette histoire et je demandais toujours à mon père de les répéter. C'était un mythe, le récit originel qui expliquait la singulière absence de joie chez ma mère.

Enfin, l'après-midi du bal était arrivée. Mère avait peigné ses belles boucles couleur noisette et s'était glissée dans sa belle robe, qui mettait en valeur sa taille et son buste. Elle avait tournoyé devant ses frères et sœurs. Ils avaient applaudi, impressionnés par sa transformation. Elle rêvait de ce garçon qu'elle aimait et imaginait son expression lorsqu'il la verrait pour la première fois. Elle s'attendait à ce qu'il la demande en mariage sur-le-champ.

Au moment où elle s'apprêtait à partir, quelqu'un avait frappé à la porte. Après un laps de temps d'hésitation, ses parents avaient ouvert. C'était leur pasteur.

– C'est pour aujourd'hui, avait-il annoncé avec gravité. Rassemblez vos enfants. Vous n'aurez pas besoin de vos affaires. Rendez-vous au sommet de

Golden Hill. Inutile de vous rappeler que chaque minute compte.

Ses parents s'étaient tournés vers leurs enfants, fiers et enthousiastes.

– C'est pour aujourd'hui, se réjouissaient-ils. Aujourd'hui, enfin !

Les enfants s'étaient efforcés d'imiter la joie de leurs parents. Tous, sauf ma mère.

– Allez, venez, enfilez vos chaussures.

Ma mère avait rougi.

– Je vous retrouverai après la danse, alors.

La gifle que lui avait administrée son père – brutale, sur l'oreille – perturberait son audition et son équilibre pendant plusieurs jours.

Elle les avait donc suivis et s'était assise avec eux sur le versant de la colline, avec sa belle robe et ses jolies boucles, regardant le soleil se coucher derrière la petite ville et souhaitant sauvagement que le monde touche à sa fin comme le pasteur l'avait prédit, mais cela n'était pas arrivé. Il n'avait touché à sa fin que pour ma mère et pour le garçon qu'elle aimait, qui ne lui avait plus adressé la parole après qu'elle lui eut posé un lapin. Les heures s'étaient écoulées, et le pasteur avait finalement dit :

– Dieu est bon. Il permet aux faibles et aux démons de perdurer pour le moment, afin de tenter de les sauver. Nous continuerons notre travail.

Et simplement sur ces mots, ils avaient été congédiés. Ses parents avaient gardé la foi comme si rien ne s'était passé, et ils étaient régulièrement retournés sur la colline. S'ils étaient déçus que l'Armageddon n'ait pas lieu, ils ne l'avaient jamais admis.

Comme toutes les filles, je voulais que ma mère soit heureuse. J'essayais de la satisfaire en étant obéissante. Je l'aidais aux tâches ménagères, j'anticipais le moindre de ses besoins. Je lui préparais ses repas et raccommodais mes propres vêtements. Entendre parler de mes visions l'insupportait, alors je ne lui en parlais jamais, même s'il m'arrivait de tourmenter Martha avec elles. Convaincue d'être plus saine d'esprit que moi, ma sœur, qui n'était ni aussi dévouée ni aussi bonne que moi, aimait me prendre de haut. Elle m'avait encouragée à garder une trace de mes visions, et était même allée jusqu'à m'acheter un cahier au drugstore. Je les écrivais pour elle jusqu'à ce que je me rende compte qu'elle se délectait de les montrer à ses amis. Tout le monde adorait les ragots sur Mildred la folle, même ma sœur. Certaines nuits, quand je me réveillais dans le lit de la rivière après une crise de somnambulisme, le zootrope de mon esprit tourbillonnait. Je retournais alors à la maison aussi silencieusement que possible et me séchais dans la salle de bain. Je me glissais ensuite sous les couvertures, rendue tremblante par ma solitude ainsi que par l'étendue de mes pouvoirs. Arrivée à mon seizième anniversaire, j'avais appris à tenir ma langue.

Puis cela avait été la fin du lycée. Contrairement aux autres filles, je ne m'étais pas mariée dans la foulée et n'avais pas poursuivi mes études dans une école professionnelle. Peu de temps après la mort soudaine de Père, j'avais poussé Mère dans la rivière. Elle avait survécu, mais sa santé s'était fragilisée. J'étais devenue son aidante. Les rêves avaient perdu de leur emprise. J'étais seule avec Mère et mon cerveau s'était tu. Même l'écoulement du temps s'était figé, et toutes les nuits, quand je dormais, une noirceur vide m'engloutissait tout entière. Je vieillissais sans vieillir. Cela me soulageait, de ne plus agacer les gens, de ne plus voir leurs vies se détacher d'eux, mais à mes vingt ans, j'avais commencé à me demander si je ne m'étais pas complètement perdue, comme si mon propre potentiel était en quelque sorte lié à l'intensité de ces visions éveillées et de ces images nocturnes. À présent, tous ces rêves étaient morts, les bons comme les mauvais, c'était ainsi que je le percevais. Voilà ce qui m'avait poussée à m'inscrire à l'école de secrétariat : j'essayais de ressusciter cette partie de moi. Je scrutais le visage des autres élèves, m'efforçant de lire leur avenir, mais la magie n'opérait plus. Elles me rendaient mon regard, curieuses, sans peur. Elles étaient gentilles avec moi, bien qu'indifférentes. La maturité, la responsabilité, ou peu importe comment on pouvait appeler cela, avait étouffé tout notre feu.

Et puis j'avais eu cette vision de Hanford, comme sortie de nulle part. Le lendemain, je présentais ma candidature pour rejoindre le *Women's Army Corps*.

*

À présent que j'étais dans le bus, bringuebalée vers ma nouvelle vie, mon feu s'était rallumé. Mon regard voletait çà et là comme une libellule, et mon champ de vision tremblait légèrement sur les côtés. Gonflée d'une nouvelle énergie, je serrai les dents, jusqu'à ressentir une douleur parcourir les muscles de ma mâchoire.

Beth, ma nouvelle amie, me pressa l'avant-bras, puis retira son bras du mien. J'étais déterminée à ne pas perdre son amitié. J'admirai le faible reflet de son profil dans le ciel blanc et le désert couleur terre de Sienne. Il faisait chaud dans le bus, les fenêtres étaient ouvertes. Une bonne brise s'y infiltrait, mais elle était indissociable de la chaleur sèche du centre de l'État de Washington. Les aisselles de mon chemisier étaient humides.

Le bus accéléra et rebondit sur un énorme nid-de-poule. La femme assise devant moi se retourna vers nous.

– Merde, je me suis mordu la langue.

– Ma pauvre, la plaignit Beth. Ce n'est pas une promenade de santé, n'est-ce pas ?

– T'es infirmière ?

Quand Beth acquiesça, la femme déclara :

– Moi aussi.

Elle nous tendit sa main.

– Katherine Berg. De Seattle. Je viens de rendre visite à ma mère, à Ephrata. Elle pense que je suis bête d'avoir quitté mon boulot comme ça, mais je lui ai dit : écoute, M'man, tous les docteurs sont mariés dans mon service, ça sert à rien d'y rester.

Elles s'esclaffèrent. Katherine ne me plaisait pas. Elle semblait méchante et grossière, tout le contraire de Beth.

– Enchantée, Kathy, enchaîna Beth. Je suis Beth, et voici Mildred.

Katherine plissa les yeux en me regardant.

– T’es infirmière ? T’en as pas l’air.

– Je suis dactylo, répondis-je. J’ai pris des cours de secrétariat à Omak. La dactylo la plus rapide de toute l’histoire de la formation, selon la professeure.

Je n’avais pas dit cela pour me vanter. C’était un fait, pur et simple. Kathy ricana.

– C’est une blague, non ? dit-elle à Beth en me désignant du pouce. Elle est cinglée, hein ?

Beth émit son rire joyeux et retentissant, puis passa son bras autour de mes épaules.

– Elle est parfaite. C’est une poupée.

Je pensai à sa sœur morte, au fantôme qui bourdonnait comme une mouche à l’oreille de mon amie, au bruit blanc du deuil, et cette présence ne me dérangea pas, tant que l’affection de Beth pour moi demeurait elle aussi constante.

À côté de Kathy, l’autre fille se retourna et lâcha :

– Vous pouvez la fermer ? J’essaye de dormir, ici. J’ai une horrible gueule de bois.

Kathy s’excusa bruyamment mais lui tira la langue une fois que l’autre eut refermé les yeux.

– Regardez-moi tous ces gars, nous chuchota-t-elle. Nous sommes les seules filles à bord. Juste nous quatre.

Je pouvais entendre les hommes rire et s’agiter autour de nous, je pouvais les sentir – le bois, la cigarette, une odeur musquée brute. D’une certaine manière, toutes leurs conversations et leur attention semblaient dirigées vers nous.

– Regarde-toi, se moqua Kathy. Tu rougis de la tête aux pieds. Comme si tu n’avais jamais vu un homme auparavant !

– Bien sûr qu'elle en a déjà vu, rétorqua Beth en me tapotant la main. Ne sois pas stupide.

– Bien sûr que j'en ai déjà vu, répétai-je mollement, mais les mots étaient comme des blocs de ciment dans ma bouche. Mon père...

Je m'arrêtai alors, me rappelant la carrure étroite et les mains efféminées de mon père, sa façon délicate de se tenir. C'était un amoureux du grand air, qui chassait et jardinait, mais Mère aimait à dire qu'elle était davantage un homme que lui. À Omak, un groupe de voyous s'en étaient un jour pris à lui, et j'avais pressenti que cela arriverait, qu'ils l'encercleraient de leurs corps minces et musclés, qu'ils lui asseneraient des coups de poing et qu'il demanderait à genoux qu'on lui laisse la vie sauve – et pourquoi ne l'avais-je pas prévenu ? Étais-je en colère contre lui, ce jour-là ? Étais-je trop jeune et indifférente ? Cet événement l'avait perturbé pendant des années. Il m'avait demandé un jour, terriblement affligé : « Pourquoi ont-ils fait cela ? » Je n'avais rien répondu, incertaine. Ma crainte était qu'il y pense encore sous le forsythia, au moment de pousser son dernier soupir. J'espérais que non.

– Et toi ? demanda Kathy à Beth. Tu es à la pêche au mari ?

– Pas moi, répondit-elle. Je suis veuve. Mon mari est mort de la grippe en janvier dernier.

Je portai une main à ma bouche.

– Comme c'est tragique, reconnut Kathy, admirative.

– Cette aventure est plus que bienvenue, assura Beth.

Le fait qu'elle ait déjà eu un mari puis l'avait perdu était extraordinaire. L'intimité du mariage, partager un lit avec un homme, le tenir dans ses bras, l'embrasser, s'habituer à son angularité et à sa robustesse, tout cela me déroutait. Je devins quelque peu nauséeuse en y pensant. Je souffrais peut-être du mal des transports. Je n'avais jamais vu mes parents se toucher. Ils avaient dormi dans des chambres séparées pendant toute mon enfance. Je fermai les yeux et respirai profondément.

– Sérieusement, se plaignit la fille à côté de Kathy d'une voix forte. S'il vous plaît. J'ai mal à la tête.

Kathy leva les yeux au ciel de façon théâtrale, nous souffla un petit baiser et se remit droite sur son siège.

– Je ne suis pas cinglée, murmurai-je à Beth. Elle pue comme une barrique de whiskey.

Beth rit.

– Elle a probablement la gueule de bois, elle aussi. Ne t'inquiète pas pour la vieille Kathy. Je ne laisserai personne t'embêter. Nous allons passer de merveilleux moments, toi et moi, Milly. Je peux t'appeler Milly ?

– Bien sûr.

– Je vais m'assurer que nous soyons dans le même baraquement, dit-elle, soudain très sérieuse. C'est difficile de rencontrer des personnes sincères, de nos jours. Je ne les laisserai pas nous séparer.

Je fondis de gratitude comme un bonbon sur la langue. J'avais envie de lui dire depuis combien de temps je n'avais pas eu de véritable amie, mais non, ce n'était pas nécessaire. Cette affection me frappait par son immédiateté. Je m'abandonnai pleinement à elle.

Nous nous blottîmes comme deux chats, ma tête sur son épaule, et nous nous reposâmes, mi-assoupies, mi-rêveuses. Je pensai à ma sœur et à ma mère ensemble, à l'état d'énervement dans lequel elles devaient être en cet instant même, et je réprimai un petit rire triste.

– Je suis si heureuse, dis-je à Beth. C'est le plus beau jour de ma vie.

– Je suis contente pour toi, Milly.

Je fus simplement un peu déçue qu'elle n'ait pas répondu qu'il s'agissait pour elle aussi du plus beau jour de sa vie.

Au-dessus de nos têtes, le fantôme de sa sœur décédée dansa, relié par un mince fil de chagrin à la gorge de Beth.

Celle-ci cala sa tête contre mon crâne et nos têtes fusionnèrent, nos cerveaux s'épanchant l'un dans l'autre, comme de la lave se répandant d'une oreille à l'autre. Je rêvai que nous devenions la femme parfaite simplement comme cela.

Cabine en verre

À Kennewick, je téléphonai à Mère.

Pendant quelques instants, elle gémit de manière incohérente dans le combiné.

Je rongeai mes cuticules et la laissai pleurer. Devant la gare routière, aux côtés de Kathy, la majestueuse Beth me regardait de loin. Entourée d'une centaine d'hommes, même elle paraissait petite et fragile.

– Regarde ce que tu as fait, me réprimanda Mère. Tu es partie et tu m'as tuée. Je peux à peine respirer. Je suis au bord de la crise cardiaque en ce moment même.

– Je suis à Kennewick, Mère. Je vais prendre le bus pour Hanford dans trente minutes. Je vous appelle pour vous rappeler de faire vos exercices.

– Je ne bougerai plus le petit doigt pour le restant de ma vie. Je suis *en deuil*, Mildred. Je veux *mourir*. Tu es partie et tu m'as laissée avec Martha et son mari. Il ne vaut pas mieux qu'un macchabée à la morgue.

– Soyez gentille avec Walter. Vous savez à quel point il est sensible.

– C'est un étron ambulant.

Un homme se sépara de la foule et s'approcha de la cabine téléphonique, un large sourire aux lèvres, comme s'il venait d'entendre une plaisanterie lubrique. Il avait de larges épaules et il était beau. Il me fit penser au mari de Susan Peters, Richard Quine, que j'avais vu dans *Jane Eyre*. Selon moi, ils formaient le plus beau couple au monde. De haute taille, l'homme s'appuya contre l'encadrement de la porte comme s'il était chez lui, puis me regarda de la tête aux pieds. Je rougis et tentai de me détourner de lui, mais la cabine était petite et je pouvais sentir son haleine où se mêlaient la menthe et la cigarette.

– Bientôt fini ? lança-t-il. Moi aussi, j'ai des gens à appeler.

Je levai un doigt en l'air dans sa direction et articulai silencieusement *un instant*.

– Ta sœur veut te parler, dit Mère. Mais je ne vais pas te la passer, parce qu'elle va te flanquer la trouille avec sa voix de harpie.

– Je lui ai laissé une lettre avec des instructions. Je suis sûre qu'elle l'a déjà trouvée, parce que je l'ai mise à côté de votre aspirine, Mère. S'il vous plaît, rappelez-lui de vous faire faire vos exercices de callisthénie.

Ma voix tremblait. L'homme m'adressa un léger sourire depuis le seuil de la cabine. S'il se penchait davantage, ses lèvres finiraient par effleurer mon front. J'étais une fourmi dans son ombre. Derrière lui, Beth et Kathy nous observaient. La méchante Kathy ricanait, tandis que les sourcils de la gentille Beth étaient froncés d'inquiétude.

L'homme se mit à fredonner. Il avait une voix grave et douce. Je craignis que mes genoux se transforment en caoutchouc et que je m'écroule sur lui. Je me recroquevillai contre la paroi. Martha, pendant ce temps, avait dû arracher le combiné des mains de Mère.

– Tu es une personne horrible, Mildred, éructa-t-elle. Je ne crois pas avoir déjà connu quelqu'un de plus égoïste et cruel que toi. Tu es partie et tu as fait pleurer mon mari, qui est pourtant un adulte. Pense à toutes les vies que tu viens de détruire aujourd'hui, Mildred. Si tu avais un tant soit peu de sens moral, tu reviendrais sur-le-champ.

Je me demandai si le voisinage tout entier n'était pas en train de nous épier sur la ligne téléphonique partagée.

– Je t'aime énormément, dis-je, et Mère, Walter et les enfants aussi. Je t'ai soigneusement écrit toutes les instructions. Je n'ai rien oublié. Et je t'enverrai de l'argent lorsque j'aurai reçu ma première paie. Je vais gagner quarante dollars par semaine. Quarante ! N'est-ce pas incroyable ? Je t'en enverrai autant que possible.

– Reviens tout de suite à la maison, Mildred. Pas uniquement pour nous, mais aussi pour toi. Tu sais très bien que ça ne va pas bien se passer pour toi, là-bas. Ta santé mentale, Mildred. Tu vas tout simplement craquer.

– Je t'aime aussi, répondis-je.

Pendant un bref instant, mon regard croisa celui de l'homme qui ressemblait à Richard Quine et je me transformai alors en Susan Peters, belle, intrigante, courageuse. Je ne venais pas du tout d'Omak, mais d'une adorable ferme en Californie, où l'on pouvait manger les fruits à même les arbres et patauger dans l'océan dans un jupon couleur pêche.

– Je t'aimerai toujours, ajoutai-je.

L'homme détourna le regard et je redevins Mildred Lovell Groves, fille et sœur ratées.

– Si tu sais ce qui est bon pour toi, reviens à la maison immédiatement, insista Martha. Rappelle-toi ce que tu as fait à Mère, rappelle-toi ton comportement lorsque tu...

La communication coupa. Je n'avais plus de monnaie. Je raccrochai, tremblante, et tentai de repartir vers Beth, mais l'homme refusa de bouger. J'étais prise au piège dans cette petite cabine de verre.

– Excusez-moi, monsieur, j'ai terminé.

– Ça y est ? Comment tu t'appelles, chérie ?

Je levai les yeux vers lui, puis les baissai à nouveau vers mes pieds. Les vieilles chaussures de ma mère me broyaient les orteils.

– Mildred Groves, répondis-je. D'Omak.

– Mildred Groves d'Omak, répéta-t-il, comme s'il s'agissait d'une drôle de blague. Enchanté de te rencontrer, Mildred Groves d'Omak. Je suis Gordon Nyer, d'Omaha. Je serais parti me battre en personne contre ce foutu Hitler s'il n'y avait pas mon œil enchanté.

Il pointa du doigt son œil droit. Il ne se fixait sur rien du tout, il était simplement logé là, immobile dans sa cavité. C'était un œil de verre. Je le trouvai beau, bleu vif, même si son autre œil était de couleur brun-vert.

– Ravi de faire ta connaissance, Mildred Groves d'Omak.

Il me tendit sa main vigoureuse et je la pris timidement. Il porta mes doigts à ses lèvres. Ma poitrine se raidit et je me pressai un peu plus contre la paroi de la cabine, à moitié inquiète à l'idée de passer à travers la vitre. Il lâcha ma main mais continua de se pencher vers moi avec son visage séduisant et carnassier.

– Tu bloques le passage de mon amie, lâcha une voix abrupte.

Il se retourna et Beth se trouvait là, ses cheveux auburn éclairés par les reflets du soleil.

– Eh, la rouquine, pas la peine de me parler sur ce ton, répliqua Gordon. Mademoiselle Groves et moi-même étions simplement en train de faire connaissance.

Beth me regarda et je lui souris faiblement, mais elle dut voir l'hésitation sur mon visage. Elle posa sa main sur l'épaule de Gordon et l'écarta de moi.

– Allez, viens, Mildred, me dit-elle comme si j'étais un chiot effrayé.

Je m'avançai et elle entoura ma taille de son bras, m'entraînant à l'écart.

– Comment tu t'appelles, la rouquine ? lui demanda Gordon derrière nous. J'aime bien ton style.

– Ce ne sont pas tes affaires, lâcha Beth. Reste loin de nous.

Je me ratatinai contre elle et nous nous frayâmes un chemin vers un bus plus petit que le précédent, qui allait nous emmener jusqu'à Hanford. Quelques minutes plus tard, Gordon monta à bord lui aussi et, lorsqu'il me sourit et m'adressa un signe de la main, je vis clairement la moquerie dans son geste et croisai les bras contre ma poitrine. Je m'assurai de ne plus jeter le moindre regard dans sa direction pendant le restant du trajet.

*

Après une bonne vingtaine de minutes de parcours le long d'un ruban d'asphalte fraîchement coulé, le camp de Hanford apparut. Nous descendîmes du bus en une file ordonnée pour ensuite rejoindre une autre ligne dédiée à l'attribution des missions et des lits. Je ne m'ennuyais pas du tout, même si, autour de moi, les autres se plaignaient. Il y avait tant de choses à voir, à sentir et à entendre. Hanford était une enceinte tentaculaire, bien plus étendue que ma ville natale. C'était une ville bruyante, poussiéreuse, abrupte, composée de longs bâtiments de plain-pied qui semblaient être sortis de terre en une nuit.

À la limite nord du camp se trouvait le fleuve Columbia. Nous l'avions traversé à plusieurs endroits durant notre trajet, longé sur la route 97 de Brewster à Wenatchee, puis traversé juste avant l'aire métropolitaine de Tri-Cities, qui rassemblait les villes de Kennewick, Pasco et Richland. Il était bien plus large que la rivière Okanogan – plus d'un kilomètre et demi séparait les deux rives – et si puissant que je m'imaginai aussitôt m'y noyer. Mon nouveau chez-moi était lové au creux d'un de ses méandres gorgoniens.

À l'est se profilaient les contours des White Bluffs, de pâles strates sablonneuses empilées les unes sur les autres, comme le gâteau d'une géante taillé dans la pierre. Le profil rayé de ces falaises surplombait le fleuve Columbia dans un silence fantomatique. Derrière elles s'élevaient les hauteurs des Saddle Mountains. Quelques mois auparavant, il y avait encore une ville là, appelée White Bluffs, mais le gouvernement en avait exproprié ses habitants en une poignée de semaines, en échange d'une faible compensation, voire aucune. Les Wanapums avaient eux aussi été sommés de partir, poussés vers le nord, au-delà de leurs zones de pêche traditionnelles. Les frontières avaient été réimaginées et réagencées de façon si soudaine, si froide, que le processus aurait presque pu sembler accidentel, causé par une force inhumaine, disons un épisode climatique particulièrement destructeur ou une maladie contagieuse. Les gens qui occupaient autrefois ces lieux avaient disparu. Richland avait également été vidée pour laisser place à cette ville-champignon bâtie par le gouvernement : Hanford, grouillante, nécessaire, emplie de la promesse d'un triomphe militaire.

J'ignorais un bon nombre de ces détails à cette époque ; je les apprendrais plus tard, bien plus tard, quand ces informations seraient finalement communiquées à des journalistes obstinés. La seule chose à laquelle je pensais, fraîchement descendue du bus, c'était : *je suis chez moi*. Émue, le cœur battant, je demandai à Beth de garder ma place dans la file et partis marcher parmi les bâtiments jusqu'à ce que je puisse me retrouver seule un moment et reprendre mon souffle. Je sortis de l'ombre d'un édifice, et là, à peine cinq cents mètres plus loin, se trouvait le fleuve Columbia, et plus loin les falaises.

J'eus une pensée pour tout ce qui m'était arrivé sur les rives de la rivière Okanogan, minuscule en comparaison : les visions, les crises de somnambulisme, l'altercation avec Mère. C'était un soulagement que de percevoir tout cela comme de petites gouttes dans un affluent se déversant dans un cours bien plus vaste et bien plus puissant. Désormais, ma vie allait quitter son chemin étroit et se fondre vers un objectif plus grand.

L'immense fleuve était animé d'un courant que je ne pouvais pas voir.

– Je suis ici, murmurai-je. Enfin.

Le vent se leva, soulevant le sable et troublant la surface du fleuve. L'eau acquiesçait.

Vents meurtriers

Milly.
Milly, réveille-toi.

J'étais réveillée. N'est-ce pas ? Il y avait de la poussière dans mes cheveux et de la terre dans ma bouche.

Une lumière aqueuse baignait les étoiles. Le vent frappait ma poitrine.

Réveille-toi tout de suite.
Sors-toi de là.

J'essuyai le sable de mes yeux, m'efforçant de me souvenir où je me trouvais. J'étais assise en tailleur dans un champ, simplement vêtue de ma culotte et de ma chemise de nuit en coton. Non loin au nord, il y avait des bâtiments bas et étroits semblables à des cercueils attendant d'être enterrés, silencieux et sombres dans le crépuscule poussiéreux. C'était de là que j'étais partie. Mais pour quelle raison ? Malgré la distance, je sentais le long et infatigable serpent du Columbia onduler dans son canyon. Il m'appelait : *Viens, Mildred Groves.*

Je viendrai, répondis-je. *Bientôt.*

Je n'étais pas seule. J'avais vu un crotale. Partout, des yeux se posaient sur moi. Mon pouvoir aiguisait leur curiosité. Mes pensées dérivèrent çà et là, brumeuses mais aussi étincelantes que les étoiles au-dessus de ma tête. L'air nocturne était si agréable, malgré le vent cinglant, malgré le sable qui râpait ma peau nue.

Assis dans l'herbe, un coyote me regardait. Il n'y avait rien de sournois ou de prédateur dans son allure. Il se contentait de m'observer avec désintérêt.

Bonjour, dis-je, mais le son était étouffé à cause de la terre dans ma bouche.

Tu es somnambule.

Milly, je vais te pincer s'il le faut.

Au bout d'un moment, je fus traînée vers les bâtiments. Une force tirait sur mon bras, refusant de lâcher prise. Je me laissai faire, à moitié convaincue que c'était le vent qui me poussait, mais non, le vent me poussait dans l'autre sens. Mes pieds nus laissaient de longues traces hésitantes dans le sable. Je continuais à regarder le coyote par-dessus mon épaule, qui rapetissait à mesure que je m'éloignais. J'étais si fatiguée. Je fermai les yeux et laissai cette force, quelle qu'elle soit, me guider jusqu'à mon lit.

Il y a des bêtes, dehors, Milly. Elles pourraient nous dévorer vivantes.

Tu te rappelleras tout ça, demain ?

Je me réveillai à l'aube sur mon lit de camp, dont le matelas était couvert de sable. Pendant un instant, j'observai, confuse, le triangle du toit incliné, les murs bruns et vides, l'espace oblong sans fenêtre. Un vague ronronnement se faisait entendre, émis par la vingtaine de femmes endormies qui exhalaient leur souffle multicolore depuis leurs couchettes. Le bruit s'agglutinait en une magnifique pelote, et sa douce laine tournoyait au-dessus de nos têtes. Je pouvais étirer le bras et la toucher, cette chose délicate et mouvante. Je me tournai vers Beth, endormie sur le lit voisin, miraculeusement belle, comme elle l'était dans sa vie éveillée. Une joie intense se déversa en moi. *Je suis à Hanford !* Je restai une heure entière allongée dans mon lit, heureuse, pendant qu'autour de moi, le bruit changeait et les odeurs se déplaçaient – senteurs corporelles, parfum de lavande, déodorant Dew, Listerine – au fur et à mesure que les femmes se levaient pour se préparer à travailler. Certaines d'entre elles étaient déjà là depuis quelques semaines, apportant leur aide à la construction des bâtiments, mais d'autres, comme moi, venaient d'arriver pour les premiers jours de production. Nous n'avions aucune idée de ce que nous allions faire, hormis que cela nous permettrait de gagner la guerre. Nous étions aussi dévouées à cet objectif – même dans notre ignorance – que nous l'étions à nos proches. Une sonnerie bruyante retentit depuis quelque part sur le camp et réveilla les plus ensommeillées d'entre nous. Beth bâilla, se redressa brusquement et me chercha urgemment du regard.

– Cette nuit a été folle, dit-elle.

Je n'aimais pas ce mot. Je me rappelai vivement mon rêve éveillé et me sentis rassérénée, mais lorsque Beth me pressa à ce sujet, je feignis l'ignorance.

– De quoi parles-tu ? demandai-je.

– Tu as fait une crise de somnambulisme. Tu n'étais pas dans ton lit, je suis sortie et je t'ai trouvée au moins cinq cents mètres plus loin, assise par terre avec du sable dans la bouche. Le vent était cinglant, mais tu souriais comme si tu étais à un pique-nique. Tu t'en souviens ?

Beth avait l'air fatiguée. Je lui présentai des excuses pour le dérangement. La voix lointaine que j'avais entendue devait être la sienne, tout comme la force qui m'avait traînée jusqu'à notre baraquement. Pourquoi ne l'avais-je pas vue ? Il me vint à l'esprit qu'elle avait peut-être un pouvoir d'invisibilité. J'en gloussai en mon for intérieur. *Beth la magique ! Milly la magique !*

– C'est normal ? Le somnambulisme ?

Je reconnus que c'était le cas.

– Parfois, je me réveille dans une autre pièce ou dans la cour. Il m'est arrivé quelques fois de me retrouver dans la rivière Okanogan. La plupart du temps, j'en garde des souvenirs, mais ils sont toujours étranges, comme s'ils appartenaient à un autre monde.

Un royaume alternatif, songeai-je, ravie.

– C'est dangereux, m'avertit-elle, et son ton me calma. Tu ne devrais pas aller dehors toute seule. Il y a des crotales. Des coyotes. Tu pourrais te faire tuer, pour l'amour de Dieu.

Elle marqua une pause, reprit ses esprits, et je sentis qu'elle pensait à sa sœur Annie.

– Et les hommes… s'ils te voyaient habillée comme ça…

– Tout ira bien. C'est juste que tout est si nouveau.

Je parlais plus sérieusement, à présent, mais en vérité j'étais heureuse. Même si je ne voulais pas le dire à Beth, cette rêverie m'avait fait comprendre que j'étais enfin à bon port. C'était là que j'étais censée être, que j'existerais dans ma version la plus complète. Je fus envahie par une douce chaleur, et je me sentis alors plus vivante que je ne l'avais été depuis des années.

Je lui tendis la main et serrai la sienne, la secouant gentiment jusqu'à ce qu'elle m'adresse un sourire hésitant.

– Ne t'en fais pas, s'il te plaît, lui dis-je. Je suis folle de joie d'être ici.

Beth se détendit.

– En tout cas, tu as effectivement l'air heureuse. Bien reposée, même. J'aurais aimé qu'il en soit de même pour moi. Je suis nerveuse. Je déteste démarrer un nouveau travail.

Je l'aimai encore plus en l'entendant avouer sa vulnérabilité.

– À ce nouveau départ ! m'exclamai-je.

Nous nous enlaçâmes, assises sur mon lit de camp, en chemises de nuit.

Puis nous nous hâtâmes, enfilâmes nos tenues de travail toutes simples, apprêtâmes nos cheveux et nous frayâmes un chemin vers le réfectoire pour le petit-déjeuner. Nous devions nous présenter pour nos missions à huit heures.

La fameuse Unité B

Le travail qui m'avait été affecté se trouvait dans l'Unité B. Je fus fière de présenter à la dame du guichet de paie la feuille sur laquelle on pouvait lire : *Mildred Lovell Groves, secrétariat du docteur Phillip Hall, Unité B, bétaillère verte, départ des baraquements à 7 h 45.*

– Eh bien, eh bien, fit la dame. Ce travail est réservé à la crème de la crème. Vous avez été très chaleureusement recommandée par monsieur Pierce à Omak.

Le service du personnel était logé dans un petit bâtiment en briques, sous la responsabilité de deux femmes. Celle qui s'occupait de moi se pencha sur son bureau pour écrire mon nom et mon numéro d'employée sur une carte, puis elle me la tendit.

– Voici votre carte de pointage. Ne la perdez pas. Il y a un horodateur dans l'Unité B, juste à l'entrée, vous devez absolument la poinçonner quand vous entrez et sortez, tous les matins et tous les soirs, d'accord ?

– Cela m'a l'air terriblement simple, répondis-je d'une voix enjouée.

– Ouais, eh bien vous seriez surprise d'apprendre combien d'andouilles s'y perdent.

Je la rassurai sur le fait que je n'étais pas une andouille.

– Une andouille ne pense jamais qu'elle est une andouille, répliqua-t-elle sur un ton irrité.

Son attitude acerbe ne me dérangeait pas. J'étais rayonnante. J'étais fière d'être secrétaire. J'étais persuadée qu'ils m'assigneraient un poste de dactylo ou de sténographe, mais finalement je semblais avoir une certaine importance. Je regardai le nom de Phillip Hall. Il avait une sonorité poétique. Je le fis remarquer à la dame, en me demandant si elle aimait Robert Frost ou William Butler Yeats.

– Poétique ? répéta-t-elle. Je n'ai pas le temps de faire de la poésie. Comme tout le monde ici. La seule chose dont j'ai envie quand j'ai fini de travailler, c'est une bouillotte et un cachet d'aspirine.

Sa collègue, assise au guichet voisin, se moqua d'elle :

– Balivernes, Dot. Tu aimes la bière et la danse plus que quiconque ici.

– Pas faux, reconnut Dot en soupirant. J'aime vraiment la bière.

– C'est délicieux, la bière, approuvai-je.

Elle me regarda comme si elle savait pertinemment que je n'en avais jamais bu une gorgée de ma vie.

– Enfin, c'est ce que j'ai entendu dire, ajoutai-je plus timidement.

– Tu finiras par le savoir, dit la femme qui n'était pas Dot. Amuse-toi bien à l'Unité B, chérie.

– Attention à ne pas devenir fétichiste de l'uniforme, là-bas, gloussa Dot.

Je n'étais pas sûre de comprendre, mais je leur souris, stimulée par leur attention.

Puis Dot se tourna vers l'homme qui attendait derrière moi et appela : « Suivant ! »

Je m'éloignai du bâtiment et partis à la recherche de l'arrêt de bus. Non loin, sur un chemin de terre battue, je vis Beth accompagnée de Kathy et d'autres filles, toutes en blouses d'infirmière. Elles se rendaient à la clinique ensemble, je supposais, bras dessus, bras dessous. Je fronçai les sourcils en les voyant déjà si proches, puis je me réprimandai intérieurement d'être aussi stupide. Beth aurait toujours d'autres amies. Elle n'était pas comme moi. Elle était populaire, appréciée. Peut-être que la connaître me rendrait un peu plus populaire, moi aussi. Les infirmières tournèrent à l'angle d'un des nombreux bâtiments et disparurent de mon champ de vision.

Je me frayai un chemin à travers les interminables rangées de baraquements à la recherche de l'arrêt de bus de l'Unité B, que l'on m'avait indiqué être dans le coin sud-est du camp. Des centaines de mes collègues partaient vers leur lieu de travail, et nous nous heurtions et nous bousculions poliment.

Je trouvais merveilleux que cette ville de près de trois kilomètres carrés ait pu sortir de la terre du jour au lendemain, et que j'en sois désormais une habitante. C'était une renaissance d'être ici, un cadeau.

Après avoir quelque peu erré et demandé mon chemin à droite et à gauche, je trouvai l'arrêt et me mis dans la file derrière la silhouette massive d'un homme que je reconnus rapidement comme étant Gordon Nyer. Je me fis très silencieuse, espérant qu'il se retourne et me voie, tout en espérant qu'il ne le fasse pas.

Il se retourna.

Il me vit.

– Mildred Groves d'Omak, lâcha-t-il.

Je fus, malgré moi, touchée par son exactitude.

– Bonjour, Gordon. On t'a assigné à l'Unité B ?

– La fameuse, dit-il. Je l'ai expressément réclamée. J'obtiens toujours ce que je veux.

– J'y suis secrétaire.

Il haussa les épaules, comme pour dire : *Parce que tu aurais pu être autre chose ?*

– Où est ta belle amie ?

– Beth ?

– La méchante. Belle et méchante, cette fille.

– Beth n'est pas méchante. Elle est fantastique. Elle veut juste me protéger.

Gordon fit un pas en arrière pour m'examiner de la tête aux pieds. Ses yeux passèrent sur les vieilles chaussures qui m'écrasaient les orteils, mes bas bruns et ma jupe. Il s'avança de nouveau et ôta un long cheveu auburn de ma chemise grise, juste au niveau de mon torse. Je devinai qu'il ne s'agissait pas d'un des miens, mais de Beth. Son regard s'attarda sur ma poitrine et mon cou.

– Tu es une grande fille, à bien des égards. Quel âge tu as ? Vingt ans, plus ? Tu peux te débrouiller toute seule.

– C'est le cas.

– Alors Beth n'a pas besoin d'être aussi méchante.

Devant lui, un petit homme nerveux aux dents de travers heurta du poing le bras de Gordon.

– Eh, Gordo, présente-moi à ton amie, tu veux ?

– Cette dame, dit fièrement Gordon comme si j'étais une vache à vendre, s'appelle Mildred Groves. Elle vient d'Omak.

– Omak ? Sans blague ! Je viens de Tonasket !

– C'est pas vrai ! répondis-je joyeusement. Nous sommes presque voisins.

– Je m'appelle Franklin Toms, mais tout le monde m'appelle Tom le chat. Ça me fait tellement plaisir de rencontrer une fille de chez nous. Ma mère et mes sœurs me manquent déjà. Est-ce que c'est honteux de l'avouer ?

– Je ne saurais le dire, les miennes ne me manquent absolument pas.

Gordon s'esclaffa bruyamment.

– C'est honteux, en effet, Tom le chat. Ta sensiblerie te trahit. Quant à toi, ajouta-t-il en se tournant vers moi, c'est mignon quand une fille est indépendante.

La façon dont Gordon parlait me fascinait, si poétique et si vulgaire à la fois, comme un intellectuel ivre. *Une sorte de Falstaff*, songeai-je. Il serait facile d'écouter un tel homme tous les jours, tout comme il serait facile de le contempler. J'admirais sa véhémence. Je voulais la pétrir et la dévorer pour la faire couler dans mes veines. Mais je sentais déjà, derrière ses manières décontractées, une cruauté qui pourrait nous broyer, Tom le chat et moi, et pourtant, même si cela me semblait à la réflexion une mauvaise chose, je l'admirais également.

Gordon se détourna et je vis à nouveau à quel point son visage – surtout de profil – ressemblait à celui de Richard Quine. Il ne faisait pas partie de ceux que je pourrais épouser un jour – j'étais trop quelconque, trop insipide – mais j'étais à la fois heureuse et perturbée à l'idée d'être proche de lui.

Plusieurs bus s'arrêtèrent devant nous, soulevant un nuage de poussière. Nous fûmes plusieurs à mettre nos mains en visière et à tousser. Le vent faisait tourbillonner la poussière, la rendant piquante. Nous nous pressâmes dans le véhicule pour nous en abriter. Je ne comprenais pas pourquoi les hommes autour de moi appelaient ces simples bus des bétaillères, une dénomination que je trouvais insultante, mais lorsque j'en fis part à mes compagnons, ils rirent et m'expliquèrent que ce n'était qu'une simple blague. Je m'assis sur le siège derrière celui de Gordon. Je m'attendais à ce que Tom le chat prenne place à côté de son ami, mais au lieu de cela, il se glissa à côté de moi. J'en fus flattée. Nous continuâmes notre conversation, tandis que Gordon se retournait de temps à autre sur son siège pour nous lancer des remarques.

Cela faisait déjà quelques semaines que Tom le chat travaillait à Hanford et j'avais un tas de questions à lui poser, mais sa région natale lui manquait et il ne voulait parler que des comtés d'Okanogan et de Grant : la sécheresse, la majesté du barrage de Grand Coulee, la tension entre les tribus et l'administration locale.

– J'étais à la cérémonie des larmes quand les eaux du barrage ont submergé Kettle Falls, me dit-il. Les chefs indiens ont déplacé toutes leurs tombes ancestrales vers un terrain plus élevé. C'était très émouvant.

Il me demanda si j'avais lu *Coyote Stories*, de Mourning Dove, une femme d'Okanogan. Il me confia qu'il s'agissait de son livre préféré.

– J'en ai entendu parler, lui dis-je.

Je me souvenais avoir lu quelque chose à propos de la mort de l'autrice à l'hôpital de Medical Lake, mais c'était trop triste pour être mentionné.

– La cérémonie des larmes, nous interrompit Gordon. Bon sang. Les Indiens sont toujours en train de chouiner. Ici aussi, il y a une bande de Wanapums qui se plaignent du site. Des terres de pêche sacrées et tout. À croire qu'ils vont mourir s'ils ne peuvent pas pêcher leur saumon. Ils n'en ont rien à foutre, de notre guerre. Ils feraient mieux de s'en préoccuper. Le sort de l'humanité est en jeu.

Ses avis tranchés me faisaient penser à Mère. Je me demandai un instant si elle l'apprécierait, mais non. *Elle déteste les hommes qui ont trop d'idées arrêtées.* C'était sans doute la raison pour laquelle elle avait épousé mon père. Si elle avait été là, elle se serait querellée avec Gordon juste pour le plaisir, même si elle était fort susceptible d'être d'accord avec lui.

Je lui jetai un regard nerveux et il me sourit en retour. Mais lorsque je clignai des yeux, son visage devint flou, puis se transforma. Sa belle mâchoire carrée se fit plus étroite. Ses épais sourcils s'affinèrent. C'était la tête du coyote aux yeux d'argent que j'avais vu la nuit précédente, pendant ma crise de somnambulisme, espiègle et trop amical. En fond sonore, j'entendais Tom le chat défendre les droits des Wanapums, mais je ne parvenais pas à suivre ce qu'il disait. Le bus démarra et prit de la vitesse.

Je posai une main sur mon estomac, ayant soudain l'impression d'avoir trop mangé au petit-déjeuner.

Tom le chat se tut pendant un moment, puis me demanda :

– Mildred, tu te sens bien ?

– Oh, oui, le rassurai-je. Je suis simplement enthousiaste.

Mais je ne relevai pas la tête. Je craignais de croiser le bon œil de Gordon en train de me scruter, comme s'il pénétrait en moi sans y être invité.

La nouvelle

La bétaillère, pleine de gens, pleine de sable, roulait sous une lumière si intense que j'en avais mal à la tête. Une file entière de bus comme le nôtre serpentait le long des huit kilomètres qui nous séparaient de l'Unité B. Sans ce bruit, j'aurais pu profiter du paysage, ses collines d'ivoire, ses terres brunes, son ciel bleu bordé d'une dentelle pâle comme des os. Je glissai mes mains sous mes cheveux chargés d'électricité statique et pressai mes paumes contre mes oreilles. Les voix devinrent étouffées, je n'entendis plus que le moteur et mon propre bruit interne. Loin des angles nets du camp, il n'y avait plus aucune ombre et, malgré l'heure matinale, la sécheresse de la plaine emplissait mes poumons d'une chaleur aussi purifiante que suffocante. Je me souvins d'un champ de luzerne, juste en dehors d'Omak, où nous courions avec ma sœur en hurlant de joie, les sauterelles se heurtant à nos tibias.

Nous approchâmes de l'Unité B et je pouvais voir la gorge où coulait le fleuve, mais pas le fleuve lui-même. J'aurais aimé me rendre sur ses berges, enlever mes bas et mes chaussures et tremper mes pieds endoloris dans son eau fraîche. Voilà qu'elle me revenait, cette furieuse envie d'avoir les chaussures de Susan Peters.

Nous étions encore à plus d'un kilomètre de l'unité quand les bus s'arrêtèrent devant un portail. Il était facile de deviner qui était nouveau et qui ne l'était pas : les dernières recrues s'étaient tues et lisaient les grands panneaux fixés sur la clôture tandis que les anciens, pour qui il ne s'agissait que d'un élément du quotidien parmi d'autres, poursuivaient leurs conversations.

SITE DE HANFORD.
ZONE GOUVERNEMENTALE RESTREINTE.
NE PAS ENTRER.
PROTECTION POUR TOUS. NE PARLEZ PAS.
LE SILENCE, C'EST LA SÉCURITÉ.
NE RACONTEZ RIEN À PERSONNE.
PAS MÊME À ELLE.
LES BAVARDAGES INSOUCIANTS COÛTENT DES VIES.
ACCÈS RESTREINT AUX VÉHICULES
GOUVERNEMENTAUX.

Nous n'eûmes pas à attendre longtemps. Le garde fit rapidement signe aux chauffeurs de passer et peu de temps après, nous arrivâmes à destination, au milieu du néant plat du désert. Les bus s'arrêtèrent en un demi-cercle bien ordonné, leurs pare-brises tous tournés vers l'Unité B comme s'il s'agissait d'un lieu de culte.

Quelques minutes s'écoulèrent. La chaleur dans la bétaillère devenait pénible. Enfin, le conducteur nous dit au revoir et ouvrit la porte. Nous descendîmes les marches à la queue leu leu et nous retrouvâmes dehors, sur l'étendue aride. La poussière était suffisamment retombée pour que nous puissions observer la forteresse en béton de l'Unité B, plus grande et plus haute qu'une cathédrale, aux murs gris et épais comme un barrage. En son centre se dressait une haute cheminée sombre, sous laquelle flottait le drapeau des États-Unis. Ses couleurs vives étaient les bienvenues au milieu de cette terre incolore et tout ce béton. Les hommes à côté de moi durent ressentir la même chose ; certains ôtèrent leur chapeau et les tinrent contre leur cœur. Un coup de sifflet retentit. La porte de l'Unité B s'ouvrit dans un raclement et trois hommes à l'allure officielle apparurent sur le seuil. Le premier portait un uniforme militaire, le deuxième un élégant costume trois pièces et le dernier une blouse d'un blanc immaculé.

– Bonjour, patriotes ! cria le plus grand d'entre eux – le militaire. Pour les nombreux nouveaux arrivants, bienvenue à l'Unité B. Votre travail ici, votre loyauté et votre discrétion nous aideront à gagner la guerre.

– C'est le général Smith, murmura Tom le chat en se penchant vers moi. Derrière lui, c'est monsieur Redding, l'ingénieur de DuPont, et monsieur Farmer, le scientifique italien. Il paraît que ce n'est pas son vrai nom.

– Est-ce qu'ils nous accueillent tous les matins ?

– C'est rare de voir Smith et Farmer. Ils sont très occupés. Mais quelqu'un nous accueille tous les jours avec le même message. Ils insistent beaucoup là-dessus, donc ce doit être vrai.

Les officiels leur firent un bref salut, puis retournèrent à l'intérieur du bâtiment. La large porte en acier se referma derrière eux dans un grand fracas. Nos collègues allèrent s'aligner face à une porte latérale bien plus petite, quelques mètres plus loin.

– On pointe là-bas, expliqua Tom le chat en leur emboîtant le pas.

Gordon le suivit, mais je restai enracinée sur place, à contempler l'édifice massif aux larges épaules. Sa fermeté et sa froideur me rappelaient quelque chose.

– Magnifique, n'est-ce pas ? lança Tom le chat en retournant vers moi.

Mère. Il me rappelle Mère.

Je laissai échapper un soupir.

– C'est énorme.

– Les femmes aiment ce qui est énorme, plaisanta Gordon, qui nous attendait quelques pas plus loin. C'est pour ça qu'elles m'adorent.

Tom le chat ne rit pas, ce qui me plut.

– Sa construction est pratiquement terminée, dit-il. Ensuite, il n'y aura plus autant de travailleurs, ici. J'espère qu'ils m'enverront en salle des vannes ou à la clinique, quelque part en intérieur. Je n'aime pas travailler dehors. Je n'en peux plus du vent.

– Il n'est pas si terrible, pour l'instant, fis-je remarquer.

Tom le chat désigna la route qui retournait vers le camp.

– Regarde.

Je ne pouvais rien voir, hormis un voile couleur taupe là où se trouvaient les falaises.

– C'est brumeux, dis-je.

– C’est du sable, précisa Tom le chat. Il se dirige vers nous. Il sera là dans peu de temps. Il s’infiltre partout, dans tes oreilles, tes yeux, tes paupières. Entre tes dents.

Il jeta un coup d’œil vers la file qui progressait à un rythme régulier dans le bâtiment.

– Espérons que nous serons à l’intérieur avant qu’il frappe.

Je regardai la brume au loin, puis les travailleurs devant nous. Ils avançaient vite. Tout fonctionnait avec une efficacité redoutable, comme des rouages bien huilés.

– On y sera bien assez tôt, assura Gordon.

– Ça ne m’arrange pas du tout, soupira Tom le chat. Je vais travailler sur les pompes du fleuve, aujourd’hui, sans aucun abri.

– Les femmes sont dorlotées, dit Gordon. Elles travaillent tout le temps à l’intérieur.

– Tu vas en salle de contrôle, toi, lui rétorqua Tom le chat. Tu n’as pas idée de la veine que tu as.

J’avais de la peine pour lui. Il avait l’air malheureux.

– Ils vont peut-être te réassigner ailleurs, lui dis-je.

– Ce n’est qu’un peu de vent, Tom, assura Gordon. De la gnognote, comparé à ce qu’endurent les hommes de l’autre côté de l’océan.

Je tapotai le bras de Tom le chat. Il leva les yeux vers moi et sa mine s’adoucit. Je rabaissai ma main et rougis. Une petite voix dans ma tête retentit aussi clairement que le son d’une cloche : *C’est lui. Ton futur mari.*

– Mildred, dit-il. Après toi.

J'entrai au moment où les premiers grains de sable glissaient sur le chemin. Au moment où je rejoignais cette vaste main-d'œuvre, le fardeau fragile de mon enfance tomba au sol derrière moi comme un châle abandonné. J'admirai l'horodateur fixé au mur, avec sa poignée solide, et la fermeté avec laquelle il imprima sur ma carte de pointage la date et l'heure : 16 septembre 1944, 07 h 56. C'était officiellement mon premier jour de travail. Je demandai à Tom le chat et à Gordon si je pouvais aussi pointer leurs cartes, et ils acceptèrent.

– N'est-elle pas adorable, Tom ? fit Gordon.

Les nouveaux employés furent guidés vers une table où nous attendait un homme qui tenait un porte-bloc. Il m'indiqua de me présenter au bureau du physicien. Son visage me semblait très familier.

– Je ne vous ai pas rencontré à Omak ? lui demandai-je. À l'office américain de l'emploi ? Je suis contente de vous revoir.

L'homme plissa les lèvres en réfléchissant.

– Je ne suis pas allé plus au nord que Wenatchee.

Il devait plaisanter : c'était le portrait craché de l'homme du bureau de recrutement d'Omak. Il portait la même cravate brun foncé.

– Vous vous êtes occupé de mes papiers, insistai-je. Je suis sûre que c'était vous. Vous ne vous souvenez pas de moi ? Mildred Groves ? Vous m'avez dit qu'il y avait un bon stock de maris potentiels, ici.

Quelques hommes dans la file m'entendirent et ricanèrent.

– Épouse-la ! s'écria l'un d'eux sur un ton moqueur. Elle est un peu grassouillette, mais elle fera l'affaire !

D'autres rires suivirent. J'étais contente que Gordon et Tom le chat aient déjà disparu devant moi dans les immenses couloirs de béton. L'homme secoua obstinément la tête.

– Ce n'était pas moi, ma petite dame. Je suis posté ici depuis le début de la construction, il y a onze mois.

Il m'adressa un clin d'œil et ajouta :

– Par contre, en matière d'hommes, vous aurez l'embarras du choix.

– C'est exactement ce que vous avez dit à Omak, dis-je avec enthousiasme. Que j'aurais l'embarras du choix. C'est vous, j'en suis persuadée. Et vous avez la même tête.

Je passai ma main sur mon visage et tentai ma meilleure imitation de lombric, plissant les lèvres et faisant ressortir mes yeux. L'homme s'agaça.

– Écoute, poupée, il y a trois cents personnes qui attendent dans la file. Tu m'as demandé si c'était moi et je t'ai répondu que non. Laisse tomber, tu veux ?

Il s'avança dans la lumière tout en parlant, à présent en colère, et je pris conscience avec un certain embarras que ce n'était pas du tout l'homme d'Omak. Ils paraissaient similaires dans l'ombre, ils avaient certainement le même goût en matière de cravates et la même tête chauve et ronde, mais à la lumière, l'un était un lombric et l'autre était un serpent. Je présentai des excuses en bégayant. L'homme me répéta où je devais me rendre et me congédia d'un geste ennuyé de la main.

Je n'allais pas bien loin : « Tournez à droite, allez tout droit, suivez le chemin jusqu'à la porte sur laquelle il est écrit "Physicien", puis asseyez-vous dans la pièce et ne touchez à rien. » Je me récitai les instructions tout en marchant, tentée de faire l'exact opposé de ce qu'il m'avait dit, simplement parce que j'étais désormais libre pour la première fois de ma vie et, si je l'avais voulu, j'aurais pu me rebeller. Mais je choisis d'obéir. Le simple fait de songer à me rebeller était une épuisante rébellion en soi.

Je trouvai la porte, entrai et m'assis sur l'une des deux chaises qui faisaient face au large bureau en bois du physicien. Sur le mur derrière lui se trouvait une grande baie vitrée qui donnait droit sur la salle de contrôle de l'Unité B. Cette unique fenêtre donnant sur une autre pièce, privant celle-ci de lumière naturelle, m'amusa. L'idée était sûrement que le physicien puisse garder un œil sur les employés à n'importe quel moment. Les rangées de boutons et de molettes méticuleusement polis m'attiraient. Je m'imaginai passer mes mains sur ces pièces d'horlogerie, poser mon oreille dessus et m'apaiser en écoutant leurs petits battements de cœur réconfortants. Un homme tournait en rond dans la salle de contrôle, seul, se penchant en avant de temps à autre pour examiner des compteurs ou un ruban téléscripteur. Il dut finir par sentir mon regard sur lui, car il se retourna, me vit et me fit un signe amical de la main. Je souris timidement et détournai les yeux. Sur le côté du bureau se trouvait une petite table carrée, comme celles des écoliers. La mienne, je supposai. Une machine à écrire noire était posée dessus, et je dus résister à la tentation de m'asseoir et de taper une longue lettre sincère à moi-même sur ces touches fermes. *Chère Mildred,* commencerais-je, *quelle merveilleuse vie tu mènes là. Quelle jeune femme courageuse et prodigieuse tu es devenue...*

Sur le bureau du physicien se trouvaient un ventilateur en fer noir et un pot en céramique rempli de stylos plume Parker identiques. Je caressai une petite boîte d'allumettes. *Frappez au cœur du conflit. Achetez des obligations de guerre.* Il n'y avait pas vraiment de papiers, à l'exception d'une large carte dépliée du complexe et une lettre encore fermée provenant d'un expéditeur à l'écriture exquise - une femme, certainement. Je reposai les allumettes à leur place, à côté du pot à crayons. Mes mains me démangeaient à la vue de cette enveloppe. C'était une lettre d'amour, à coup sûr. Je me figurais que la femme habitait encore en Californie, ou à Paris, ou en Belgique, ou dans un lieu romantique, et qu'elle lui écrivait pour lui parler de la pluie qu'elle voyait tomber depuis la fenêtre de leur appartement, qui lui rappelait le son de sa voix dans ses cheveux, et pour lui annoncer qu'elle allait bientôt le rejoindre, par avion, par bateau ou par quelque chose de plus exotique encore - un *chameau* - afin de pouvoir à nouveau l'enlacer, l'embrasser, le serrer dans ses bras, être serrée dans les siens. Je me penchai en avant, non pas pour essayer de lire la lettre, mais dans l'espoir de parvenir au moins à saisir le nom de cette femme. C'est à ce moment précis que quelqu'un entra dans la pièce ; je me redressai aussitôt sur ma chaise, puis je me penchai de nouveau pour triturer la boucle de ma chaussure, dans une faible tentative de justifier mon premier mouvement.

L'homme n'était ni petit ni grand, ni mince ni gros, mais presque remarquable par sa façon d'être quelconque. Pendant un instant, je trouvai qu'il correspondait tout à fait au genre de mari que j'imaginais pour moi, cordial et ordinaire en tout point, mais sa façon adroite de se déplacer en observant la pièce et moi-même me parut à la fois perspicace et intrusive. Non, j'aurais eu horreur d'être mariée avec lui ; cela aurait été un embarras pour nous deux. Il détesterait la façon dont je repasserais ses chemises. Je resterais silencieuse à côté de lui en soirée, terrifiée à l'idée de dire une bêtise.

Son regard se posa sur moi, puis sur la lettre. De la poche de poitrine de sa chemise, il sortit une petite clé. Rapidement, le front plissé, il prit l'enveloppe et la rangea dans l'un des tiroirs, qu'il ferma à clé.

– Mais vous ne l'avez pas lue, fis-je observer.

– Cela ne vous regarde pas, répondit-il brusquement. Vous êtes la nouvelle ?

– Mildred Groves, oui. Êtes-vous le docteur Hall ?

– C'est cela. Docteur Phillip Hall, physicien.

– C'est ce que je pensais, dis-je en bondissant sur mes pieds. Je suis ravie de faire votre connaissance.

Je lui tendis la main et il la serra doucement.

– J'étais la meilleure élève de l'école de secrétariat d'Omak.

– Sur combien de filles ?

– Cinq, reconnus-je.

– Ce n'est pas un si grand exploit, dans ce cas. Je suis moins intéressée par le talent que par la loyauté, la confidentialité et la sécurité. Êtes-vous une personne loyale, mademoiselle Groves ? Êtes-vous discrète ? Savez-vous que c'est votre discrétion qui nous permettra d'assurer notre sécurité ?

Je plaçai ma main sur mon cœur et jurai sur la vie de Mère que j'étais tout cela, mais je la vis ensuite hurler alors qu'elle tombait dans la rivière Okanogan, et je fronçai les sourcils et ajoutai :

– Ou peut-être que je peux le jurer sur ma propre vie, ou bien la vôtre, si vous me permettez.

– Je n'accorde aucune importance à tout cela, dit-il. Rappelez-vous simplement ce que je vous ai dit : loyauté, confidentialité, sécurité. Rappelez-vous ces trois choses et nous nous entendrons très bien.

– Loyauté. Confidentialité. Sécurité, répétai-je.

– Il y a un bloc-notes dans le tiroir de votre bureau. Je vais vous demander d'aller le chercher maintenant. Ainsi qu'un stylo. Vous n'êtes pas autorisée à utiliser ceux qui se trouvent sur mon bureau. Bien. J'apprécie votre rapidité. À présent, mademoiselle Groves, prenez note, je vous prie.

J'étais enthousiaste à l'idée de commencer à travailler. Lorsque je relevai la tête, joyeusement affairée, écrivant à toute vitesse au rythme de la voix mélodieuse du docteur Hall qui parlait de processus de refroidissement et de demandes de productivité, Gordon Nyer se tenait devant la baie vitrée et me regardait, la mine carnassière. Il leva la main et me salua ; à mon tour, je levai la main, interrompant ma prise de notes.

Le docteur Hall le remarqua, se retourna, vit Gordon et le fixa jusqu'à ce qu'il s'en aille.

– Qui est-ce donc ? demanda-t-il. Votre petit ami ?

Je me mis aussitôt à rougir.

– Je ne voulais pas vous mettre dans l'embarras...

– C'est Gordon Nyer, répondis-je.

– C’est un malotru.

– Je n’ai pas de petit ami, confiai-je.

– À ce propos, rebondit-il. Vous êtes priée de vous rappeler que la discrétion est la meilleure des attitudes.

– La confidentialité.

– Exactement.

Il tendit la main pour récupérer le bloc-notes et je le lui remis. Il regarda mes notes, émit un son approbatif et me les rendit.

– Les équations mathématiques et chimiques ne vous ont posé aucun problème ?

Un frisson de joie me parcourut. Je l’avais impressionné.

– Mon père était professeur de sciences, dis-je. Il fallait que je sois bonne à l’école, que je lise beaucoup et que je sois attentive.

– Eh bien, on dirait que j’ai enfin le droit à une employée adéquate. Vous ferez la fierté de l’école de secrétariat d’Omak, mademoiselle Groves. Bien, où en étions-nous ?

J’avais envie de chanter et de danser, mais je me contentai de remuer joyeusement mes orteils dans leur abri exigu.

Je suis ici. Une WAC à Hanford. J’ai réussi.

Je n’avais jamais été si contente de moi de toute ma vie. Je m’efforçai de ne pas en perdre la tête, mais je resplendissais de fierté malgré tout.

Routines et rêves

Nous trouvâmes notre rythme, Bethesda Green et moi : nous nous réveillions en même temps, prenions notre petit-déjeuner ensemble, nous séparions le matin et nous retrouvions en début de soirée, ravies, dînions l'une à côté de l'autre et allions nous coucher dans nos lits de camp voisins. Mes journées étaient plus remplies qu'elles ne l'avaient jamais été, et j'en parlais à Beth comme prêchait un pasteur dévoué, avec joie et euphorie. Si je l'ennuyais, je ne m'en rendais pas compte. Elle semblait aussi enjouée et réceptive que moi.

Tous les soirs après le travail, nous flânions bras dessus, bras dessous jusqu'à l'un des huit grands réfectoires, tout en nous racontant nos journées. D'autres filles nous suivaient – Beth avait noué de nombreuses et belles amitiés – mais elle ne montrait à personne d'autre l'attention et l'affection qu'elle m'accordait.

Des plats roboratifs nous attendaient sur les tables : pommes de terre, viande rôtie ou grillée, salades de laitue et corbeilles de pain frais. La nourriture était meilleure qu'à Omak. À Hanford, il n'y avait pas de rationnement. Pour soixante-sept centimes le repas, ils nous servaient généreusement. Ils voulaient à tout prix nous garder, endiguer cette rotation hémorragique du personnel. J'étais moi-même surprise par les quantités que j'avalais. Mère n'avait plus cuisiné depuis des années et je détestais m'en occuper, c'était pour moi épuisant de planifier un repas, le préparer, le manger, nettoyer après et tout recommencer quelques heures plus tard. Ici, je me sentais choyée. Parfois, Beth et moi devions crier pour nous entendre. Il y avait plusieurs milliers de personnes dans les réfectoires, à n'importe quel moment de la journée, et encore davantage qui attendaient une place. Nous engloutissions notre dîner aussi vite que possible et avions à peine le temps de finir notre café avant d'être chassées de nos bancs pour laisser nos places à d'autres.

– C'est vraiment super, non ? aimait dire Beth.

Elle était ravie de toute cette agitation et c'était contagieux. J'acquiesçai en souriant. La vue de tous ces hommes s'esclaffant et se taquinant les uns les autres était à la fois intimidante et impressionnante. Ils étaient quatre fois plus nombreux que les femmes, à Hanford. Ces dernières années, je n'avais fréquenté personne d'autre que Mère et Martha, des créatures intéressantes à leur manière, mais très loin d'être aussi incarnées, impétueuses que mes collègues masculins. Je me suis rendu compte que j'étais incapable de partir quand il y avait une bagarre, et il y en avait beaucoup. Je voulais regarder les hommes se battre jusqu'à ce que l'un d'entre eux se rende ou perde connaissance. Pour Beth, c'était tout le contraire :

elle ne supportait pas la violence. Elle disait que c'était exactement la raison pour laquelle le monde n'allait pas bien.

« Ah, les garçons », disait-elle en levant les yeux au ciel. Mais pour moi, cela allait plus loin, parce que c'était des adultes, et n'était-ce pas impressionnant de les voir passer à l'acte en un éclair au lieu de tergiverser et se tourmenter comme moi ? J'avais de l'admiration pour eux. *Ce sont ces hommes qui vont gagner cette guerre*, pensais-je. J'étais fière de leur fougue. Mais, fréquemment, je m'interrogeais sur mon père, sur sa faiblesse et sa timidité. À Hanford, on lui en aurait fait voir. C'était une bonne chose, me disais-je, qu'il n'ait jamais fait l'armée. Il avait été réformé à cause de son eczéma, ce qui l'avait profondément embarrassé.

Les hommes nous remarquaient lorsque nous les approchions trop. Ils levaient la tête de leurs assiettes comme des pumas sentant une biche. Quand ils se tournaient et m'observaient avec leurs sourires de prédateurs, je trébuchais maladroitement ou hâtais le pas, me disant qu'aucun n'était aussi cruel qu'ils le paraissaient, que leurs mères, leurs sœurs, leurs femmes leur manquaient sûrement. Certains vivaient sur le camp avec leur épouse et leurs enfants, d'autres étaient des hommes de famille intègres, je le savais, des chrétiens qui allaient à l'église du complexe tous les dimanches. C'était de la fascination, pas de la convoitise. Et s'il y en avait un qui me convoitait, qu'est-ce que cela pouvait faire ? N'était-il pas possible que sous cette attitude rugueuse se cache un mari doux et attentionné qui n'attendait que d'être percé à jour ? Les hommes réagissaient à ma nervosité comme s'il s'agissait d'une blessure ensanglantée. Ils me suivaient des yeux, certains que je serais une proie facile.

C'était Beth, bien sûr, qui me protégeait, et qui les réprimandait lorsque les plaisanteries et la drague devenaient agaçantes.

– Laissez-nous tranquilles, leur disait-elle. Nous ne sommes absolument pas intéressées.

Parce qu'elle était belle, forte et méchante avec eux, les hommes la respectaient. Ils levaient leurs larges mains abîmées par le travail en signe de reddition et se disaient même désolés.

Quand nous étions seules, je parlais à Beth de mon travail, du docteur Hall, de la beauté stérile et dure de l'Unité B, et elle me parlait de la clinique, des horribles accidents qui arrivaient pratiquement tous les jours. Elle me détaillait avec volubilité les pires cas : une brûlure grave causée par un produit chimique mystérieux, des côtes cassées à cause d'une mauvaise chute, un pied broyé dans un engrenage, une morsure de crotale qui avait conduit à l'amputation d'un pied. Elle s'occupait d'un homme qui avait inhalé quelque chose de toxique. Sa gorge tout entière était aussi noire que du charbon et, lorsqu'il parlait, ce n'étaient pas des mots qui sortaient, mais de la fumée.

– Sa femme va être prévenue, me dit-elle. C'est terrible, s'il survit. Je ne pense pas qu'il reparlera correctement un jour.

Nous avions alors bien entamé notre troisième semaine de travail. Nous étions assises à l'une des grandes tables du réfectoire, aussi longue qu'un drakkar. Kathy était avec nous, ce que je tolérais sans l'apprécier, ainsi que deux autres filles de nos baraquements : Alma, fille d'un Hongrois et d'une Mexicaine, qui travaillait aux premières heures du service de restauration, se levant bien avant l'aube pour faire du pain, des muffins et des gâteaux ; et Susan, du Nevada, qui travaillait à la blanchisserie et sentait toujours la lessive et la soude caustique. Susan travaillait avec une Chinoise et une Juive. « Le melting-pot du monde », maugréait-elle, mais j'aimais le fait qu'on entende tant de langues différentes à Hanford, qu'on y rencontre tant de personnes différentes. Je n'avais jamais vu quoi que ce soit de semblable à Omak. Je trouvais Alma belle, avec sa peau cuivrée et ses cheveux aussi noirs et brillants que le dos d'un scarabée. Elle était plus gentille avec moi que Kathy, mais à vrai dire, ce n'était pas difficile.

J'interrogeai Beth sur son pauvre patient :

– Qu'a-t-il inhalé ?

Elle secoua la tête.

– Tu sais bien qu'ils ne nous disent pas ce genre de choses, Milly. Tout est un grand secret.

Je lui dis que le docteur Hall et le directeur général du site de Hanford avaient lancé une campagne de communication pour réduire le risque d'accidents du travail.

– Le docteur Hall pense que nous pouvons considérablement améliorer la sécurité du site, assurai-je. Son objectif est de tenir un an sans une seule blessure.

– Dans ce cas, je n'aurais plus de travail, rit Beth. Tu dois entendre des choses intéressantes à ton poste, Milly. Quelqu'un t'a dit ce que nous fabriquons ?

Personne ne m'avait dit grand-chose, mais d'après les notes que je prenais pour le docteur Hall, cela concernait un élément chimique nécessaire à l'effort de guerre. Il l'appelait « le produit ». Je faillis le lui répéter, mais j'entendis alors la voix du docteur Hall au-dessus des bruits du réfectoire.

Loyauté. Confidentialité. Sécurité.

Je lui répondis que je ne savais pas vraiment, et ce n'était même pas un mensonge.

– Eh bien, peu importe ce que c'est, reprit-elle, ce sera parfait pour tuer Hitler. Ça estropie déjà des gens avant même d'être opérationnel.

Ce fut à ce moment que je repérai Tom le chat, assis à l'autre bout de la table. Il m'adressa un timide signe de la main et je lui rendis son salut avec énergie. Gordon Nyer était là, lui aussi. Il ne répondit à mon geste que par un léger sourire et un clin d'œil.

– N'encourage pas Gordon, Milly, s'énerva Beth. C'est un pervers.

– Il est imbu de sa personne, reconnus-je, mais son voisin est très gentil.

– Tant mieux, s'esclaffa Kathy, parce qu'il est moche comme un pou.

– Il est très gentil, répétai-je nerveusement.

– Il ressemble à une tortue sans carapace.

Beth repoussa son assiette et se leva.

– J'ai fini. Je vais faire la connaissance de ce gentil garçon que tu critiques, Kathy, et dire à l'autre de cesser de nous dévisager.

– Ne fais pas ça, s'il te plaît, la priai-je. Il sera fâché contre moi.

– Oh non, Milly. Je ferai en sorte qu'il ne soit fâché que contre moi.

Elle se dirigea vers eux. Je pâlis et baissai tristement les yeux sur mon bol de pêches en conserve.

– Tu sais pourquoi elle t'aime autant, n'est-ce pas ? me glissa Kathy en se penchant vers moi, appuyée sur ses coudes. Elle n'a pas confiance en elle, et être avec quelqu'un comme toi lui donne de l'assurance.

Alma et Susan se raidirent.

– Ne te moque pas d'elle, lui lança la première.

– Je te laisse y réfléchir, me dit Kathy.

Je ne le voulais pas, mais c'était trop tard, le venin était injecté. La voix de Kathy était mielleuse, entrelacée d'épines.

– Bien, à plus tard, dit-elle en se levant.

Elle laissa son plateau sur la table et nous souffla un baiser ironique. Une fois qu'elle fut suffisamment éloignée, Susan se pencha vers moi et me glissa :

– Elle est simplement jalouse de Bethesda, Milly. Ne crois pas un mot de ce qu'elle te dit.

– C'est *elle* qui n'a pas confiance en elle, dit Alma.

Elles n'étaient pas très convaincantes, pourtant : la cruauté de Kathy, pour injuste qu'elle soit, semblait surtout les distraire. Je me sentis très seule, avec le sentiment que cette histoire de manque d'assurance expliquait effectivement tout.

Mais je rappelle à Beth sa sœur, songeai-je. *Sa triste sœur morte.*

Je cherchai machinalement Beth du regard et la trouvai debout à côté de Gordon Nyer, le regardant de haut. À mon grand désarroi, elle n'était pas du tout en train de le réprimander, mais riait, une main posée sur sa gorge.

Cela donnait du poids à l'argument de Kathy. Que faisait-elle à s'amuser avec cet homme qu'elle n'aimait pas ? Je me précipitai vers elle pour voir ce qui se passait.

Gordon m'adressa un large sourire chaleureux.

– Mildred, dit-il. Quelle charmante apparition. Ton amie était justement en train de m'expliquer que j'étais une terrible brute.

Lorsque Beth se tourna vers moi, je vis que oui, elle avait ri, mais ce n'était pas un rire de séduction ni un rire aimable, c'était un rire triomphant, le rire de quelqu'un qui comprenait son propre pouvoir.

– Je suis désolé si je ne me suis pas comporté en gentleman, poursuivit Gordon. J'ai dit à Beth que je te présenterais des excuses. Elle peut penser ce qu'elle veut, mais Gordon Nyer est un homme de parole.

Il fit prestement passer ses longues jambes par-dessus le banc dans un mouvement athlétique, puis s'agenouilla sur le linoléum devant moi, ses mains jointes en prière. Son bon œil me fixa avec sérieux pendant que l'œil de verre était tourné vers ma poitrine.

– S'il te plaît, pardonne-moi, Mildred, dit-il. C'est simplement que je t'apprécie, vois-tu, et cela me rend incorrect.

Pendant un instant, je me demandai si c'était lui, l'homme que j'épouserais, s'il s'agissait d'une demande en mariage abrupte et passionnée, mais

Tom le chat me lança alors un « coucou, Mildred » et je me rappelai que, d'après ma vision, c'était avec lui que je finirais. Cela ne me contrariait pas le moins du monde. C'était comme prendre conscience que je ne vivrais jamais dans un manoir au sommet d'une colline, mais plutôt dans une petite ferme tranquille de la vallée, qui me semblait confortable à souhait. Je rendis son salut à Tom le chat et il s'avança vers moi.

– Moi aussi, je suis désolé pour le comportement de Gordon. Il est très mal élevé.

– Je ne traîne qu'avec des hommes, se justifia Gordon en envoyant un coup de coude à son ami.

Mais après s'être relevé, il s'inclina devant moi et je ne sus dire si sa révérence était sincère ou moqueuse.

Un autre type se leva bruyamment de table avec des mouvements brusques, de toute évidence pour attirer l'attention. Il était trapu et il avait l'air costaud. Je l'avais déjà vu dans la bétaillère de l'Unité B et j'avais entendu quelqu'un le surnommer « crâne d'œuf » à cause de sa calvitie.

– Regardez-moi ça ! lâcha-t-il. Ces gonzesses sont en train de vous transformer en tapettes.

L'expression théâtrale de Gordon changea. Son visage se referma, comme si toute la lumière qui s'y trouvait auparavant s'était éteinte. Il se retourna lentement vers le perturbateur.

– Je ne crois pas t'avoir bien entendu, lui dit-il. Tu peux répéter ?

Crâne d'œuf balaya son commentaire d'un sourire narquois et lança à Beth :

– Tu es rationnée, mon chou ? Je n'avais plus vu une fille comme toi depuis San Francisco.

– Allons-nous-en, Milly, dit Beth, furieuse, en me prenant par le bras. Il n'y a que des abrutis, aujourd'hui. Je m'en fiche, s'ils se tuent pour attirer notre attention.

Je la laissai me guider à l'extérieur du réfectoire. Derrière nous se fit entendre un peu de bruit – quelques exclamations et une empoignade – mais Beth ne se retourna pas et moi non plus, malgré mon désir d'assister au spectacle. Plus tard, nous apprîmes d'Alma que Gordon et Crâne d'œuf s'étaient battus et que cela avait été une belle bagarre : sanglante, vicieuse, inarrêtable, jusqu'à ce que Crâne d'œuf s'écroule par terre en grognant et crache des dents aux pieds de Gordon. J'étais déçue d'avoir raté cela.

Beth était en train de me peigner sur mon lit lorsque Alma nous le raconta, et elle interrompit son geste.

– Gordon m'exaspère, dit-elle. C'est quoi leur problème, aux hommes ? Pourquoi est-ce qu'ils ne peuvent pas laisser couler quelque chose d'aussi stupide ?

– C'est dur de laisser couler une telle insulte, objecta Kathy.

J'étais du même avis que Kathy, et j'étais impressionnée par le fait que Gordon puisse se défendre tout seul, mais je n'aurais jamais affiché mon désaccord avec Beth en public. Alors à la place, je dis :

– Les excuses de Gordon avaient l'air sincères, au moins.

Beth resta silencieuse. Elle se remit à peigner mes cheveux avec vigueur et je grimaçai.

– J'ai entendu dire qu'il était mis à l'épreuve pendant une semaine, nous apprit Kathy. S'il est impliqué dans une autre bagarre d'ici vendredi, il sera viré.

Le peigne de Beth se coinça dans mes cheveux.

– Bien, murmura-t-elle, mais je perçus un léger changement dans sa voix, une hésitation. C'est un fauteur de troubles.

– Mais pour sûr, il est mignon, reconnut Kathy.

– Il ressemble beaucoup à Richard Quine, dis-je.

– C'est qui, ça ? demanda Kathy en fronçant son vilain visage.

Beth s'esclaffa.

– Milly est obnubilée par cette actrice née à Spokane, Susan Peters. Richard Quine est son mari.

– Richard est très beau, ajoutai-je. Et Susan Peters est merveilleuse, tout simplement merveilleuse, dans *Prisonniers du passé*. Je l'ai vu l'année dernière à Spokane et elle était là pour la projection. J'ai failli la rencontrer. Elle était très belle et tellement gentille. J'économise pour acheter la même paire de chaussures qu'elle. Elles seront beaucoup plus confortables que les miennes, qui ne sont pas les miennes d'ailleurs, mais celles de ma mère...

– Mildred est amoureuse de Gordon, se mit à chanter Kathy.

Il me fallut un moment avant d'enregistrer ses paroles. Elles me firent l'effet d'un coup de massue sur le crâne, et le choc se répercuta de manière chaotique dans mes os.

– Ce n'est pas vrai, répondis-je.

Mes mains tremblaient comme lorsque je m'étais battue avec Mère. Je pris une grande inspiration.

– Retire ça.

Elle chanta à nouveau, d'une voix plus aiguë cette fois, frappant dans ses mains avec une innocence de petite fille. Son visage devint celui de Martha, puis celui de Mère, puis à nouveau, pire encore, celui de Kathy. Je me levai brusquement et m'approchai d'elle, les poings serrés, mourant d'envie de la frapper.

– Milly, dit calmement Beth derrière moi. Milly, elle te taquine simplement.

Et à Kathy, elle lâcha fermement, avec colère :

– Arrête ça immédiatement, tu entends ?

Quand Kathy chanta une troisième fois, je plaquai mes paumes contre mes oreilles, fermai les yeux et criai à pleins poumons. Je n'avais jamais hurlé si fort de toute ma vie. L'amplitude et la puissance du son me brûlèrent. J'entendis les bruits de pas d'une douzaine de femmes se précipitant vers notre coin du baraquement. Kathy s'éloigna de moi, les mains en l'air, comme pour dire *OK, OK, j'arrête !*

Je criais encore lorsque je perdis connaissance.

*

Mère et moi nous tenions au bord de la rivière, en train de nous disputer. *Prenez le bouquet, Mère,* insistais-je, *s'il vous plaît, prenez-le, et je ramasserai le verre du mieux que je peux*, et Mère criait, *laisse-moi, Mildred. Tu es ma plus grande déception. Même ces fleurs sont pathétiques.*

Un portrait de mon père et ses lunettes étaient brisés en mille morceaux sur la berge rocailleuse.

C'était ma faute, bien sûr, mais pourquoi m'avait-elle forcée à les porter, sachant à quel point j'étais maladroite ?

L'enterrement avait eu lieu la semaine précédente, avec un public très nombreux constitué des membres de l'Église presbytérienne d'Omak et d'anciens camarades de classe de mon père, mais ce jour-ci était censé être notre propre petite cérémonie en sa mémoire, juste Mère, Martha et moi. C'était une idée de Mère : emporter son portrait jusqu'à son endroit préféré de la rivière Okanogan, enterrer ses lunettes sur la berge, et dire chacune notre tour quelques mots sur ce que nous gardions de lui. J'avais été surprise – remuée, même – que Mère puisse proposer un rituel de ce genre, vu son imagination limitée et stérile. C'était comme si elle avait en réalité un adorable jardin secret en elle, dont je ne soupçonnais pas l'existence. Elle l'avait aimé, après tout. J'en avais été heureuse, jusqu'au moment où, trois minutes plus tôt, j'avais trébuché et laissé échapper le portrait et les lunettes, qui s'étaient brisés tandis que je poussais un cri horrifié.

Quand j'avais relevé la tête, Mère me foudroyait du regard. Sa large silhouette éclipsait le soleil. Je sentais la force de sa déception, poisseuse, profonde.

Martha n'était pas encore là, occupée à garer la voiture sur le terrain en terre battue à près d'un kilomètre de là. Mais lorsqu'elle arriverait, elle ajouterait sa rancœur à celle de Mère, et je boirais le tout jusqu'à m'étouffer. Les éclats de verre étincelaient d'une façon sinistre, éparpillés sur les pierres et le sable. J'avais tourné la tête vers les fleurs dans ma main droite, de belles échinacées violettes que Mère avait qualifiées de triste imitation de marguerites – ne se rappelait-elle pas qu'elles étaient les fleurs préférées de Père ? – et mon poing serrait les tiges si fort que mes phalanges avaient blanchi.

Mère m'avait reproché de l'avoir déçue, d'avoir tout gâché, d'avoir détruit jusqu'à cette petite cérémonie en la mémoire de mon père. Je l'écoutais à moitié, lévitais à moitié. Sa colère m'emplissait de puissance, et elle ne voyait même pas que mes pieds flottaient quelques centimètres au-dessus du sol. Dans le ciel, les nuages qui s'amassaient étaient du même gris absent que les pierres. Mère s'était détournée de moi, dégoûtée. Je m'étais souvenue du regard lointain de mon père lorsqu'elle se moquait de lui. Quand elle le laissait enfin seul, il se tournait vers moi, souriait et lâchait une blague douteuse.

Il me manquait.

Sans m'en rendre compte, j'avais levé le bouquet au-dessus de ma tête, puis l'avais balancé avec force – *bam !* – contre l'arrière de son crâne. Elle avait crié, porté les mains à ses tempes, vacillé sur les rochers inégaux qui bordaient l'eau, et, pendant un instant, je m'étais cramponnée à son épaule, sentant que je tenais son bien-être entre mes mains et que, si je l'attirais vers moi, elle poursuivrait sa tirade presque sans interruption, et que nous pourrions toujours réussir à rire de tout cela un jour – *cette fois où Mildred la folle a tout gâché et frappé Mère avec les fleurs, haha* – et je l'avais retenue un moment, en réfléchissant, mais il m'était affreusement évident que rien ne changerait si je ne la laissais pas tomber, *pousse-la, pousse-la*, même le vent dans les peupliers le murmurait, et j'y avais consenti, non pas par une violente bourrade, mais en la laissant doucement tomber.

Oui, c'était ce que j'avais fait ; je l'avais doucement laissée tomber à l'eau. La gravité avait fini le travail pour moi. Mère avait basculé, il y avait ensuite eu un imbroglio absurde de bruits – éclaboussures, braillements, grognements, craquement des os – et je m'étais écartée de la berge au moment où ma sœur, héroïne improbable, arrivait en criant et en courant sur le versant ombragé de la colline, sa silhouette floutée par ma propre terreur. Elle était passée devant moi avant de se jeter dans les eaux peu profondes de la rivière avec une rapidité et une grâce dont elle n'avait jamais fait preuve auparavant. Je n'avais rien pu faire d'autre que m'asseoir et regarder ma sœur et Mère lutter pour retourner jusqu'au rivage. Je me recroquevillai parmi les rochers, serrant mes jambes, me faisant toute petite. Dans l'attente.

Je ne voulais pas lui faire de mal, avais-je balbutié entre mes genoux. C'étaient des genoux qui sentaient bon, adoucis par les bains au bicarbonate, et lisses comme ceux d'une fille innocente. *Je voulais seulement que quelque chose change.*

Crânes

Beth me le raconta plus tard : j'étais tombée par terre en m'agitant dans tous les sens. Elle avait mis son peigne dans ma bouche pour que je ne me morde pas la langue, mais je me débattais, pleurais et bredouillais dans ce qui lui parut être une colère noire. *Elle a perdu la tête, elle est possédée*, s'écriait Kathy, et Beth lui hurlait de la fermer. D'autres femmes avaient débarqué dans notre baraquement, alertées par mon cri terrifiant, et elles restèrent autour de nous, fascinées, tandis que Beth les poussait à partir.

– Elle convulse ! Laissez-la respirer.

Lorsque je repris mes esprits, Beth avait appliqué une compresse froide sur ma tête, l'un de ses propres chemisiers trempé dans de l'eau glacée. Mes lèvres étaient sèches et craquelées et ma mâchoire douloureuse à force de mordre le peigne.

– Je ne l'ai pas fait exprès, parvins-je à dire.

Beth me caressa les cheveux.

– Tu as besoin de dormir. Tu es à bout.

– Et Kathy ?

– Je l'ai fait partir. Elle ne t'embêtera pas cette nuit.

Elle attendit un instant, puis demanda gentiment :

– Est-ce que c'est comme ton somnambulisme, Milly ? Ça t'est déjà arrivé auparavant ?

J'étais aussi faible qu'un bébé, blottie contre mon amie. Je secouai la tête et fermai les yeux. Je me souvenais de camarades de classe parler de *méchantes crises*, mais c'était il y a longtemps. Beth se pencha sur moi et déposa un baiser sur mon front.

– Repose-toi, ma chérie, souffla-t-elle.

Je me souvins de Mère qui m'apportait du bouillon de poule au lit lorsque j'étais malade, enfant. Le raclement du bol sur le plateau, le goût salé de la volaille ; je savourais le breuvage chaud qui nappait ma gorge irritée. Mère s'asseyait sur le lit pendant que je buvais le bouillon à petites gorgées, portant lentement le bol à mes lèvres. Elle aussi peignait mes cheveux et déposait un baiser sur mon front, avant de s'en aller en m'adressant un regard affectueux et m'exhortant, comme l'avait fait Beth, à me reposer.

Il était possible que cela ne soit jamais arrivé, que je me l'imaginais par nostalgie, ou, à l'inverse, que c'était moi qui lui apportais un bouillon, la nourrissais et prenais soin d'elle. J'étais perdue. Beth m'emmitoufla dans les couvertures.

J'étais pratiquement endormie lorsque j'entendis une voix demander :

– Elle va mieux maintenant ?

– Kathy, je ne veux pas te voir ici. Tu la perturbes.

– Elle dort ?

– Tu es sourde ? S'il te plaît, va-t'en.

– Si tu savais ce qui est bon pour elle, tu la renverrais chez elle.

Si Beth rétorqua quoi que ce soit à Kathy, ce fut en silence : un regard, un geste ou une poussée vers la porte. La lueur des étoiles et des comètes passait sur la toile de mes paupières ; une chaude obscurité d'été m'enveloppa. D'autres femmes entrèrent en traînant les pieds et j'écoutais, à moitié consciente, les bruits qu'elles faisaient en se déshabillant et en glissant leurs corps dans leur lit de camp. Les murmures des femmes entre elles, un bruit doux et sauvage, le vent dans les peupliers. Je m'endormis avec le sentiment qu'elles ne parlaient pas de moi du tout, mais d'une autre âme malheureuse.

*

Plus tard – une heure ? plusieurs ? –, une vision me réveilla d'un coup et me poussa à me lever. Je fus envahie par l'habituelle sensation poisseuse, entêtante, et un bruit d'ailes invisibles se fit entendre. Je fus saisie par les aisselles et entraînée au-dehors. Obéissante, je flottais vers l'est, à l'ombre des baraquements endormis.

Je parcourus la courte distance qui menait au fleuve Columbia, qui formait un méandre au nord-est du camp de Hanford.

Promenons-nous dans les bois, mais il n'y avait aucun bois ici, et ma conscience fonctionnait par intermittences. J'avançais paresseusement, maladroitement, comme une ivrogne.

Les ailes frémirent et la pression sur ma poitrine se relâcha. Un grand héron se matérialisa devant moi sur la falaise – immense, près d'un mètre cinquante de haut –, son cou épais comme une corde, ses pattes pareilles à deux tiges orange pâle, avec de hautes articulations sinueuses. Il me regarda de son œil rond, jaune et féroce, puis poussa un cri, se mit à trembler et se métamorphosa en une autre créature, une minuscule souris. Celle-ci fonça vers moi et me flaira anxieusement les pieds. Puis elle s'étira comme un accordéon, couinant et sifflant, et devint ensuite un crotale au corps lisse, avec des écailles brunes et ivoire.

Aufhocker, aurait dit ma grand-mère allemande. *Métamorphe.*

Le serpent agita sa queue, mais je ne ressentais aucune peur ; mes visions me rendaient impénétrable. Sentant peut-être mon désintérêt, le héron retrouva sa forme première et lissa ses plumes. J'avais hâte de lui montrer mes propres pouvoirs, alors je regardai autour de moi, attendant que le rideau se lève et me dévoile le futur.

Le vent, enveloppé dans son châle sombre d'étoiles scintillantes, se tapit avec ses puissantes cuisses tout autour de nous. Quelques mètres plus loin gisait la tête décapitée d'un cerf. Sa langue violette pendait hors de sa gueule, ses lourds bois et son cou étaient éclaboussés de sang. Tué par des coyotes, sans doute, ou peut-être par un puma solitaire. L'échassier restait à mes côtés, nettoyant ses plumes du bout pointu de son bec orange.

Je m'accroupis sur l'escarpement qui surplombait le Columbia. L'eau courait avec indifférence vers l'océan, serrée entre les poings rocheux des falaises qui la bordaient.

Les plumes noires du héron s'agitèrent dans le vent. Je me tournai vers lui et attendis.

Son bec resta fermé, mais il me parla aussi nettement qu'un craquement de branche.

Regarde le fleuve.

J'obéis.

L'eau s'écoulait, si lentement d'abord que je me demandais si ce n'était pas le fruit de mon imagination. Puis je vis son niveau baisser peu à peu, comme si son lit était une baignoire dont une main invisible avait enlevé la bonde. Le sommet des rochers apparut, comme des milliers de noires cicatrices, et je dus résister à l'envie de descendre danser parmi elles.

Le héron étira son cou tacheté, dont les longues plumes se dressèrent comme des épines. Puis il prit son essor et, d'un mouvement habile, s'éleva dans les airs, battant lourdement de ses grandes ailes, avant de fondre en piqué vers le lit désolé du fleuve.

Je dévalai à toute vitesse la pente à sa poursuite, me rappelant quand, enfant, je plongeais depuis le talus rocheux dans l'eau d'un froid mordant de la rivière Okanogan.

Ne pense pas à Mère, surtout pas, arrête tout de suite...

Sur la berge rocailleuse, le héron m'attendait. Il pointa son bec vers le centre du lit de la rivière. Je marchais sur les hautes roches noires, passant de l'une à l'autre, mais elles se déplaçaient sous mes pieds. Je glissai, encore et encore, m'efforçant d'en saisir fermement une, en vain. Cela ne me dérangeait pas. C'était un jeu, rien de plus, un jeu amusant sur les rochers, et lorsque je mettais le pied dans une flaque d'eau – tout ce qui restait du Columbia –, je riais en pataugeant. Je posai mes mains sur une grosse pierre ronde et fus surprise de la trouver mouillée, pas par de l'eau mais par quelque chose de doux et pulpeux ; des algues, présumai-je, ou de la mousse. J'ôtai la substance comme si c'était le chapeau d'un champignon et elle se détacha facilement, avec un petit bruit sec.

L'odeur était à la fois appétissante et horrible, comme de la viande trop cuite, ou brûlée. Je retournai la chose dans ma main et la considérai un moment, incrédule, avant de la lâcher à mes pieds.

C'était la peau du visage d'un enfant.

La grosse pierre noire n'était pas un rocher, mais un crâne, me souriant d'un air diabolique. J'observai les autres pierres, sur lesquelles j'avais dansé si maladroitement, si joyeusement, et elles aussi étaient des crânes, et sous elles, englués dans la boue du fleuve, se trouvaient les corps. Des gens de tous les âges, de petits enfants, des vieillards voûtés. Un gémissement aigu se fit entendre sur ma gauche, l'acouphène que je subissais à chaque vision ou lors d'une trop grande fatigue. Je vis une femme dont les seins étaient noircis et brûlés, des poches de chair à moitié fondues. Autour d'elle, certains crânes criaient, la mâchoire ouverte, et d'autres attendaient calmement la fin, comme frappées de stupeur.

– Qui sont-ils ? criai-je. Que leur est-il arrivé ?

Le vent me fouetta, me gronda, et des crânes se réduisirent en poussière à ses mots.

Lorsque je me retournai, le héron était là, picorant maladroitement les crânes avec son bec cauchemardesque. Il releva la tête et me regarda de l'obole dorée de son œil.

Un jour, il nous faut devenir ce que nous sommes.

La tête du héron devint celle d'un coyote, son bec brillant un museau brun terne, et sa gueule canine grogna et aboya, mais le corps au long cou resta le même, une horrible créature ailée et sauvage, un oiseau de l'enfer à face de chien. Ma vision se troubla. Dans ma douleur, je pensai *c'est peut-être bientôt fini, peut-être que le rêve s'achève maintenant*, mais les traits du coyote devinrent plus nets, s'estompèrent de nouveau, puis la tête du héron réapparut, avec ses plumes noires, son œil-obole et son bec mortel. Sa voix perça comme un poignard à mon oreille :

Il y a plus d'une sorte de prédateur.

Toute la largeur du fleuve était recouverte de cadavres. Des milliers. Des dizaines de milliers. Un autre enfant gisait à mes pieds, cuit et refroidi, transformé en onyx.

– Tant d'enfants, murmurai-je, et le vent me gifla si fort que mes yeux piquèrent et pleurèrent. Comment a-t-on pu laisser ça arriver ?

Ils sont maudits. Ils vont périr entre les mains du produit.

Je secouai la tête avec dégoût.

Mieux vaut que ce soit eux que toi.

– On doit bien pouvoir faire quelque chose ?

Seul le vent me répondit, en jetant du sable dans mes yeux.

Quand je clignai des paupières et recouvrai la vue, le héron était parti.

Une voix retentit soudain, tranchante, furieuse. Mes yeux et mon corps me faisaient mal. J'étais plongée dans le Columbia jusqu'au cou. En un éclair, l'eau avait regagné son lit. À côté de moi flottait la tête pourrie du cerf qui dégageait une horrible puanteur de mort et dont les yeux vides me regardaient. Le fleuve s'en empara et l'emporta rapidement vers le sud. Elle allait bientôt tourner vers l'océan, à l'ouest.

Sur le rivage, un homme agitait les bras.

– Eh, jeune fille ! cria-t-il. Qu'est-ce qui vous prend, vous êtes folle ?

Ma chemise de nuit en tissu Vichy tournoyait autour de moi. Le vent hurla à l'homme sur la rive, lui ordonnant de nous laisser seuls.

– Bon Dieu ! brailla-t-il. Tenez bon !

Le courant m'entraînait avec une force menaçante. J'arrivais tout juste à me maintenir à flot. Sous mes pieds nageaient des milliers de fantômes en devenir. Si je m'agitais trop vigoureusement, je les réveillerais. Assoiffés de vie, ils m'attraperaient par les chevilles et les poignets, puis m'entraîneraient vers les profondeurs.

L'eau insistait, gémissait. *Ça suffit. Viens avec moi, Mildred.*

Je n'étais pas suicidaire, pas que je sache, mais j'eus à ce moment précis l'intuition qu'il serait merveilleux de ne plus avoir à penser, à m'inquiéter. Mes muscles se relâchèrent involontairement.

J'entendis le bruit d'un plongeon. L'homme avait sauté.

– Résistez au courant ! me cria-t-il avant de se diriger vers moi à grandes brasses.

Il était bien meilleur nageur que moi. Son bras m'entoura la taille et il me tira vers le rivage en pestant.

– Restez tranquille. Vous allez nous tuer tous les deux !

Il m'extirpa de l'eau et me déposa à terre. Haletant, à genoux, il me raconta qu'il marchait le long de la route pour se rendre à son service matinal, dans l'un des réfectoires, lorsqu'il m'avait entendue crier depuis le fleuve.

– Crier ? répétai-je.

De l'eau coulait de mon nez et de mes yeux. Je tentai de me rappeler ce qui s'était passé, en vain. Il me demanda à nouveau ce qui ne tournait pas rond chez moi.

– Vous m'avez foutu une sacrée frousse, jeune fille.

Puis il ajouta, sur un ton plus doux :

– Ça va ? Z'étiez pas en train de vous noyer ?

Ma chemise de nuit, détrempée, pesait cinquante kilos. Je tremblais de manière incontrôlée.

– Je suis somnambule, marmonnai-je.

L'homme rejeta la tête en arrière et éclata de rire.

– Sans blague ! Et vous vous baladiez pieds nus ? Quand je vais dire ça à ma femme. Elle ne va pas me croire.

Je me recroquevillai, humiliée, en me rendant compte que le tissu de ma chemise de nuit se collait à mes seins, aux rondeurs de mes hanches et à mes jambes, les dévoilant bien trop. Je croisai mes bras sur ma poitrine.

J'entrevis alors les plantes de mes pieds. Elles saignaient, couvertes d'ampoules, comme si elles avaient été brûlées.

La clochette et la sturnelle

Si ce que Kathy racontait était vrai, à savoir que Beth était mon amie uniquement pour des raisons égoïstes, l'attitude de cette dernière au cours des semaines qui suivirent laissa entendre tout l'inverse.

Elle me chouchoutait, me prenait dans ses bras quand nous avions été séparées plus d'une heure et s'extasiait sur mon merveilleux caractère dès qu'elle me présentait à quelqu'un. Elle me décrivait comme la seule personne honnête qu'elle ait rencontrée (hormis sa sœur, bien sûr), la seule âme pure et respectable. Je rougissais quand elle parlait ainsi – Mère aurait ri au joli nez de Beth, et ma sœur lui aurait donné une douzaine de contre-exemples – mais il me semblait miraculeux que quelqu'un me voie ainsi et choisisse de me présenter de cette façon aux autres bonnes gens de Hanford.

En privé, elle se faisait du souci pour moi.

– Cette crise de somnambulisme, dit-elle un soir alors que nous étions dans notre baraquement, chacune assise sur son lit de camp, face à face, nos genoux se touchant presque, attendant notre tour pour aller dîner. Tu aurais pu en mourir, Milly.

Je voulus objecter et lui expliquer, mais comment expliquait-on une sensation aussi grisante, un tel pouvoir ?

– Il ne faut pas que ça se reproduise, déclara Beth.

Cela ne me plaisait pas. Ce qu'elle pensait déréglé en moi était justement ce qui allait le mieux.

– C'est comme un don, lui dis-je. Quand j'étais petite, ça m'arrivait tout le temps. Je me réveillais le matin et je savais des choses. Des choses que j'avais vues, des choses incroyables, des choses qui attendaient d'arriver.

J'avais pris l'habitude de me toucher le menton en parlant, et je le faisais à cet instant précis, mais Beth se pencha pour me prendre la main.

– Je pensais que j'avais perdu cette partie de moi-même, Beth, poursuivis-je. La seule partie de moi-même que je trouvais magique. Maintenant, elle est de retour.

Le futur me choisit. M'avertit.

Les agates des yeux de Beth étaient pleines de doute.

– Milly, on ne peut pas prédire l'avenir.

– Moi, si, assurai-je.

Beth glissa une mèche de mes cheveux derrière mon oreille.

– S'il te plaît, ne raconte cela à personne d'autre, d'accord, Milly ? Bien. Changeons de sujet. Je suis affamée.

Elle ne me croyait pas. Je m'y étais habituée ; je savais quand me taire. Autrefois, je me pensais capable de convaincre les autres à force d'éloquence, mais j'avais dépassé ce stade à présent. De telles tentatives étaient inutiles.

Pourtant, je n'avais jamais connu une amitié comme la nôtre. J'avais l'espoir que si quelqu'un en venait un jour à me croire et à m'encourager, ce serait Beth.

Mais cette nuit-là, après avoir mangé, peigné nos cheveux, enfilé nos robes de nuit et tiré les couvertures sur nous, elle m'offrit quelque chose.

C'était une jolie clochette argentée, attachée à un ruban vert.

– À quoi ça sert ?

– Laisse-moi faire, Milly. C'est parce que je m'inquiète pour toi.

Je l'autorisai à la nouer autour de ma cheville. Elle me demanda de la porter toutes les nuits, et j'acceptai parce que je l'aimais. J'ignorais ce que cela faisait, d'être un sujet d'étude, comme un animal en cage. Quelques nuits plus tard, je me levai à moitié endormie et je m'éloignais quand le son clair de la clochette la réveilla ; Beth me rattrapa et me remit au lit. Cela se produisit à de nombreuses reprises. Une fois, elle resta endormie et je me réveillai hors du baraquement, tout étonnée, marchant les mains levées au-dessus de ma tête comme si j'étais en train de me noyer dans des eaux profondes. Je retrouvai rapidement mes esprits et me dépêchai de retourner au baraquement, consciente que j'avais la gorge et les pieds nus. Je tentai de me rappeler une éventuelle vision, comme celle des cadavres dans le Columbia, mais rien ne me revint, à part les griffures des armoises et du sable sur mes chevilles, le tintement persistant de la clochette et l'odeur de l'air sec. Je n'en parlai pas à Beth ; elle se serait fâchée contre elle-même de ne pas m'avoir sauvée plus tôt, et je tenais trop à elle pour lui faire ne serait-ce qu'un peu de peine.

Je m'efforçais de ne pas lui en vouloir, pour la clochette. Je m'efforçais de ne pas détester cette façon de bâillonner mes rêves. Le danger ne me faisait pas peur. C'était, je le sentais, l'ingrédient nécessaire à la vivacité de mes visions. Si me retrouver plongée dans le Columbia avait été un choc, assurément, cela avait été bien plus effrayant pour l'homme qui m'avait sauvée que pour moi. Je tentai de l'expliquer à Beth le lendemain, mais elle ne fit que se tordre les mains d'anxiété.

– Tu aurais pu te noyer, Milly. Non, on ne peut pas continuer comme ça. Il nous faut une solution. Je ne supporterais pas que tu te noies, toi aussi.

Je perçus l'inquiétude dans sa voix et fus perdue.

– Est-ce que tu parles d'Annie ? Elle n'est pas morte à l'hôpital ?

– Elle s'est noyée dans le détroit de Puget.

Et tandis qu'elle parlait, Annie se matérialisa derrière elle, esprit affligé, détrempé. Le fantôme toussa et de l'eau s'échappa de ses poumons.

– Je l'ai vue se débattre et couler, poursuivit Beth, et j'ai plongé pour aller la chercher. Quand je l'ai tirée hors de l'eau, elle avait perdu connaissance. Nous l'avons emmenée à l'hôpital, mais il était trop tard.

Je réfléchis à ce qu'elle me disait. Derrière sa sœur, Annie se déplaça pour me montrer sa chemise de nuit trempée et ses tresses dégoulinant d'eau ; après avoir fait un tour complet sur elle-même, elle plongea dans une flaque par terre.

J'avais failli me noyer dans le Columbia, la dernière fois. Quand je secouai la tête, j'eus l'impression d'entendre l'eau clapoter dans mes oreilles.

– Je suis tellement désolée, dis-je à Beth.

La flaque d'Annie se referma sur elle-même jusqu'à ce qu'il ne reste plus qu'un chagrin évaporé. Les lèvres de Beth s'étirèrent en un sourire furtif, une tentative pour atténuer ma gêne.

J'étais touchée par les immenses tragédies de Beth. Elle les portait avec une telle assurance, et je me demandais si c'était parce qu'elle avait tant perdu, et qu'elle savait, contrairement à la plupart d'entre nous, tout ce qu'une personne pouvait endurer.

– Elle était sensible comme toi, Milly, naïve et passionnée, me confia Beth. Rien ne lui échappait. Elle s'accrochait aux moindres détails, exactement comme toi.

Annie était le plus grand chagrin de la vie de Beth. L'avoir vécu amoindrissait l'impact de la mort de son mari.

– Le deuil, c'est quelque chose qui peut se répéter, dit-elle. Quand Glen est mort, j'ai simplement pensé : eh bien voilà, ça recommence, exactement comme je m'y attendais. C'était à la fois terrible et familier.

Voilà pourquoi la clochette me limitait ainsi, songeai-je. L'objet entrait en résonance avec son passé perturbé. Le mari de Beth la lui avait offerte en cadeau de mariage, et c'était un très bel objet, étincelant, avec une délicate attache en forme de cœur, et les mots *M. et Mme Glen John Green* gravés en écriture cursive. En dessous figurait la date de leur mariage, le 5 mai 1942. Elle brillait avec l'aura argentée du chagrin.

La clochette me dérangeait pendant mon sommeil, avec son ruban qui me grattait et sa masse qui me cognait la cheville lorsque je bougeais. Mais Beth était Beth, j'étais Mildred, et je l'adorais. J'aurais fait tout ce qu'elle me demandait. Cela lui permettait au moins de mieux dormir, ce dont elle avait cruellement besoin ; son anxiété à mon propos avait rendu son sommeil encore plus léger qu'il ne l'était.

Au bout d'environ une semaine, je parvins à me convaincre que la clochette n'était pas si terrible que ça. Je m'habituai à la sensation brumeuse et étouffée qui grandissait dans ma tête, comme si des esprits tourbillonnants y étaient enfermés et gémissaient pour être libérés. Les longues nuits sans rêves m'avaient rendue plus calme, bien que plus terne sur les bords ; je me convainquis intérieurement que c'était pour le mieux. Pendant ce temps, les autres femmes dans notre baraquement (dont Kathy, bien sûr) prirent l'habitude de m'appeler Marguerite. Si je n'étais pas avec Beth, elles meuglaient sur mon passage, que je porte la clochette ou non.

Pour me distraire, je me concentrais sur mon travail. Tous les jours, je prenais le bus pour aller et repartir de l'Unité B, avec Tom le chat, Gordon et une centaine d'autres hommes. J'étais l'une des rares femmes à y œuvrer et, la plupart du temps, les hommes me considéraient comme une petite sœur bien plus jeune qu'eux. Si quelqu'un faisait une blague graveleuse à portée de mes oreilles, ou parlait en ma présence de ses rendez-vous galants ou de ses visites au bordel de Richland, ils me regardaient et s'envoyaient des coups de coude, s'attendant à me voir rougir ou être embarrassée, mais je me contentais de soutenir froidement leurs regards. Quelques-uns parmi eux se prétendaient des chrétiens intègres ; selon eux, les femmes devaient être traitées avec déférence, telles d'innocentes beautés avant le mariage et des matrones dévouées après. Ceux-là étaient presque les pires, tatillons à l'extrême. Je détestais quand ils faisaient taire tout le monde, prenant pour prétexte ma nature sensible, alors qu'en vérité j'avais tendance à épier les détails d'ordre sexuel ou corporel, qui aiguisaient ma curiosité et ma maturité sans pour autant me rendre concupiscente. Aucun de ces hommes n'était amoureux de moi, mais ils me toléraient et m'appelaient « Milly comme-il-faut ». Le surnom avait d'abord été utilisé dans mon dos, puis en face, et je le prenais comme un compliment, même si j'étais à peu près certaine que ce n'en était pas un.

Dans la bétaillère, Tom le chat ou Gordon s'asseyait généralement avec moi ou non loin, de sorte que nous pouvions discuter. Gordon aimait me parler de son passé et de son travail, et Tom le chat de notre région d'origine, ou de sa mère, ou de ses mauvaises conditions de travail, en extérieur. Je conversais assez facilement avec eux, et le temps passait vite. Je préférais, cependant, me retrouver seule, pour simplement regarder par la fenêtre le paysage d'un beige éclatant. De temps à autre, nous voyions des chevaux sauvages galoper vers le fleuve, soulevant des panaches de poussière qui flottaient comme de longs voiles couleur crème derrière eux. Rattlesnake Mountain, énorme et fière, était blottie au-dessus de la courbe du Columbia, et les rares arbres projetaient des ombres dramatiques où seul un rongeur pouvait s'abriter du soleil. Le vent était lui aussi presque toujours là, aussi rude que d'ordinaire. Je ne le laissais pas m'importuner quand je sortais du bus. Je me dépêchais d'entrer pour pointer, ma bouche et mon nez recouverts par mon foulard et mes yeux protégés par mon autre main. Le vent en terrorisait plus d'un. Un jour, je vis un homme pleurer à cause du sable dans ses yeux. Il me fit de la peine, mais Gordon ne supporta pas cet étalage de faiblesse et poussa le pauvre homme en avant, lui criant d'arrêter de se comporter comme une fille, et l'autre répliqua nerveusement que c'était difficile pour lui, car il devait travailler dehors pendant que Gordon restait à l'intérieur, auprès de la pile de l'Unité B. Le vent, disait-il, sifflait comme un essaim d'abeilles dans sa tête.

– Je vais devenir fou. Je le sais, c'est sûr.

Ce n'était pas impossible – les gens pouvaient devenir fous pour moins que cela – mais cet aveu fit horreur à Gordon, qui décréta que cet homme était une honte pour nous tous.

– On est ici pour notre pays, le houspilla-t-il. Arrête de te comporter comme une tapette. Même Mildred a plus de cran que toi.

Plus tard, alors que nous faisions la queue pour remonter dans le bus qui nous ramenait aux baraquements, je murmurai à l'homme :

– Ce n'est pas grave, vous savez, de détester le vent. Il est puissant, et pas toujours aimable.

Il m'adressa un regard reconnaissant, puis parcourut du regard l'étendue d'herbe et de sable, depuis Rattlesnake Mountain d'un côté jusqu'aux White Bluffs de l'autre.

– J'ai demandé une mutation. On verra si ça marche.

– J'espère pour vous, lui dis-je. Bonne chance.

Tom le chat s'avança vers nous et dit :

– J'ai réclamé un changement d'affectation, il y a quelques semaines. J'ai dû me démener un peu, mais ils m'ont dit que je pourrais avoir un poste au réfectoire la semaine prochaine. Si tu le veux, je te le donne. Je n'aime pas spécialement faire la vaisselle.

L'homme blêmit de joie, et lui et Tom le chat discutèrent des détails pendant que je souriais avec approbation. Ils se serrèrent ensuite la main, s'étant mis d'accord pour se rendre ensemble au guichet de paie plus tard ce jour-là.

Nous embarquâmes dans la bétaillère quelques minutes après. J'avais faim et j'étais fatiguée. Tandis que nous prenions place, je glissai à Tom le chat que ce qu'il avait fait était un beau geste.

Il se rapprocha de moi et serra ma main. Ce contact me surprit, mais pas d'une manière désagréable.

– Je n'ai pas envie de faire la vaisselle, dit-il.

Puis, plus doucement :

– Je ne te verrais plus aussi souvent.

Je ris. Je ne l'avais pas fait exprès, mais sa remarque m'avait étonnée par sa sentimentalité, sa timidité. Il devint écarlate ; je l'avais embarrassé. Je posai la main sur son bras et m'empressai d'expliquer :

– C'est juste que je n'ai pas l'habitude que quelqu'un veuille me voir.

Mais alors que je parlais, ma vision s'obscurcit. Une douleur arachnéenne rampa derrière mes yeux, familière, écrasante. Je pressai mes paumes contre mes tempes.

– Mildred ?

Sa voix semblait lointaine, comme étouffée par l'eau.

Puis la douleur et l'obscurité disparurent. Je lâchai ma tête. Je me tournai vers Tom le chat et le regardai, dans l'expectative, calme. *Je ne connais que trop bien ces cauchemars.* Son visage se mit à fondre, sa chair dégoulinant sur son manteau et sur ses chaussures.

La peau de son cou et de son torse suivit, se détachant avec ses vêtements. Il ne resta plus qu'un squelette, assis dans un amas de tissus, d'organes et de viscères.

– Oh, Tom le chat.

Dans sa cage thoracique s'agitait une sturnelle à ventre jaune, à l'aile cassée. Elle redressa la tête, m'observant de son œil noir, puis se jeta sauvagement contre les côtes, cherchant désespérément à s'échapper.

Il n'y avait rien d'autre à faire que d'attendre la fin de la vision, mais j'en étais prisonnière, mes émotions à vif, trop lucide.

La mâchoire du squelette bougea de haut en bas.

– Ça va, Mildred ? Tu es toute pâle.

En un clin d'œil, il redevint Tom le chat, la chair intacte, la sturnelle cachée, ses chaussures propres et polies. Le bus grondait en se dirigeant vers le campement et les hommes autour de nous, inconscients de leur sombre avenir, parlaient et gloussaient avec insouciance.

Je ne saurais jamais pourquoi une vision me faisait convulser alors qu'une autre ne m'affectait pas plus qu'une tape sur l'épaule. C'était peut-être une question de résistance ou de laisser-faire ; cela pouvait aussi dépendre du moment ou de mon état d'esprit. Voire du hasard, aussi chaotique et furtif que tout dans nos vies.

J'exhalai d'un coup l'air dans mes poumons. Mes mains étaient crispées et me faisaient mal. J'étirai mes doigts pour les détendre ; sens et métaphore cliquetaient dans mon esprit. Au moins, je me tenais droite et j'étais capable de parler, même si j'étais ébranlée.

– Tu as besoin d'air ? me demanda Tom le chat.

Il se pencha devant moi pour ouvrir la fenêtre. La brise m'aida et j'inspirai avec soulagement.

– J'ai cru voir quelque chose, lui dis-je.

Ma voix me semblait étrangère, incertaine. J'appréciais Tom le chat. Je me demandai si je devais le prévenir.

– Une vision.

La sturnelle. Une maladie ? Un souvenir ? La fragilité de Tom le chat ?

Son sourire devint hésitant.

– Une vision ? Comme un déjà-vu, ou quelque chose de ce genre ? Qu'as-tu vu ?

J'hésitai, songeuse.

– J'ai vu le merveilleux mari que tu vas devenir un jour, mentis-je. Parce que tu es gentil. Comme un oiseau.

Tom le chat me regarda d'un drôle d'air. *Mildred la folle*, me souvins-je.

– Est-ce qu'il y avait un nid ? demanda-t-il. J'étais père ?

J'acquiesçai, sans parvenir à sourire.

– Tes enfants vont t'adorer.

Il me toucha le bras, rayonnant, et me dit :

– Ça compte beaucoup pour moi.

Un moment passa, et il sembla sur le point de dire quelque chose d'autre, par-dessus le bruit des roues sur l'asphalte. Je me rendais compte qu'il prenait cette vision pour une envolée romantique et rien d'autre.

– C'est tout à fait ce que j'aimerais qu'il m'arrive, déclara-t-il.

Ce ne sera pas beau à voir, ce qui va t'arriver.

Je voulais croire que je lui avais rendu un grand service en lui donnant cette belle promesse d'avenir, mais Martha avait raison sur mon compte, j'étais une menteuse et une lâche, bien qu'en réalité elle ne m'ait qualifiée de la sorte que lorsque je disais la vérité.

Les gens ne me croyaient que lorsque je mentais.

*

Le docteur Hall était au téléphone lorsque j'entrai. Il parlait d'un ton lent et mesuré, comme s'il essayait de ne pas perdre ses nerfs.

Il claqua des doigts sous mon nez et fit un geste de gribouillage dans le vide. Je me précipitai pour prendre des notes.

– Vous dites d'augmenter les niveaux de production, dit-il au téléphone, mais il y a des réglementations en vigueur.

Il y eut une pause.

– Eh bien, c'est vous le général, alors je vous en prie, dites-moi ce que je peux faire.

Une autre pause.

– Vous avez raison, bien sûr, surtout si vous voulez détruire Hitler avant l'été. Mais je partage l'avis de DuPont : il y a des dangers potentiels pour l'environnement. Accroître la production accroît les risques.

Une pause. Je notais tout ce qu'il disait, comme il me l'avait demandé.

– Oui, exactement. Trois fois plus de puissance, trois fois plus de rendement. Je sais ce que DuPont dit. Les ingénieurs sont des gens intelligents, j'en suis sûr, mais si vous devez écouter quelqu'un, ce devrait être les scientifiques. Vous devez penser aux blessures. Aux accidents. Nous espérons que le vent et le fleuve vont diluer les toxines, mais l'étendue totale des dégâts pourrait ne pas se manifester immédiatement. DuPont se soucie surtout du matériel et de sa réputation, mais nous nous soucions de bien plus que cela.

Une autre pause.

– Pourquoi n'en parlez-vous pas à Farmer ? Il aura une idée encore plus précise des capacités et des dangers de cette unité.

Le docteur Hall me regarda d'un air féroce pendant un instant, tandis que la voix de l'autre côté de la ligne braillait dans son oreille.

Mon stylo resta suspendu au-dessus de mes notes d'une façon que je trouvais très professionnelle. Je me sentais toujours très professionnelle et très importante quand j'étais dans le bureau du docteur Hall.

Il était l'une des rares personnes à Hanford qui connaissait tous les secrets de l'Unité B. Le fait d'être sa secrétaire me donnait une assurance que je conservais au-delà des murs gris de cette pièce.

– Pour ça, je n'en sais rien, dit-il. C'est davantage le bébé de Farmer que celui de DuPont.

Sa voix était affligée, comme s'il laissait partir un enfant adoré vers son père biologique.

– Il n'y a pas d'autre moyen. Les données sont fiables. Soit nous continuons à notre rythme actuel et permettons une dilution régulière dans le Columbia et dans l'air, soit nous augmentons la production et produisons davantage de déchets. Vous ne pouvez pas avoir les deux, monsieur.

Le docteur Hall tourna la tête vers moi et leva les yeux au ciel. Je souris faiblement en réponse. Puis il s'enfonça dans son siège et dit :

– Oui, la fin de la partie est importante. Arrêter Hitler est capital. Savez-vous si ses propres projets sont sur le point d'aboutir ?

Une autre pause.

– C'est très problématique. Je préfère ne pas imaginer ce qui se passerait s'il y parvenait en premier.

Le docteur Hall fronça les sourcils à mon attention, ou plutôt à travers moi, comme s'il fixait les multiples horizons jusqu'aux montagnes d'Allemagne. Je n'aimais pas cette course avec Hitler : mes cheveux se hérissèrent sur ma nuque. *Hitler a sa propre Unité B*, songeai-je, et mon cœur se mit à battre plus fort à l'idée du danger.

– Je comprends, les bénéfices l'emportent sur les risques. C'est une région peu peuplée, et c'est l'une des raisons pour lesquelles vous l'avez choisie. Mais gardez en tête qu'il y a des milliers de travailleurs, ici.

La voix de l'autre côté de la ligne hulula en signe d'approbation, puis murmura quelque chose que je ne pus entendre. Le docteur Hall hocha la tête.

– Je suppose que je peux approuver ça. Parlez à Farmer. Nous sommes, j'espère que vous le savez, tous curieux de voir ce dont le projet est capable. Je ne voulais pas sous-entendre quoi que ce soit d'autre.

Le docteur Hall me fit signe de reposer mon stylo. Je m'exécutai sagement et m'assis convenablement, mes jambes croisées et les mains posées sur mes genoux.

– Oui, merci, général. Oui, monsieur. Je compte en parler moi-même avec Farmer. Ce sera un plaisir. C'est un grand homme. L'un de mes héros. Bien sûr. Prenez soin de vous, monsieur.

Il raccrocha en secouant la tête.

– Les ingénieurs sont trop attachés à leurs machines et les militaires ne pensent qu'à asseoir leur domination. C'est à nous, en tant que scientifiques, qu'il appartient de nous assurer que tout se fait de manière intelligente et éthique. Ce qu'ils recherchent, c'est le pouvoir. Et cette unité, je vous le dis, contient plus de pouvoir que l'étendue totale du Columbia.

Je pensai à la force inébranlable du fleuve, à la façon dont il forçait son passage jusqu'à l'océan, à cette fois où il m'avait presque submergée.

– C'est très puissant, dans ce cas, docteur Hall. Puis-je vous apporter un café ?

– Oui, mademoiselle Groves, s'il vous plaît.

Je me levai et m'avançai vers la porte, puis il répéta mon nom d'un ton interrogateur.

– Oui, monsieur ?

– Que comprenez-vous de tout cela, mademoiselle Groves ?

Je me retournai vers lui et posai mes mains sur le dossier de ma chaise.

– Eh bien, pas grand-chose, monsieur. Simplement que ce que nous faisons là est très important. Que c'est notre meilleure chance pour arrêter l'Allemagne.

– C'est vrai.

– Et nous devrons peut-être faire des sacrifices pour y parvenir, ajoutai-je.

– Oui. Des sacrifices. C'est sans doute le terme le plus adéquat. Davantage de déchets rejetés dans le fleuve, dans l'atmosphère, ce qui me fait réfléchir. Mais vous connaissez ce vent, mademoiselle Groves. Il va rapidement purifier l'air. Nous espérons que cela ne causera pas trop de dégâts.

Il me sourit et, même si je respectais beaucoup le docteur Hall et étais fière de travailler pour lui, bien entendu, ce sourire me rappela les crânes que j'avais vus dans le lit du Columbia.

– Est-il vrai, commençai-je avec hésitation, que Hitler a son propre projet ? Un projet similaire à celui-ci ?

Des signes d'inquiétude creusèrent le visage sobre et intelligent du docteur Hall.

– C'est la raison pour laquelle nous nous dépêchons. Et pour laquelle nous avons lancé tout cela en premier lieu. Einstein a envoyé une lettre à Roosevelt, voyez-vous. Il était très inquiet. Nous le sommes tous.

– Hitler a tué beaucoup d'enfants en Europe, n'est-ce pas ?

– Oui. Des centaines de milliers. Morts et encore en train de mourir.

– Et des femmes ?

– Des femmes, des hommes, des personnes âgées, des innocents. Il n'a aucun respect pour la vie humaine. Il doit être arrêté, mademoiselle Groves.

– J'ai eu un rêve, dis-je, et tout en parlant, je sentis que je ne m'exprimais pas avec ma propre voix, mais celle d'une autre, bien plus assurée. J'ai rêvé de ces enfants, ces femmes, ces personnes âgées, tous brûlés à vif. Ils étaient dans le lit du fleuve Columbia, des centaines de milliers, et le recouvraient d'os carbonisés.

Les sourcils gris du docteur Hall se haussèrent.

– Un cauchemar.

– Une vision, corrigeai-je.

– Le signe d'un passé difficile, répliqua-t-il rapidement. Je dois l'admettre, j'ai eu des rêves similaires. Des bombes larguées ici, au nord-ouest. Mais nos rêves, je suis désolé de le dire, ne signifient rien. Vous avez entendu parler de Freud, je présume ?

– Non, répondis-je.

– Bien. C'est un charlatan.

Le docteur Hall froissa quelques-unes des feuilles sur son bureau bien rangé puis dit, sur un ton plus aimable :

– Vous êtes une personne intéressante, mademoiselle Groves, mais il ne faut pas s'enorgueillir de croire que nos rêves trahissent autre chose que notre inquiétude.

– Oh non, monsieur, dis-je. Ce n'est pas le cas.

Puis, l'instant d'après, malgré ou à cause de moi, j'ajoutai :

– Mais cela va se réaliser.

Je fermai les yeux et le crotale apparut sur l'écran noir de mes paupières. Le serpent se dressa en sifflant et en agitant sa queue en forme d'épi de maïs.

– Tous ces cadavres, dis-je d'une voix sèche, ferme, la voix que je prenais avec ma mère quand je devais la sortir des toilettes ou de la baignoire. Des corps entassés sur des corps, des crânes entassés sur des crânes. Plus que vous ne pouvez l'imaginer. Les enfants. Les femmes et les infirmes.

Pendant un moment, j'eus l'impression qu'il m'entendait, comme s'il m'écoutait vraiment, et je retins mon souffle.

– Oui, dit-il, et ce mot rompit le sortilège. C'est ce qui arrivera si Hitler l'emporte.

Je déglutis avec difficulté, prenant conscience que cela pouvait très bien arriver : Hitler gagnerait et davantage d'innocents périraient entre ses mains d'une mort misérable, sinistre.

C'est alors qu'une voix dans ma tête, celle du héron, lâcha résolument un *non*.

– Il ne l'emportera pas, dis-je.

Mais il n'y avait aucune allégresse dans ma voix. Le docteur Hall sourit.

– C’est l’idée générale. Je suis sûr que vous avez raison. Gardez cela en tête, nous essayons de sauver des gens, pas de leur faire du mal.

Je marquai une pause, puis ajoutai :

– Les gens que j’ai vus n’étaient pas d’ici. C’étaient des étrangers et...

– Nous sauvons le monde entier, mademoiselle Groves, oui, en effet.

Je me rendis compte qu’il mépriserait chacun de mes mots. Le goût macabre et familier du rejet me fit me sentir plus légère.

– Je vais chercher votre café, dis-je en me retournant vers la porte.

Dans le couloir menant à la salle de pause, je ralentis. Des hommes s’étaient regroupés là, pointant du doigt par terre et riant.

– Mildred, dit l’un d’entre eux. Viens voir ça. Un oiseau est entré en passant par la porte de chargement.

Je m’avançai, pressentant ce que j’allais voir. L’oiseau sautillait sur le sol, son aile blessée affaissée derrière lui. Il essayait de prendre son envol, en vain.

C’était la sturnelle à ventre jaune que j’avais vue dans la cage thoracique de Tom le chat.

– Quelle jolie petite chose, dit quelqu’un. C’est quel genre d’oiseau ?

– Une sturnelle de l’ouest, répondis-je. Elles ont un chant merveilleux.

– La petite colombe connaît son affaire, plaisanta quelqu’un.

– Mon père, dis-je platement. Il adorait la nature.

– Qu'on abrège ses souffrances, s'il vous plaît, réclama quelqu'un. C'est pathétique.

Un homme s'avança et leva sa large botte noire. L'ombre s'étendit cruellement sur l'oiseau qui s'immobilisa, sentant peut-être l'imminence de sa mort. La botte s'abattit lourdement et certains applaudirent. Seul l'un d'entre eux se détourna, une main contre sa bouche, comme s'il allait vomir. Je croisai son regard et fronçai les sourcils. C'était l'homme qui m'avait sortie du fleuve. Il me reconnut mais ne me salua pas.

Je m'apprêtais à repartir quand quelqu'un m'interpella.

– Nettoie ça pour nous, tu veux bien, poupée ? Faut qu'on retourne travailler.

Je partis chercher la serpillière dans le placard de l'homme de ménage et remplis un seau d'eau savonneuse. J'essayai de ramasser la sturnelle sans la regarder, mais impossible d'ignorer tout ce sang.

Lorsque je regagnai finalement le bureau du docteur Hall les mains vides, il me demanda que diable j'avais fait de son café.

Je retournai dans le couloir. Le sol luisait à présent, l'horrible carnage ayant été nettoyé. Je m'efforçai d'oublier la sturnelle et Tom le chat. Mais il y avait un petit grain d'excitation planté en moi, et il brillait dans mes entrailles comme un bijou.

Cela ne m'était jamais arrivé auparavant, une vision qui se manifestait aussi rapidement, comme si je n'avais pas simplement imaginé cette sturnelle, mais que je lui avais donné vie. J'étais perturbée par le sort de l'oiseau, bien sûr, et par ce que cela pouvait signifier pour Tom le chat, pour moi-même, mais j'étais également galvanisée.

Je ne voulais pas que mon pouvoir me rende vaniteuse, mais il me faisait vibrer.

La chemise de nuit verte

Après avoir fini mon travail, j'époussetai les étagères du docteur Hall et je rangeai son bureau ainsi que ma petite table. De temps en temps, je jetais un coup d'œil par la baie vitrée qui donnait sur la salle de contrôle. Trois hommes travaillaient là, assis devant des panneaux de contrôle sibyllins, le regard rivé sur leurs montres, prêts à appuyer sur un bouton ou tourner une molette à un moment très précis. Je ne m'étais liée à aucun d'entre eux, mais j'avais mes préférés. Mon chouchou était un homme timide au front large. À ses heures perdues, il lisait des livres de poche. Il était presque aussi grand que Gordon, mais il était évident qu'il aurait aimé prendre moins de place, et cela me plaisait.

Gordon travaillait lui aussi au cœur de l'unité, dans la salle des vannes. Il m'avait raconté qu'il portait généralement une combinaison ainsi que d'épais gants et bottes. Lorsqu'il manipulait le « métal », comme ils l'appelaient, il mettait un masque respiratoire qui lui donnait l'apparence d'un insecte. Et en effet, quand je croisais des hommes en équipement dans les couloirs, ils ne paraissaient plus humains.

C'étaient des créatures fantomatiques, avec de terrifiants visages de libellules, comme grossis à la loupe. Je ne pouvais que deviner ce qui leur arriverait sans ces tenues aussi contraignantes. Un danger imminent semblait planer sur ce qu'on appelait le produit. Je me demandais à quoi il ressemblait. Dans mes rêves, c'était un orbe lumineux vert avec des yeux dorés et des dents acérées. Il tournait et bourdonnait, dans l'attente. Je ne parlais du produit à personne, pas même à Beth. J'avais envie de lui raconter plus de choses qu'aux autres, mais je prenais très au sérieux ce que le docteur Hall me disait : la confidentialité était cruciale.

D'autres hommes entrèrent dans la salle de contrôle et s'installèrent à leurs postes. Ils étaient jeunes, tout droit sortis du lycée. Leurs visages rasés de près me rappelaient les garçons d'Omak qui me parlaient rarement, à l'école. La plupart avaient été envoyés de l'autre côté de l'océan, et je me demandais ce qui clochait avec ces jeunes gens de l'Unité B pour qu'ils n'aient pas été enrôlés. Myopie, faiblesse, féminité. J'aimais cette idée qu'il s'agissait d'êtres plus doux, qu'ils pourraient faire de gentils maris et des pères aimants, même s'ils ne ressemblaient pas à Richard Quine. Assurément, ils seraient plus amènes que ceux qui allaient revenir.

Ces idiots, pensai-je, debout dans le bureau du physicien, ignorant la terrible douleur dans mes pieds, les chaussures trop serrées de ma mère qui me pinçaient. Les garçons d'Omak me qualifiaient de vieille fille, même en ce temps-là. Ils ne se rendaient pas compte, bien sûr, que je deviendrais une grande dame un jour, mariée à un brave homme de Hanford.

Quand nous reviendrons à Omak avec notre premier enfant chéri, je m'assurerai d'être aimable avec ces garçons immatures, pour leur montrer que je ne leur en veux pas.

Je refusais d'être comme ma mère ou comme Martha, trop prompte à la rancune.

J'étais l'une des rares femmes de ce bâtiment, et n'importe quelle présence féminine, même aussi simple et timide que la mienne, attirait l'attention des hommes de la salle de contrôle. Ils me saluaient de la main quand ils me surprenaient en train de les regarder, et je leur répondais d'un sourire chaleureux. Mais ils ne venaient pas me parler, ni dans le bureau ni dans la queue pour pointer, et je me demandais si c'était à cause de Gordon, qui m'escortait comme une sentinelle, son large torse aussi intimidant que celui d'un cheval de trait. Il me mettait à cran. Il critiquait ce que je portais et se moquait sans arrêt de moi. Parfois, il enfonçait son doigt dans ma taille et riait, disant que j'étais aussi molle qu'un beignet. Une fois, Tom le chat avait remarqué mon inconfort et lui avait demandé de me laisser tranquille. En réaction, Gordon lui avait dit de se mêler de ses affaires. Il lui avait donné une bourrade à l'épaule, le faisant reculer de quelques pas, et sa mine affligée m'avait embarrassée.

J'avais confié à Beth à quel point Gordon me mettait mal à l'aise, et elle formait une sorte de forteresse autour de moi chaque fois qu'il s'approchait. En sa présence, Gordon se comportait différemment. Il était calme et observateur, et s'il tenait des propos grossiers, il se recroquevillait sous son regard désapprobateur et présentait des excuses précipitamment. Il était comme un chien de berger mal dressé qui apprend la discipline d'une propriétaire plus stricte, mais je n'arrivais jamais à utiliser le fouet avec lui. Je ne pouvais que l'ignorer. Toutefois, je me sentais en sécurité quand Beth et Tom le chat étaient dans les environs, et j'essayais de n'aller nulle part où Gordon pourrait se trouver sans que l'un ou l'autre soit à proximité. Tom le chat, cela m'apparaissait évident, avait des sentiments pour moi, et je supposais que j'en avais peut-être moi aussi pour lui. Comment l'aurais-je su ? Que voulait dire avoir des sentiments ? J'essayais d'imaginer ce que cela faisait, de tomber amoureuse. Je savais que Tom le chat serait un travailleur exemplaire et un homme gentil avec lequel je pourrais passer le restant de mes jours, mais la sturnelle ensanglantée me revenait en tête, son poitrail jaune se soulevant et s'abaissant à toute vitesse, tandis qu'elle battait de son aile intacte les barreaux de la cage thoracique de Tom le chat. C'était peut-être, en soi, ce que l'amour nous faisait ressentir.

Un soir, pendant le dîner, je me sentis nauséeuse. Beth et les autres voulaient finir la soirée au bar, et je leur dis de ne pas m'attendre. Je n'avais qu'une seule envie : avaler du bicarbonate de soude et m'allonger jusqu'à ce que la tension dans mon ventre diminue. Beth proposa de me raccompagner jusqu'au baraquement, mais je refusai ; je craignais de vomir sur le chemin et l'idée d'avoir un témoin me terrifiait.

Je me hâtai au-dehors, dans les rafales poussiéreuses du crépuscule.

C'était mon moment préféré de la journée, quand le disque solaire se couchait derrière les montagnes, ornant Rattlesnake Mountain et les White Bluffs d'une guirlande éclatante de pastels, de lis d'un jour, de pervenches et de glaïeuls. Le vent était fort, mais pas au point de m'empêcher de profiter de la vue. L'air sentait nettement le givre et la sauge. Dans une semaine seulement, ce serait Noël. Je resserrai mon vieux pull et mon manteau autour de moi en avançant sur la terre battue gelée. Les réfectoires se vidaient et les bars se remplissaient, un pour les Blancs et un autre pour les personnes de couleur. L'idée même de la bière me dégoûtait. Mon estomac se retourna et je ralentis pour ne pas vomir sur les armoises gelées. Mes muscles se détendirent en marchant : je me sentis mieux. La fraîcheur du soir était le meilleur tonifiant.

Autour des baraquements des femmes, un groupe d'ouvriers finissait de travailler. De grands mâts s'élevaient désormais dans les airs, aussi hauts que des pins ponderosa.

– Qu'est-ce que c'est que ça ? leur demandai-je.

Un homme portant des gants en cuir déroulait un fil de fer barbelé. Sans interrompre sa tâche, il me répondit, d'un ton plutôt amical :

– Il s'est passé certaines choses ici. C'est pour votre protection. On a creusé les trous pour les poteaux avant que le sol ne gèle trop. Maintenant, il ne reste plus qu'à installer ces barbelés. Ça devrait se faire rapidement.

Je les avais vus creuser à l'extérieur, les jours précédents, mais je supposais qu'ils construisaient des latrines, voire des baraquements supplémentaires. Nous étions tellement nombreux. Je ne m'attendais pas à une clôture, immense, qui plus est. Avec des barbelés féroces.

– Des choses ? demandai-je. Comme quoi ?

– Je préfère ne pas en parler, répondit-il en secouant la tête. C'est affligeant.

– Un meurtre ? demandai-je.

Tous les hommes se mirent à rire, secouant la tête eux aussi.

– Rien de tel, répondit l'homme. La fille à qui c'est arrivé va mieux, maintenant. Ils ont parlé au gars. Il est désolé et tout.

– Mais que...

Un sifflement aigu retentit derrière moi et je me retournai pour voir Gordon planté là, avec sa belle gueule. Il ne portait qu'une chemise, mais il avait l'air parfaitement à l'aise sans manteau, malgré le froid cinglant.

– Vous essayez de nous empêcher d'entrer, n'est-ce pas ? plaisanta-t-il à l'adresse des hommes.

Ces derniers rirent et blaguèrent en retour, disant qu'ils faisaient de leur mieux.

– Après, si un homme veut vraiment une femme... commença l'un d'entre eux, avant de s'éloigner en gloussant.

– Elle ne devrait pas se promener ici toute seule en pleine nuit, dit un autre à Gordon en me montrant du doigt.

– Je sais. Son amie m'a envoyé la raccompagner.

– Beth ? dis-je, incrédule.

Il fit un clin d'œil affirmatif. Cela m'étonnait de la part de Beth. Confier ma sécurité à quelqu'un d'autre ne lui ressemblait pas.

– Je vais bien, dis-je. Je n'ai pas besoin de l'aide de qui que ce soit.

– Balivernes, rétorqua Gordon. Toutes les femmes sont des demoiselles en détresse.

J'étais troublée par sa beauté, la ligne bien dessinée de sa mâchoire et sa force. Ses lèvres se courbèrent, cruelles et attirantes. L'espace d'un instant, je fus Susan Peters, me tenant devant l'amour de ma vie. Je voulus le prendre dans mes bras et lui avouer que, oui, j'étais en détresse, *j'ai besoin de quelqu'un, n'importe qui, vraiment, pour prendre soin de moi*, mais il détourna le visage et je reconnus alors le profil du coyote. Je m'éloignai, hâtant le pas vers mon baraquement.

De tous les côtés, le ciel nocturne s'assombrissait et s'épaississait, parsemé d'étoiles. À l'est, les falaises de White Bluffs se dressaient hors de la poussière comme des couteaux. Les baraquements branlants des femmes s'élevaient dans la lumière ténue comme un tas de boîtes d'allumettes abandonnées, majoritairement vides à l'exception des filles comme moi, les malheureuses qui ne se sentaient pas bien, les timides aux nerfs fragiles. Au loin, j'entendais la musique des bars. Leur bruit lancinant amplifiait ma solitude.

Gordon cala le rythme de ses pas sur le mien, menaçant dans son silence.

Lorsque j'atteignis la porte de mon baraquement, je me retournai vers lui et lui tendis la main.

– Merci, je suppose, dis-je.

– Tu supposes ?

Il ignora ma main et me dépassa pour franchir la porte.

– Tu n'as pas le droit d'être ici, lui fis-je remarquer.

Une fille qui se détendait sur son lit avec un livre poussa un cri strident. Elle était en peignoir de bain avec des bigoudis dans les cheveux. Elle bondit sur ses pieds et me gronda :

– Tu ne peux pas amener ton petit ami ici !

– Ce n'est pas mon petit ami, dis-je.

– Tout doux, poupée, lui dit Gordon.

Et il se mit à fouiner dans la pièce. La fille nous regarda d'un air maussade pendant un moment avant de quitter complètement le bâtiment, pour se rendre soit au baraquement voisin, où elle pourrait se plaindre de nous, soit aux toilettes froides cinq cents mètres plus loin.

– Tu dois partir, dis-je à Gordon.

– C'est si propre, chez vous, les filles. Pas étonnant qu'on vous paie pour faire nos lits.

– Vous êtes des adultes, maintenant. Vous devriez les faire vous-mêmes.

– Je te paierais bien dix dollars pour secouer mon oreiller de temps à autre, dit Gordon avant de rire bruyamment à sa propre blague.

Je détestais la vue de ses dents, jaunies par trop de café, dures et ternes comme les pierres d'une rivière.

– C'est celui de Bethesda ? demanda-t-il en pointant du doigt le lit de camp à côté du mien.

Beth avait placé une photo d'elle et de son mari décédé sur sa commode. Le cliché capturait toute sa beauté, ses cheveux ondulés, son long cou et son regard généreux, heureux. Le mari disparu semblait lisse à côté d'elle, déjà transformé, par la seule vitalité de son épouse, en fantôme sans forme.

Gordon prit la photo et l'observa un moment avant de la reposer face cachée sur la commode.

– Il avait une tête de crétin, lâcha-t-il.

– Tu dois partir. Tu vas m'attirer des ennuis.

Il ouvrit un tiroir de la commode de Beth et, sourire narquois aux lèvres, se mit à fouiller l'intérieur avec ses énormes mains.

– Arrête ça ! ordonnai-je.

Je le poussai dans l'espoir de le faire partir. Il attrapa un vêtement brillant en rayonne, le porta à son visage et le renifla intensément. Je reconnus sa chemise de nuit verte à coupe asymétrique, un modèle flatteur que je lui avais tant envié quand elle l'avait porté lors de notre première nuit.

– Ça fera l'affaire, dit-il avec un large sourire avant de me souhaiter une bonne nuit.

– Rends-moi ça !

Il répondit d'un geste dédaigneux de la main par-dessus son épaule. Submergée par mon impuissance, je m'écriai, pathétiquement :

– Bon débarras !

Puis je me préparai pour aller au lit, en finissant par attacher la clochette à ma cheville, sans trop savoir si je devais ou non raconter à Beth ce que Gordon avait fait. La lectrice revint. Elle me lança un regard méchant, mais je m'en fichais. J'étais simplement heureuse d'être au chaud, sous mes couvertures. Le sommeil finit par s'abattre sur moi.

Je me réveillai plus tard. La foule des dernières arrivantes avait allumé toutes les lumières. Non loin de moi, Beth s'était déshabillée et enfilait sa chemise de nuit en flanelle.

– Rendors-toi, Milly, me dit-elle. On ne voulait pas te réveiller.

Je plissai les yeux pour faire le point. D'autres corps bruissaient non loin, s'installant dans leurs lits. L'air sentait le parfum et la bière. Beth se coucha vite, tremblante de froid, et tira les couvertures jusqu'à son menton.

– Comment était ta soirée ? murmura-t-elle.

– J'ai dormi, dis-je.

– Ton ventre ?

– Ça va mieux, maintenant.

– Trop de beignets au petit-déjeuner, glousse-t-elle, et je souris.

Quelqu'un éteignit les lumières à nouveau et le dortoir se tut.

– Je suis contente que tu sois de retour, dis-je.

Elle tendit le bras dans l'espace entre nos deux lits et je fis de même. Nous pressâmes nos mains l'une contre l'autre, la mienne chaude comme un pain sortant du four, la sienne froide comme un bouquet de stalactites. Je voulais lui transmettre ma chaleur. Je détestais savoir qu'elle avait froid.

– Ma douce Milly, soupira-t-elle d'une voix endormie. Tu as mis la clochette ?

– Ma chère Beth, répondis-je. Oui.

Je ne lui parlai pas de la chemise de nuit dérobée. J'avais honte de ne pas avoir réussi à empêcher cela.

Et je ne voulais pas qu'elle pense que Gordon et moi avions été seuls dans le baraquement, qu'il y avait quelque chose entre nous. Ou peut-être ne voulais-je pas qu'elle se moque de moi. *Mildred, l'amante de Gordon ! Comme c'est ridicule !*

Ce secret me préservait de sa désapprobation. J'étais une personne égoïste et horrible, exactement comme Mère et Martha l'avaient toujours dit.

– Je t'aime, chuchota-t-elle, et je lui répondis la même chose.

Je relâchai sa main et me tournai sur le côté, la clochette à ma cheville tintant faiblement.

Sauve-moi de ces crétins

Le dimanche suivant, notre seul jour de repos, je pris le bus pour Richland. Je ratais la messe, mais je voulais téléphoner à Mère.

– Okanogan 8-1521, s'il vous plaît, dis-je à l'opératrice avant d'insérer mes pièces et d'attendre que la communication soit établie.

Le téléphone sonna pendant un long moment, ce qui me surprit, sachant à quel point les voisins étaient curieux sur notre ligne téléphonique partagée. Mais tout le monde était à l'église, supposais-je ; Mère restait généralement à la maison pour une raison ou pour une autre. Enfin, le téléphone fut décroché et j'entendis la respiration laborieuse de Mère. Je voulus dire bonjour, mais je restai silencieuse. Je me contentai de l'écouter, les yeux fermés, et, l'espace d'un instant, j'étais de retour à Omak, à côté de son lit, en train de lui lire *Heidi*, son livre préféré, dans un rare et paisible moment d'intimité.

– Si c'est le fils d'Angel, déclara-t-elle, laisse-moi te dire que tu es dans de beaux draps pour avoir épousé cette Indienne. Tu as brisé le cœur de ta pauvre mère. Elle ne veut plus te parler.

– Mère, dis-je.

Il y eut un instant de silence. Je posai la main contre le bois de la cabine téléphonique et ma paume se recouvrit d'une matière collante.

– Mère chérie. C'est moi, Mildred.

– Je sais que c'est toi, cervelle de moineau. Ne sois pas condescendante.

Je plissai les yeux, éblouie par la lumière vive. Les rues de Richland étaient bordées de bâtiments neufs construits par le gouvernement, et des familles endimanchées se hâtaient sur le trottoir pour aller à l'église. Je songeai qu'il serait agréable de quitter les baraquements et m'installer là un jour, pour vivre seule dans une véritable ville, dans une petite maison qui ne serait qu'à moi. Le mari d'abord. Puis la maison. Puis les enfants. Voilà ce à quoi on m'avait dit d'aspirer toute ma vie. Non loin de ma cabine, une mère tira sur la main de son fils, la voix tendue et désapprobatrice. Pauvre enfant. Je serais tellement plus gentille avec ce petit garçon. Je lui achèterais un cornet de glace au drugstore ; je le laisserais choisir le jouet qu'il voudrait.

– Rupert a épousé Matilda Jim, si tu l'ignorais. Et bien sûr que tu l'ignorais, vu que tu as pris la fuite.

– Je m'en doutais un peu, dis-je. Où se sont-ils installés ? J'aimerais leur écrire une lettre, si c'est possible.

– En quoi ça te concerne ? Ce n'est plus chez toi, ici. Rien de tout ça ne te concerne.

Pour toute réponse, j'émis un petit son guttural. Puis, m'égayant, j'ajoutai :

– Mère, je suppose que vous avez reçu les chèques ?

– Je ne gère pas l'argent. C'est Martha qui s'en occupe, avec son gros bêta insipide de mari. Il se traîne ici comme un animal à l'agonie. Je ne supporte pas de le voir.

– Il vous adore, Mère. C'est un homme bon. Essayez d'être gentille.

– Je n'ai pas pu aller à l'église avec eux aujourd'hui à cause de ma goutte. Ça fait un mal de chien, Mildred.

J'étais rassurée par la façon directe avec laquelle elle me parlait.

– Je vous masserais les pieds si j'étais là, lui dis-je avec tendresse.

– Le docteur Sheppard est d'accord avec moi pour dire que mon état s'est aggravé depuis que tu es partie. Il a dit qu'il était terriblement triste que mes filles ne m'aident pas alors que je suis dans un tel état de faiblesse.

– Mère, je vous ai envoyé neuf chèques jusqu'à présent, c'est bien plus d'argent que nous n'en avons eu depuis longtemps. S'il vous plaît, renseignez-vous auprès de Martha pour vous assurer qu'ils sont bien arrivés. Il y en a neuf au total, et un dixième devrait arriver...

– Angel Shea ! hurla Mère. Je sais que tu écoutes, sale petite fouine. Je peux entendre ton foutu chien. Raccroche immédiatement ! Je n'écoute pas tes conversations avec ton amant peau-rouge.

– Mère, dis-je. Je ne pense pas...

Un petit bruit sec retentit. Indubitablement, madame Shea venait de raccrocher.

– Madame Shea est peut-être une bonne partenaire de bridge, mais c'est une mauvaise amie, dit Mère. Elle m'a dit que je devrais te pardonner, comme Dieu aimerait que je le fasse. Quelle idiote. Dieu se fiche éperdument du pardon. Son truc, c'est la vengeance. Rien ne lui plaît plus qu'un bon coup de pied au derrière.

Une queue se formait devant la cabine téléphonique, et je lui tournai le dos pour ne pas voir tous ces visages impatients.

– Mère, ça fait du bien d'entendre votre voix. Vous avez l'air d'aller bien.

– Qu'est-ce que tu fais exactement là-bas, de toute façon, Mildred ? me demandat-elle alors, et je fus surprise par la question.

Cela m'encouragea à penser qu'elle pourrait s'intéresser à mon travail. Je marquai une pause, rassemblant tout mon enthousiasme. Je voulais la rendre très fière.

– C'est top secret, Mère. Je travaille pour l'un des plus grands scientifiques ici. C'est un physicien.

– Un grand scientifique ? Ben voyons. Encore une de tes inventions. Ton fameux Hanford, personne n'en a entendu parler, même dans les journaux.

– Non, non, les journalistes n'ont pas le droit d'écrire là-dessus.

C'était ce que le docteur Hall m'avait appris : la presse avait reçu la stricte interdiction de s'intéresser au site de Hanford.

– Alors comment je peux savoir que tu es là-bas, et pas en train de baguenauder dans un harem égyptien ?

– Les chèques que je t'envoie viennent du gouvernement, donc...

– Tu ne peux même pas dire à ta propre mère ce que tu fais. Tu ne sais même pas. Tu as toujours raconté n'importe quoi, Mildred. Ton père te pensait si prometteuse. « C'est une lectrice, qu'il disait, elle adore les mots et les histoires. Elle est très douée en mathématiques. Elle sera aussi instruite que possible. » Mais je savais, nous le savions tous, que tu vivais dans un monde imaginaire. Et même maintenant, même maintenant, tu n'as pas la moindre idée de...

– C'est une arme, Mère. Quelque chose qui nous aidera à gagner la guerre. Je pense que tu seras très fière de moi. Nous fabriquons quelque chose qu'ils appellent tous le produit...

Je m'arrêtai là, horrifiée.

Confidentialité. Sécurité. Loyauté.

– Je ne peux pas en parler, Mère, je ne peux pas. J'en ai déjà trop dit.

– Une arme, répéta Mère. Hourra.

Derrière sa respiration laborieuse, j'entendis le grincement familier de la porte d'entrée de chez elle, et je me rappelai la vive lumière de l'hiver brillant à travers les fenêtres sur la table en émail, une table que Mère adorait et exhibait fièrement devant ses partenaires de bridge. Je me souvenais avoir pleuré à cette table étant enfant, tandis que Mère se tenait devant moi et me réprimandait pour l'avoir embarrassée devant ses amis. Je ne me rappelais pas ce que j'avais fait, mais cela avait un rapport avec le fait de trop parler.

La voix de Mère se mua à présent en supplication.

– Quitte ce stupide boulot, Mildred. Il est temps de revenir à la maison. Sauve-moi de ces crétins.

Martha est une véritable brute. Elle ne fait pas attention comme toi. Ses enfants sont bruyants et horribles. Elle a cassé trois plats depuis ton départ, volontairement pour l'un d'entre eux.

J'entendis des voix s'élever derrière elle, les éclats stridents de Martha, et Walter qui demandait faiblement à sa femme de parler moins fort. On tenta d'arracher le téléphone, le tirant dans un sens puis dans un autre, et j'écoutai ces bruits de lutte avec une grande nervosité.

Martha l'emporta. Sa voix perçante retentit sur la ligne, me criant d'horribles mots que je ne l'avais jamais entendue prononcer auparavant. Épuisée, elle finit par dire :

– Je te déteste. Tu as gâché ma vie.

Et elle passa le combiné à Walter.

Quelqu'un frappa à la porte en verre de la cabine téléphonique. La première messe de la journée devait être finie, la file d'attente s'allongeait. Je fis comme si de rien n'était, me recroquevillai contre le téléphone comme pour le protéger, et ajoutai précipitamment d'autres pièces.

– Allô, Mildred. Comment vas-tu ? me dit simplement Walter.

– Je vais bien, Walter, répondis-je, mais j'étais si secouée que mes mains tremblaient. Et toi ?

– Martha s'inquiète pour toi. C'est tout ce qu'elle a voulu dire.

– Oh, tout va bien, mentis-je. Ça lui aura fait du bien de vider son sac.

– Elle pense que tu vas te blesser, blesser quelqu'un ou finir par mourir, là-bas.

Il eut un rire gêné.

– Elle est en train de fumer dehors avec ta mère, maintenant. Elle reviendra.

– Avez-vous reçu les chèques, Walter ?

– Oui, dit-il. Merci. Tu gagnes de sacrées sommes. Plus que moi. Nous sommes tous reconnaissants.

Encore un rire gêné.

– Je devrais peut-être trouver du travail là-bas.

Walter était raboteur à la scierie locale, mais le salaire était dérisoire et, de temps à autre, Martha travaillait à la cafétéria de l'école pour joindre les deux bouts. Pendant l'une de ses crises de mauvaise humeur, elle m'avait un jour dit que Walter était trop maladroit avec ses outils et que, selon le contremaître, il finirait par se scier les doigts. J'avais espéré qu'elle se trompe et que cette histoire ne soit que l'un de ses habituels moments de dérision, rien de plus, mais un jour, son mari rentra plus tard du boulot avec deux doigts bandés : il s'était sectionné deux phalanges.

– Ta mère a mordu Martha l'autre jour, poursuivit Walter, et les points de suture ont coûté cher. Nous avons eu de la chance que Martha ne soit pas retournée la gifler comme elle le voulait, mais...

– Tu plaisantes, dis-je. C'est horrible.

– Elle lui a mordu la main parce que Martha essayait de lui faire manger un biscuit à la marante et...

– Mère est capable de se nourrir elle-même. Ne faites pas tout ce qu'elle vous demande.

– Mais la main de Martha guérit comme il faut, la contusion a presque disparu, même si je t'avoue que je me suis presque évanoui en voyant le sang...

Je n'avais plus de pièces.

– Walter, s'il te plaît, dis à Martha de ne pas laisser Mère contrôler toute sa vie.

– Je ne suis pas sûr de devoir lui dire ça, Mildred, même si je sais que tu veux bien faire. Elle pense sincèrement que tu...

La ligne coupa. Je me sentais étourdie, enfermée dans cette petite boîte, comme si je me trouvais dans mon propre cercueil. L'homme frappa à nouveau, pas impoliment, mais je lui jetai un regard noir malgré tout. J'étais nerveuse. Les muscles de mon visage étaient crispés, tremblants.

Je me frayai un chemin à travers la foule agacée, certains grommelant contre moi dans leur barbe, et je pris le chemin de l'arrêt de bus. Une femme attendait là, elle aussi, son sac à main pendouillant à son poignet. Lorsqu'elle me vit, elle me fit un clin d'œil de conspiratrice et me demanda ce que je pensais que nous faisions à Hanford.

Pas vous non plus, songeai-je. *Pourquoi les gens posent-ils autant de questions ? Ils demandent, ils demandent, puis ils n'écoutent pas les réponses.* Je regrettais d'en avoir dit autant à Mère. Je craignais de ne pas pouvoir me faire confiance.

– « Lèvres déliées, bateaux coulés », répondis-je.

La femme grimaça, probablement déçue par mon manque d'humour.

– Vous savez ce que j'ai entendu ? dit-elle.

– Peu m'importe, répondis-je en feignant le désintérêt.

– J'ai entendu qu'ils fabriquaient du papier toilette. Ça a l'air absurde, bien sûr, mais je crois que c'est peut-être vrai. Nous participons à l'effort de guerre en fabriquant du papier toilette de bonne qualité pour les troupes.

Je la regardai pour voir si elle plaisantait. Ce ne semblait pas le cas.

– Ne faites pas cette tête, reprit-elle. Je ne suis pas stupide. Je l'ai entendu d'une source sûre. Du bon papier toilette, voilà qui peut remonter le moral d'un homme. Enfin, je ne suis qu'à moitié convaincue.

– Je travaille dans le bureau d'un physicien à l'Unité B. Ce n'est pas du papier toilette. Je vous le promets, ce n'est pas ça.

La femme détourna le regard vers le bus brun et pourpre qui approchait. Derrière lui apparaissaient des bandes de terre brune et gelée en jachère, et entre elles se cambrait le Columbia, large et gris, de la même couleur que la cataracte de Mère.

– Mais ça pourrait être ça, murmura-t-elle, pour autant que nous le sachions.

NE TRACASSE PAS TA JOLIE PETITE TÊTE

Un soir, je sortis du travail avec un dossier sous le bras, quelques notes que je devais corriger pour le docteur Hall. En passant devant le guichet de paie, j'eus la joie d'apercevoir Beth, qui était en train de parler à notre cheffe de maison, au bord de l'avenue. Chaque baraquement s'était vu assigner une cheffe de maison, qui était responsable de ses douzaines de résidentes. La nôtre était une femme joviale mais un peu idiote. Elle ronflait pendant mes crises de somnambulisme et, lorsqu'elle apprenait qu'une des résidentes s'était mal comportée, elle agitait sa main en l'air et disait dans un mauvais français « *Chacun ses goûts* ». C'était la plus drôle et la plus paresseuse de toutes les cheffes de maison : d'une excellente compagnie pour rire un bon coup, mais incapable d'apporter un véritable réconfort ou des conseils, et la plupart d'entre nous la traitaient comme une tante généreuse mais un peu ivre en soirée. Son nom était Sue Berry mais Kathy l'appelait Sue Ragoût, parce qu'elle avalait bruyamment son ragoût de bœuf au réfectoire.

Je me dirigeai joyeusement vers les deux femmes, contente que cette longue journée de plus soit terminée, impatiente d'aller dîner et peut-être même boire une bière.

– Oui, nous sommes des amies proches, disait Beth. Je tiens à elle, c'est pour ça que je vous le dis. Je voulais juste vous mettre au courant.

– Ne t'en fais pas, ma chérie, tout ira bien.

Madame Berry répondait toujours par la même platitude inutile. C'est alors qu'elle me vit.

– Eh bien ! Quand on parle du loup ! Bonjour, mademoiselle Groves.

– Qu'est-ce qui se passe ? demandai-je, hésitante.

– Je parlais simplement de ton somnambulisme à madame Berry, expliqua Beth. Pour qu'elle ne l'apprenne pas de quelqu'un d'autre. Et, honnêtement, je pensais qu'elle pourrait nous aider. Au cas où il y aurait un autre incident.

J'essayai de sourire. J'aurais dû me sentir flattée de cette attention. Beth voulait bien faire. Néanmoins, quelque chose de méchant en moi grogna et s'agita.

Ne parle jamais de moi dans mon dos.

– Prête pour aller dîner ? me demanda Beth en me tendant le bras.

Je lui pris avec un plaisir feint, passant le dossier dans ma main libre. Je me voyais mordre son cou, cette douce chair féminine couleur pêche, et je serrai les dents avec une telle férocité que mes oreilles me firent mal.

*

Nos baraquements se trouvaient à côté de ceux des femmes noires. Nous mangions ensemble au réfectoire, mais elles avaient des dortoirs et un dancing séparés. Beth travaillait avec deux d'entre elles à la clinique. Elles étaient chargées des tâches les plus dégradantes là-bas, nettoyant les hommes qui s'étaient souillés, changeant les poches à urine, épongeant le sang qui maculait le sol ou essuyant le vomi dans les toilettes. Beth disait qu'elles bossaient bien mais qu'elle les avait une fois entendues se plaindre de leurs conditions de travail. L'une disait que son frère était un soudeur très qualifié mais qu'on le forçait à passer la serpillière dans l'Unité B, et lorsque Beth m'en parla, je sus exactement de qui elle parlait : un homme appelé Stanley Johnson. Elles maugréaient aussi qu'elles étaient bannies des restaurants de Richland et de tout ce que la ville comptait de divertissements ; pour leurs congés, la seule chose qu'elles avaient le droit de faire, c'était disputer des tournois de cartes dans leur dancing. L'une des femmes appelait Hanford le Mississippi du Nord. J'y pensais en assistant aux matchs de baseball où les hommes jouaient ensemble, noirs comme blancs. Je me demandais s'ils étaient reconnaissants de cette opportunité ou s'ils auraient préféré constituer des équipes de leur côté.

Pour ma part, je trouvais exaltante toute cette diversité à Hanford. Certains travailleurs parlaient chinois, d'autres espagnol. Il y avait de belles variations de couleurs de peau et de traits du visage. Lorsque je passais devant des gens qui parlaient une autre langue que la mienne, je ralentissais pour les écouter. À Omak, ma sœur et moi connaissions beaucoup d'Indiens Okanogan, mais à part eux, tout le monde était très blanc. Martha serait terrifiée à Hanford ; elle se recroquevillerait sur elle-même et gémirait. Je me voyais lui dire *Allons, allons, Martha, j'ai l'habitude. Je suis une personne très ouverte, désormais. Il n'y a rien à craindre. Personne ici ne te fera du mal. Je le sais, parce que j'y suis tous les jours.* Elle n'aurait pas d'autre choix que de se soumettre à ma sagesse.

Gordon disait : « Je ne fais pas confiance aux nègres. » Il disait qu'il avait ses raisons, qu'il avait travaillé avec quelques-uns au Nebraska et qu'il s'était fait embobiner. Il n'expliquait pas comment exactement et je doutais de la véracité de son histoire : sa haine tournait à vide, comme celle de certains autres hommes. Sa présence nous écrasait désormais au dîner : il s'asseyait de manière possessive à côté de nous et nous appelait « ses filles ». Beth le tolérait, mais elle lui rétorqua un jour que nous ne lui appartenions pas ; nous n'étions pas *ses* quoi que ce soit. Il adoucissait toujours le ton lorsqu'elle le réprimandait, baissant les yeux et la regardant timidement à travers ses longs cils. Il était si prompt à présenter des excuses que Beth l'accusait de ne pas être sincère.

– Je ne sais pas pourquoi tu persistes à nous embêter, lui dit-elle. Milly et moi voulons juste manger en paix.

Gordon sourit.

– Et j'apprécie de vous regarder manger !

– Il est aussi réceptif qu'un urinal, me dit-elle.

Mais je remarquais qu'elle se fâchait de moins en moins avec lui. Elle haussait les épaules et ignorait ses interventions au lieu de l'envoyer balader.

– Je me demande s'il n'est pas amoureux de toi, Milly, me dit-elle un soir. Il ne nous laisse jamais tranquilles.

– Ce n'est pas vrai, répondis-je. Je ne suis pas assez bien pour lui.

Les yeux de Beth se braquèrent sur moi. Elle était en train de nettoyer une tache sur son uniforme d'infirmière, et le baraquement sentait le bicarbonate de soude et le vinaigre.

– Qu'est-ce que tu viens de dire ?

– Je ne suis pas digne de lui.

– Tu ne crois pas ça, Milly, hein ?

Elle m'observa un long moment, et son regard perçant me mit mal à l'aise.

– C'est absurde, reprit-elle. Tu ne pourrais pas te tromper davantage. Il y a plus de beauté dans ton petit doigt qu'il n'en a dans son corps tout entier.

Je m'apprêtais à dire quelque chose, mais elle me devança :

– Ne me sors pas ton histoire de « il-ressemble-à-Richard-Quine », Milly. Il ressemble à un élan constipé, et encore, avec un bon éclairage.

J'éclatai de rire.

– On devrait lui dire de ficher le camp, dit-elle. Une bonne fois pour toutes.

Lorsque nous le revîmes, cependant, Beth était distraite. Elle avait passé une longue nuit à la clinique, où elle avait remplacé une infirmière malade, et elle avait été autorisée à retourner travailler plus tard que d'habitude. C'est ainsi qu'après un petit-déjeuner joyeux, elle m'accompagna à l'arrêt de bus. Lorsque nous arrivâmes, une bagarre était en cours. Un petit homme costaud que je reconnus comme faisant partie de l'Unité B – son nom était Clarence et il travaillait à la salle de contrôle – tirait un homme noir par le col et finit par lui assener un coup de poing. C'était le fameux Stanley de l'Unité B, le soudeur-devenu-homme-de-ménage dont la sœur travaillait avec Beth.

– Pourquoi tu fais ça ? voulut savoir cette dernière.

– Il m'a traité d'abruti ! cria Clarence. Je laisserai aucun nègre me traiter d'abruti !

Stanley se redressa de toute sa hauteur pour lancer à Clarence un regard assassin : il était grand, légèrement moins que Gordon, mais plus large d'épaules. Un groupe d'hommes rejoignit Clarence pour se poster à ses côtés, dans une attitude laissant entendre qu'ils le défendraient. Gordon était parmi eux. Beth, avant que je puisse l'arrêter, se précipita sur lui et lui murmura quelque chose à l'oreille.

– Il m'a appelé Grosses lèvres ! se défendait Stanley. « Bouge, Grosses lèvres », qu'il a dit.

– Bah ça se voit, non ? cracha Clarence.

Gordon ramenait Beth vers moi et ils échangèrent un long regard. Clarence remarqua cette interaction et réagit avec mépris.

– Qu'est-ce qu'elle t'a dit, Gordo ? C'est pas une femme à négros, hein ? Bon, on s'en fiche, on va donner une bonne leçon à celui-ci.

Ses alliés s'avancèrent alors vers Stanley, menaçants.

– Attendez, écoutez ! s'écria celui-ci en levant les mains.

– Bon, allez ! lança alors Gordon au cercle des hommes. Ça suffit, maintenant. Et ça vaut pour toi aussi, Stan.

Celui-ci baissa les mains, mais ses poings restèrent fermement serrés. Clarence fronça les sourcils.

– T'es dans quel camp, Gordo ?

– On est tous dans le même, non ?

Il scruta les autres hommes. Ses aisselles étaient marquées par des auréoles humides, mais sa voix était solide et régulière. Un silence s'abattit sur le groupe, comme un brouillard désorientant. Il y eut une discussion étouffée, à voix basse.

– Au moins, c'est pas un Jap, reconnut quelqu'un.

– Ces foutus Japs, dit un autre. Une bonne chose qu'on les ait expédiés dans des camps.

– On se remet au boulot, lança Gordon. On a du pain sur la planche. Tous.

Clarence donna un coup de pied dans une pierre, qui ricocha bruyamment sur la terre gelée.

– Bon sang, c'est quoi, ce qu'on fabrique ici, d'ailleurs ? J'aimerais bien que quelqu'un nous dise *ça*, au moins.

– Ça suffit, toi, dit Gordon.

Les autres hommes, même Stanley, acquiescèrent autour de lui.

Un cri perçant résonna dans mon oreille droite, aigu et désespéré, comme celui d'un porc mené à l'abattoir.

– Confidentialité et sécurité, dis-je à haute voix, et quelques personnes dans la foule me regardèrent avec surprise.

Je me dirigeai vers Stanley, en marchant, en flottant.

Ma langue se changea en langue de crotale, fourchue et noire. Les mots tremblaient légèrement dessus et une douleur fulgurante me léchait le front.

Mes mains se détachèrent de mes poignets et planèrent près du visage de Stanley. Ses yeux enflèrent jusqu'à se fermer. Sa gorge s'empourpra. Ses incisives tombèrent. Des lésions et des lacérations explosèrent comme des flammes bleues sur sa chair. Mes paumes détachées tombèrent sur ses épaules et il tressaillit.

– Ils vous feront frôler la mort, plus tard ce soir, après le dîner, l'avertis-je.

Il tenta de me repousser, mais je ne pouvais pas lâcher ses épaules. Il fallait qu'il m'écoute. La langue du crotale claqua et siffla.

Beth attrapa mon bras, le secoua d'abord doucement, puis plus brusquement.

– Milly, dit-elle. Milly, lâche-le.

– Elle est devenue folle, protesta Stanley. Éloigne-la de moi !

– Écoutez-moi, lui dis-je désespérément. J'essaye de vous sauver. Ne sortez pas ce soir, ne bougez pas de votre baraquement...

Une fois, enfant, je m'étais plainte à Mère : *Personne ne me croit. J'essaye seulement de les aider.*

Mère m'avait réprimandée. *Personne ne veut écouter tes idées noires. Pourquoi tu ne dis pas des choses agréables, pour changer ? On dirait que tu fais tout pour que les gens te détestent.*

Le fantôme en devenir de Stanley me regardait bouche bée comme si j'étais malade. Du sang coulait le long de sa mâchoire, mais personne d'autre que moi ne le voyait. Entre nous était tendu le voile fin d'une vision, aussi pur que certain.

– Ils vous battront quasiment à mort.

Stanley recula.

– N'aie pas peur de moi, siffla ma langue de serpent. Aie peur d'eux.

Gordon et les autres hommes me regardaient avec des mines curieuses, gênées. S'ils perçurent la vérité dans mes propos, ils n'en dirent rien. Beth finit par passer son bras autour de moi pour m'entraîner loin du groupe. Elle me ramena vers le campement. Le voile de ma vision se leva. Lorsque je regardai par-dessus mon épaule, le visage de Stanley était redevenu comme avant, sans tache, sans blessure. Mais qu'importe, les poings violents de l'avenir l'attendaient.

– Mildred, dit Beth.

L'absence de surnom m'inquiéta ; je n'étais plus un adorable petit animal de compagnie.

– Je t'emmène à la clinique.

Comment pouvais-je lui expliquer sans passer pour une folle ?

Il n'y a rien qui cloche chez moi, c'est exactement le contraire.

– Ils vont lui faire du mal, Beth. C'est la vérité.

– Si tu n'arrêtes pas, ils t'expulseront de Hanford, m'avertit-elle. Tu ne peux pas te comporter comme ça ici.

Puis, après une pause exaspérée, elle ajouta :

– C'est à croire que tu as envie que ça se produise, Milly. Que tu voulais leur donner l'idée de le faire.

J'eus l'impression qu'un doigt avait atteint mes entrailles et touché une corde sensible ; je tremblai d'inquiétude et d'agacement. Je n'étais pas sûre de pouvoir faire confiance à Beth. Je la regardai un long moment d'un œil suppliant. La langue de crotale dans ma bouche se détendit, se relâcha. Ma langue redevint un organe neutre.

– J'arrêterai, dis-je. Je ferai ce que tu dis.

Même si je ne le pouvais pas, ne le voulais pas.

Elle continua de me faire avancer à grands pas comme si elle ne m'avait pas entendue, mais lorsque nous atteignîmes la clinique, elle tint la porte ouverte pour moi et dit :

– Je veux seulement le meilleur pour toi.

Je fus soulagée d'entendre de l'affection dans sa voix.

Parfois, la seule façon de regagner les bonnes grâces de quelqu'un, c'était d'être d'accord avec tout ce qu'il vous demandait.

– C'est ce que je veux pour toi aussi, répondis-je.

Mais dire cela me fit réaliser que je ne savais pas ce que *le meilleur* voulait dire, et je ne pensais pas que Beth le sache non plus.

*

Nous étions à la clinique depuis plus d'une heure. La fraîcheur aseptisée de la pièce et l'immobilité de l'air avaient rendu mes rouages internes silencieux, les réduisant d'abord à un murmure, puis à un simple bourdonnement dans mon esprit. La pièce sentait le camphre. Je fermai les yeux et dormis un peu, étendue sur les draps gris d'un lit de camp grinçant. Beth me laissa seule pendant un moment et parvint à retrouver Tom le chat alors qu'il montait dans la bétaillère en direction de l'Unité B. Elle lui transmit un mot pour le docteur Hall disant que j'étais malade.

– Il était très inquiet pour toi, me dit Beth lorsqu'elle revint.

– Le docteur Hall ? dis-je, surprise.

– Tom le chat, niguedouille.

Beth serra ma main. Je me redressai sur un coude puis l'autre pour lisser ma robe en percale de coton, puis m'assis sur le matelas rigide.

– Tu ne dois pas travailler, Beth ?

– Bientôt. Pas avant d'avoir parlé au docteur Harrington, Milly.

J'étais soulagée de l'entendre m'appeler ainsi à nouveau.

– Tu es comme une sœur pour moi, lui dis-je.

J'avais choisi le mot à dessein, pour tenter de reprendre dans son esprit la place d'une nouvelle Annie.

Je pensai à Martha, aussi, me rappelant la cruauté avec laquelle elle m'avait raillée quand je m'étais cassé le poignet – *Bien fait pour toi, ça t'apprendra à m'écouter* – après être tombée d'un arbre sur lequel elle m'avait interdit de grimper.

– Je suis ton amie, me répondit Beth. Et je t'aime, Milly. J'ai horreur de te voir souffrir.

– Je ne souffre pas.

– Nous souffrons tous, dit-elle négligemment.

Je lui assurai que ce n'était pas mon cas, mais mon insistance sembla l'ennuyer. Elle se détourna et j'admirai la sensualité de son profil, la longue ligne de son nez, son front lisse, la courbe de ses cils, sa belle bouche boudeuse, son oreille charmante et élégamment pointue, la puissance et la beauté sculptée de son épaule dans son cardigan marron. Je pensai à sa chemise de nuit verte, désormais en la possession de Gordon. Que dirait-elle si je lui parlais du vol ? Je me délectais de lui cacher un secret.

Le docteur entra et Beth le salua chaleureusement. À côté d'elle, il paraissait petit, ridé et acariâtre, comme une gargouille.

– Docteur Harrington, voici mon amie Mildred Groves. Elle travaille pour le docteur Hall.

– Ça par exemple, fit le docteur Harrington. J'ai entendu dire que c'était un homme très intelligent.

– C'est le cas, m'empressai-je de dire. La personne la plus intelligente que j'aie jamais rencontrée.

Beth coupa court aux banalités.

– Mildred est très tendue. Je m'inquiète pour elle.

– Les femmes sont comme ça, vous savez, dit-il avec légèreté. Ça ne devrait pas être très alarmant.

Beth me regarda rapidement, puis se retourna vers le docteur.

– Elle a eu une interaction très perturbante avec quelques amis. Elle a les nerfs en pelote. Et ce n'est pas seulement aujourd'hui. Elle a d'autres symptômes. Du somnambulisme, par exemple.

– Du somnambulisme, oui, je vois.

Le docteur Harrington sortit un stylo et un petit bloc de sa poche de poitrine et griffonna ce que Beth venait de lui dire. *Est-ce vraiment ce que Beth lui a dit ?* me demandai-je. Il écrivait peut-être *Ne pas oublier d'étendre le linge ce soir*, ou *Acheter du beurre à l'épicerie*. Il avait peut-être écrit *Une femme avec un pouvoir extraordinaire arrive à Hanford et métamorphose nos vies.*

– Oui, mais pas un somnambulisme *ordinaire*, docteur Harrington. Elle erre dehors, sur la rive. Elle a failli se noyer dans le Columbia. Et elle pense qu'elle voit des choses, elle se met à parler comme une folle...

Le docteur Harrington sourit gentiment et tapota son bras.

– Allons, allons, madame Green, restons calmes pour le bien de notre amie, s'il vous plaît.

Le regard de Beth s'assombrit le temps d'encaisser ce reproche, puis elle se mordit la lèvre inférieure et hocha la tête. Sa robe et son chandail mettaient en valeur ses belles formes et, lorsque le docteur Harrington lui toucha le bras, sa main s'attarda sur son poignet.

– Bien, mademoiselle Groves, me dit-il aimablement. Comment se passe votre travail ici, à Hanford ?

– Très bien, merci, répondis-je.

– Et où est votre famille ? Comment ça se passe, à la maison ?

– Ils sont à Omak. Heureux comme des cochons dans la boue.

– Et ils sont fiers de vous ?

Je m'apprêtais à dire oui, mais me repris :

– Autant que possible. Je leur envoie la majeure partie de ma paie tous les mois. C'est plus d'argent qu'ils n'en ont jamais eu.

– Elle s'est enfuie, m'interrompit Beth. Elle a quitté sa mère et sa sœur. Elles lui faisaient vivre un enfer.

Après la mort de son père, elle était la seule personne à prendre soin de sa mère. La pauvre petite. Ne connaître que le chagrin et la mort...

– J'ai eu une merveilleuse conversation avec Mère récemment, dis-je, ce qui n'était qu'un mensonge partiel, car la conversation avait réellement été bonne, comparée à celles que nous avions habituellement. Et elle m'a demandé de revenir à la maison pour les fêtes de fin d'année.

Je m'abstins de préciser qu'elle souhaitait que ce retour soit permanent.

– Et vous en avez envie ? pressa le docteur Harrington.

– Je ne peux pas. Je serai ici à travailler.

Je poursuivis en maîtrisant le ton de ma voix pour m'efforcer d'avoir l'air saine d'esprit :

– Et cela me va très bien. Je ne veux pas rentrer à la maison. J'aime être ici. C'est un endroit merveilleux, vous ne trouvez pas, docteur Harrington ?

Le docteur me regarda, agacé, puis secoua la tête, indiquant que ce n'était pas lui qui devait faire l'objet d'un interrogatoire.

– Dites-moi, mademoiselle Groves, avez-vous un problème avec le fort vent que nous avons ici ?

– Aucun. Lui et moi nous entendons fort bien.

– Beaucoup d'hommes et de femmes courageux sont partis à cause de lui. Il peut donner à certaines personnes l'impression d'être prisonniers. Mais vous ne le ressentez pas de cette façon ?

Je secouai la tête.

– Et comment supportez-vous les logements rudimentaires ?

– Je les trouve confortables, et charmants à leur manière.

– Les longues heures de travail ? Sont-elles éprouvantes pour vous ?

– M'occuper de Mère était bien plus éprouvant, docteur Harrington. Vous comprendriez si vous l'aviez rencontrée.

– Et ressentez-vous une quelconque insatisfaction depuis votre arrivée ? Des envies de départ ?

– Bien au contraire.

Je veux rester ici pour toujours.

Beth prit ma main et entrelaça ses doigts avec les miens.

– De la valériane l'aiderait peut-être, docteur ? Quelque chose pour calmer ses nerfs ?

– Je suis parfaitement calme, assurai-je.

– De la valériane, ce serait parfait, dit-il. C'est un cas classique, bien sûr, d'hystérie féminine due à la pression.

– Mais je ne suis pas sous pression, insistai-je. C'est tout le contraire, vraiment. Je me sens plus libre que je ne l'ai jamais été.

– Parfois, dit doucement le docteur Bell, nous nous trompons nous-mêmes en croyant que nous allons bien, mais c'est à ce moment-là que des failles émergent dans notre comportement.

J'y songeai en silence. J'étais perturbée que l'on me dise cela, comme si je ne me connaissais pas le moins du monde. À n'importe quel moment, je pouvais me révéler ma propre ennemie. Trois ans auparavant, après avoir poussé Mère dans la rivière, je m'étais surprise à contempler mes mains de manière obsessionnelle, appréhendant ce qu'elles pourraient faire à d'autres ou à moi-même. Je m'asseyais sur elles dès que je le pouvais, certaine que si je baissais ma garde, elles jailliraient et s'enrouleraient autour de ma propre gorge.

– Dans *La Princesse au petit pois*, dis-je soudain, la fille a juste besoin qu'on enlève le petit pois.

Beth rit, mal à l'aise.

– Elle a un esprit étonnant, n'est-ce pas ?

Le docteur, cependant, semblait m'avoir parfaitement comprise.

– Voilà une charmante analogie. Il nous faut juste trouver le petit pois, sourit-il. Et le retirer.

J'aimais beaucoup cette idée, et le fait que le problème puisse être aussi simple à régler. Le docteur poursuivit :

– Je dois vous informer que quiconque n'ayant pas un esprit solide doit quitter Hanford sur-le-champ, mademoiselle Groves. J'ai bien peur de devoir signaler le moindre signe de maladie…

– C'est juste un peu de surmenage, répondis-je. Mon esprit est aussi solide qu'un gong.

Plus solide, voulus-je ajouter, *plus grand, plus bruyant, plus cuivré.*

Je risquais d'être renvoyée chez moi. Je lançai à Beth un regard accusateur. Elle aussi était sonnée. Elle articula silencieusement le mot « désolée ». Je comprenais qu'elle essayait de m'aider, pas de se débarrasser de moi, mais j'étais malgré tout en colère. Je ravalai mon irritation. Il me fallait rester calme jusqu'à ce que nous soyons sorties de la clinique.

– Elle n'a rien fait qui doive être signalé, dit Beth en prenant son ton professionnel d'infirmière. Je vous le dirais, docteur Harrington, si je pensais le contraire. Elle est sous pression, comme vous l'avez dit, et elle fait des rêves intenses. Je pensais que si quelqu'un pouvait l'aider, ce serait vous.

Je remarquai la flatterie et son intention, mais le docteur Harrington se contenta de hocher la tête.

– Les femmes et leurs humeurs, reprit-il avec amertume. Des patientes comme vous, j'en ai des dizaines par an. C'est le plus grand problème des jeunes filles qui entrent sur le marché du travail, cette extrême sensibilité. Toute cette dureté à la « Rosie la riveteuse » ne leur sied guère. Pendant que de braves hommes partent mourir au combat, vous ne cessez de gémir et de vous plaindre sur le front intérieur.

Il poursuivit sa harangue jusqu'à ce que Beth l'interrompe prudemment pour lui redemander une prescription utile.

– Bien sûr, dit-il.

Il me lança un regard austère.

– Mademoiselle Groves, si je vous revois ici, j'ai bien peur que ce soit pour la dernière fois. Pour des raisons évidentes, nous ne pouvons travailler qu'avec les esprits les plus sains, ici. C'est dire l'importance de ce travail pour l'effort de guerre.

– Vous ne me reverrez pas, promis-je. Pas même pour un simple rhume.

Il sourit et me tapota le genou.

Mon travail à Hanford ne faisait que commencer. J'y étais à ma place. J'étais tout entière à ma place, y compris mes visions, tout particulièrement mes visions. Je lui adressai mon sourire le plus sain, le plus aimable et le plus convaincant.

Je repartis avec une bouteille de valériane et un diagnostic d'hystérie féminine ordinaire induite par le manque de sommeil et des nerfs à vif. Le soleil flamboyait, mais l'air était froid et sec comme à l'intérieur d'un réfrigérateur. Sur le seuil de la clinique, Beth prit congé de moi avec une certaine inquiétude. Elle ressemblait à une parfaite petite poupée installée dans un village de jouets grossiers. Je la saluai d'un geste de la main et souris largement pour la rassurer, dissimulant ma frustration.

Je suis en pleine forme. Ne tracasse pas ta jolie petite tête.

Saute

La vision me saisit sur mon lit de camp, planta ses serres de harpie dans mes épaules, m'entraîna à travers le dortoir empli de femmes ronflant doucement, me poussa contre la porte du baraquement, puis sur le sable graveleux du désert, et la peau de mes orteils s'arracha et saigna. Cela faisait un moment que la vision rassemblait ses forces. Je ne la combattis pas. J'étais soulagée qu'elle soit là. Elle avait aveuglé les gardes pour qu'ils ne me repèrent pas, remplaçant leurs yeux par des mûres mastiquées. Ils riaient et plaisantaient autour d'une bouteille de bière, incapable de me voir passer, sans quoi ils auraient crié, m'auraient arrachée des serres de la harpie, ramenée à mon baraquement et réprimandée, incrédules. La vision croassa et déploya ses ailes ; nous parcourûmes en volant la courte distance qui nous séparait des falaises surplombant le fleuve.

De la neige tombait en fins filaments blancs. Ma vue s'ajusta et la vision me relâcha sur une terre gelée, reflet scintillant du firmament. Hors des ombres hivernales, le héron, métamorphe intelligent, poursuivit son lent vol, le cercle jaune de ses yeux me fixant sur le côté de sa tête effilée.

Le vent était moins en colère, ce soir-là ; il jouait doucement avec mes cheveux et la clochette à ma cheville. L'échassier se posa près de moi et me piqua la jambe, faisant couler le sang, puis attrapa dans son bec le ruban. Celui-ci se détacha ; la clochette tomba. J'étais soulagée d'en être débarrassée, mais j'avertis le héron que Beth serait furieuse contre lui.

Il me regarda mollement. *Comme si elle avait la moindre importance.*

Le vent s'apaisa en signe d'approbation. Au-dessus de nous luisait la Voie lactée, creusant son sillon à travers les cieux, de rien à rien. Elle me rappela le vieux foulard blanc de Mère, lâchement noué autour de ses cheveux. Je vis alors son visage ; les étoiles étaient ses taches de vieillesse, les falaises de White Bluffs sa gorge. Le Columbia était le sang noir qui coulait de son corps, une menstruation sans fin.

C'était un spectacle primaire, à couper le souffle.

Le héron battit des ailes pour attirer mon attention. Son bec pointa vers l'est, vers le fleuve.

Une femme en émergea, les épaules dégoulinantes d'eau, et se fraya un chemin vers le flanc escarpé de la falaise. Un bébé était lové contre sa poitrine. Elle s'approcha du mur de roche et, au lieu de le contourner, marcha directement dessus, sa colonne vertébrale parallèle au fleuve. Je criai, certaine qu'elle et le bébé tomberaient en arrière, mais ses pieds adhéraient à la pierre comme les pattes d'une araignée. Arrivée au sommet, elle reprit une position verticale et se dirigea vers moi, son visage rendu indéchiffrable par l'épuisement.

La peau se détachait en copeaux pâles de la plante de ses pieds. Je me ruai vers elle et la priai de s'asseoir sur l'affleurement inégal, et elle le fit, reconnaissante, en poussant un gémissement de douleur. Ses vêtements pendaient en lambeaux sur son corps, comme s'ils avaient été déchirés par une tempête de lames.

– Que nous est-il arrivé ? demanda-t-elle, confuse, dans une langue qui n'était pas la mienne mais que je pouvais parfaitement comprendre grâce au filtre subtil de la vision.

Je m'apprêtais à dire que je l'ignorais, mais le héron piailla et je me tus. J'entendis ensuite la voix calme de l'échassier dans ma tête et je répétai ce qu'il m'avait dit :

– C'était le petit garçon conçu par les hommes.

Tels étaient les mots que je pouvais lui donner, bien que je n'en comprenne pas le sens.

Le bébé tétait le sein nu de la femme. D'après Mère, les femmes qui allaitaient étaient ridicules et anormales, mais je trouvais ces nouveau-nés blottis adorables, symboles d'espoir. Je me penchai sur celui-ci ; à mon grand effroi, il était perforé de toutes parts par des éclats de verre, et il saignait abondamment des yeux et du nez.

Je relevai la tête vers la mère, alarmée.

– J'étais dans un bus, se souvint la femme en desserrant un peu le tissu pour laisser le bébé respirer. Un homme nous a proposé de nous asseoir à sa place. J'ai accepté. Il y a eu un bruit retentissant.

Une odeur étrange. L'instant d'après, j'étais dehors. Le bus brûlait, complètement détruit. J'ai baissé les yeux vers mon fils, et il m'a souri. Il ne sentait pas les éclats de verre sur son visage.

Il mourra ce soir, annonça le héron.

– Mais non, protestai-je.

L'échassier s'éloigna d'un bond sur ses grandes pattes. Quelque chose à côté de lui bougea dans l'herbe et, d'un mouvement rapide et fatal, il le harponna du bec. Un cri d'animal se fit entendre.

– Il aspire le poison, dit la mère, pour que je puisse survivre.

Le héron, derrière elle, souleva un lapin ensanglanté hors de l'herbe et rejeta la tête en arrière pour faire glisser le corps dans sa gueule.

– Pauvre petit.

Je proposai à la mère de porter le bébé, et elle secoua la tête.

Les dernières heures entre la mère et son fils allaient être atroces, précieuses.

Le crotale sortit de son repaire souterrain et serpenta vers nous sur le sol gelé. Il s'enroula autour de la cheville de la femme, puis de sa cuisse. Il planta ses crochets dans le sein libre et se mit à téter lui aussi. La femme le laissa boire et pleura.

Désormais, seules les pattes arrière du lapin dépassaient du bec du héron. Ses yeux jaunes me trouvèrent.

Voilà les autres hibakusha.

Plusieurs dizaines de personnes surgissaient de l'onde glaciale, certaines sinistrement calmes, hébétées, d'autres hurlant ou appelant à l'aide. Du sang et du pus coulaient des plaies ouvertes. Les rangées de corps en mouvement créaient un tableau horrible de cages thoraciques et de colonnes vertébrales écorchées vives. La voix du héron, profonde et hideuse, continua :

Ils ne recevront pas beaucoup d'aide.

– Mais pourquoi ? m'emportai-je. Il y a sûrement des docteurs, des hôpitaux...

La plupart des docteurs et des infirmières seront tués ou mutilés. Les hôpitaux seront anéantis. Les réserves de médicaments vont s'épuiser.

Un homme aux orbites vides s'approcha de nous. Ses globes oculaires avaient fondu le long de ses joues et coulaient à présent sur son menton. Il portait un uniforme étrangement immaculé par rapport à son visage dévasté.

– Je ne vois plus, me dit-il.

Ceux-ci s'en sortent bien, dit le héron. *Ils survivront.*

– Mais regarde-les. Regarde leurs visages.

Il y en a d'autres qui paraissent indemnes, mais qui tomberont raides morts en quelques heures.

L'homme sans yeux me toucha à tâtons. Je tentai de lui présenter des excuses, de lui dire *Je n'ai aucun moyen de vous aider*, mais il continua jusqu'à ce que je me lève et le repousse avec force. Sa gorge émit un sanglot, puis il me tourna le dos. Il retourna vers le fleuve et s'enfonça dans les eaux froides jusqu'à ce que je ne puisse plus voir que le sommet de son crâne. L'eau l'apaisait peut-être comme le Léthé, qui inspirait le soulagement et l'oubli, bien que temporairement.

– Cet endroit est maudit, dis-je au héron.

J'étais habituée à recevoir des visions directes de la mort : bouches béantes, yeux vides et regrets pareils à une pierre aiguisée dans la gorge. Mais celle-ci était différente. Celle-ci était monstrueuse, sans limites. Pour la première fois de ma vie, je détestai ma clairvoyance. Je me souvins du livre de mythologie grecque que mon père m'avait offert, du chapitre sur Cassandre, la prophétesse douée que personne ne croyait, la femme maudite qui appelait la maison des Atrides une « demeure détestée des dieux, complice d'innombrables meurtres et pendaisons, au sol ruisselant de sang ». Elle avait accueilli la mort avec reconnaissance ; il n'y avait aucune gratification à connaître avant eux le sort des damnés. J'aurais voulu que cette main céleste parée de bijoux s'abaisse sur nous et nous fasse tous disparaître. Ceci – les meurtres et pendaisons, le sol ruisselant de sang – était ce que les royaumes des hommes se faisaient les uns aux autres. Nous n'étions rien d'autre que des instruments de haine.

– Arrête tout, dis-je. J'en ai vu assez.

Nous t'avons montré les morts, et maintenant nous te montrons les vivants, répondit le héron, agacé.

– S'il te plaît, laisse-moi rentrer.

Le héron glapit puis s'éleva dans les airs. Je fus frappée par l'odeur fétide qui se dégageait de lui. C'était une créature splendide, immense, avec un cou sinueux, de volumineuses plumes grises, et un bec semblable à une lame, à un poinçon primitif.

Suis-moi, dit-il en décrivant une boucle vers le fleuve.

Les blessés et désespérés étaient retournés là, eux aussi, se fondant dans l'eau. Ils levèrent leurs visages vers le ciel, qui s'alourdit sous le poids d'un millier de paires d'yeux.

Le grand échassier voulait que je traverse le fleuve. J'élevai mes mains vers lui. *Comment ?* Son long cou sembla s'étirer d'ennui, et il revint me chercher. Le bruit de ses battements d'ailes se rapprocha ; la pression dans mes tympans faillit me fendre le crâne. Mes oreilles sifflaient, sifflaient.

Je fermai les yeux et je me sentis à nouveau soulevée. Lorsque je les rouvris, le fleuve coulait sous mes pieds, sombre et brillant comme de l'encre de seiche, et dans ses eaux se débattaient les victimes. De cette hauteur, ils ressemblaient à des enfants qui pataugeaient. Ils avaient tous été enfants, un jour. Certains l'étaient encore. J'étais suspendue aux serres du héron comme une poupée cassée.

L'échassier me lâcha et je tombai sur le gravier de la rive opposée. Alors que je m'époussetais, m'assurant que je n'avais rien de cassé, le grand héron plongea dans l'eau pour pêcher. Il transperça un corégone, rejeta la tête en arrière et l'avala dans de répugnantes convulsions. Lorsqu'il eut terminé, il me regarda de biais avec son œil jaune et froid, puis s'envola vers le faîte de la colline.

Je le suivis sur un sentier escarpé. Je glissai sur une plaque de verglas et me cognai les genoux. Des croûtes commençaient déjà à se former sur ma cheville, là où le bec avait égratigné ma peau.

Non loin du sommet, le héron m'attendait. J'allais le rejoindre quand il se mit à trembler et à convulser ;

ses plumes devinrent de la fourrure, ses ailes et ses serres des membres et une queue, et l'échassier se fit canidé. *Aufhocker*, entendis-je dire ma grand-mère. *Ils t'attaqueront par la jugulaire.* C'était un coyote, qui me fixait. Il cracha un os d'oiseau et dressa les oreilles en me remarquant.

Il s'avança pour me renifler les pieds.

– Montre-moi simplement ce que tu voulais, pour que je puisse m'en aller.

Le coyote lécha doucement ma cheville ensanglantée et se détourna, me guidant vers le haut de la colline.

Je fus surprise de découvrir ce sommet couvert de sable doux et blanc, comme sur une plage. Penchée en avant, je m'appuyai sur mes cuisses pour reprendre mon souffle. En contrebas se trouvait le lit du fleuve où nageaient les *hibakusha*.

Regarde, dit la voix du héron.

– C'est ce que je fais. Je les vois tous. Ils nous regardent, n'est-ce pas ?

Tout en bas.

Mon regard s'éloigna du fleuve. Au pied de la colline, à l'ombre de l'escarpement, il y avait une pente de roche nue.

C'est là que tu dois te rendre lorsque tout devient trop difficile.

Je me mis à quatre pattes, en dépit de mes genoux contusionnés, pour me pencher au-dessus du vide. Sur les rochers en contrebas gisait mon propre corps, coffre au trésor explosé empli de rubis et de grenats, de gemmes et d'os, de liquide et de solide. Mildred renversée et brisée.

– MILDRED, EH OH ! criai-je à mes restes.

Ceux-ci se mirent à chatoyer, à trembler, à se rassembler, façonnant une Nouvelle Moi. Je la regardai, fébrile. La Nouvelle Moi était belle, grande, majestueuse, même, mais avec un dos voûté, comme celui d'une vieille femme.

Lorsque je reportai mon attention sur le Columbia, la misérable foule des *hibakusha* avait disparu. L'eau les avait entraînés vers l'avenir, les préparant à leur lugubre exposition.

Derrière moi, à nouveau, le héron. Il leva son bec et poussa un cri mélancolique. Le bruit m'effraya. J'entendis mon moi plus jeune, mon moi de sept ans, crier. *Grand-mère se réveille, me rassure, me dit de me rendormir.*

L'instant d'après, j'étais à nouveau saisie par les serres du héron, qui s'envola à tire-d'aile au-dessus du fleuve. Je ressentis une peur intense en imaginant qu'il allait me lâcher dans l'eau. Mes rêves étaient-ils suffisamment solides ? Dans les broussailles sur la berge, je vis un animal à quatre pattes s'éloigner, la queue entre les jambes. Je reconnus le coyote, mais il paraissait trop timide pour être l'animal que j'avais vu. Je me sentais comme scindée en deux après cette vision, celle d'une femme assurée et d'une femme incertaine. Être les deux à la fois, je le craignais, signifiait que je n'étais rien du tout. Trop d'équilibre effaçait l'identité.

Le vent me tenait compagnie, sifflant dans mes oreilles tandis que la vision dévalait vers l'ouest, par-dessus le fleuve et la falaise, puis en piqué à travers le portail surveillé, encadré par une clôture de fils barbelés. Les hommes fixaient le vide avec leurs yeux de mûres.

Nous nous éloignâmes d'eux. Nous contournâmes les baraquements, silencieux et immobiles comme des chambres mortuaires.

La créature volante qui me tenait, quelle qu'elle soit – héron, harpie, démon –, me lâcha brusquement.

*

Je retournai dans mon dortoir en boitillant. Quelque chose clochait clairement avec mon pied. L'orteil du milieu était engourdi, au-delà de la douleur, et dépassait comme une chose morte. Je me précipitai maladroitement vers mon lit et ôtai mes vêtements glacés. Dans la petite valise qui me servait de garde-robe de fortune, je choisis une chemise de nuit en flanelle toute fraîche. Je luttai pour l'enfiler, mes membres pareils à des tuyaux en cuivre. Je m'enfouis sous mes draps, mais je ne parvins pas à me réchauffer correctement, alors je me relevai pour enfiler mon manteau. Puis je me recouchai et songeai à des feux de cheminée, à des briques chaudes, à de la soupe chaude, n'importe quoi qui puisse me réchauffer de l'intérieur.

– Milly.

La voix austère de Beth s'éleva du lit à côté du mien.

– Je suis si furieuse contre toi que je pourrais hurler.

– J'étais seulement...

– Comment oses-tu enlever cette clochette ? Cela fait deux heures que je suis allongée ici, morte de peur.

J'ai essayé de te trouver en suivant tes empreintes de pas, mais elles ont simplement disparu...

– Je suis allée aux toilettes, chuchotai-je.

Le mensonge était pathétique, ma voix faible et puérile. J'étais épuisée par tout ce que j'avais vu, et je voulais seulement dormir, reconnaissante d'être de retour dans ma couchette, frigorifiée.

– Je pourrais hurler, répéta-t-elle, et je sentis la brûlure de sa colère. Tu aurais pu mourir de froid dehors.

– Je ne suis pas dans mon état normal quand je suis somnambule. Je ne voulais pas faire tomber la clochette.

– Qu'est-ce que je vais faire de toi, Milly ?

Je n'aimais pas son ton exaspéré.

– Silence, là-bas, réclama Kathy quelques lits plus loin. Je rêvais de Van Johnson – *avant* son accident de voiture. On était en train de manger un gâteau au chocolat. Vous avez tout gâché.

– Rendors-toi, lui dit Beth.

D'autres filles remuèrent elles aussi. Beth posa sa main sur son front, puis quitta son lit. L'instant d'après, elle m'ordonna de me pousser. J'obtempérai et elle se glissa à côté de moi en pestant lorsque mes pieds froids effleurèrent son tibia nu. Mon orteil, en se réchauffant, me faisait horriblement mal. Il avait été rongé par le froid, s'était cassé je ne savais comment, mais les bras de Beth vinrent m'entourer et la douleur reflua.

– Tu sais qu'ils vont te renvoyer, n'est-ce pas ? Il faut que tu arrêtes.

Je m'éloignai d'elle dans le lit. Une guerre explosa en moi.

Comment oses-tu me dire ce que je dois faire ? Comment oses-tu vouloir me restreindre ?

Mais il y avait également, *Je t'aime, s'il te plaît ne me laisse pas seule, tu es tout ce que j'ai, je t'aime, j'arrêterai, je promets que j'arrêterai...*

– Je suis sérieuse, les filles, lâcha Kathy d'un ton cruel et offensé. Plus un mot.

Le regard noir de Beth brillait dans l'obscurité. Il n'y avait aucune haine dans son expression suppliante. Je savais, à sa moue affectueuse, qu'elle voyait en moi sa petite Annie : elle voulait me sauver de la noyade. Je tentai de fondre mes traits dans ceux de sa sœur, de m'y intégrer parfaitement, comme une coquille protectrice. Je craignais qu'un jour, je ne sois plus que Milly à ses yeux, et je deviendrais alors rien de plus que l'une de ses ouailles souffrantes, une patiente dont il faudrait s'occuper à l'hôpital, à oublier dès que le travail était terminé.

Elle attrapa ma main et la serra, et la tendresse de ce geste m'émut. *Oh, Beth.* Comme elle était ordinaire, comme elle était prévisible. Pas moi. Je lui cachais des choses. Je la plaignais. J'étais emplie de pouvoir, un pouvoir que ma présence dans ce lieu plein de secrets ne rendait que plus glorieux encore. C'était un pouvoir terrible, néanmoins. Je lui adressai un bref hochement de la tête, indiquant que je comprenais, que je ferais tout ce qu'elle me demanderait, et elle ferma les yeux pendant un long moment. Lorsqu'elle les rouvrit, elle souriait presque. De cette manière, nous fûmes purifiées.

Puis je murmurai à l'oreille de Beth que je n'aimais pas beaucoup Kathy.

Elle rit et me répondit en chuchotant :

– Personne ne l'aime.

Kathy nous entendit glousser et s'écria :

– Fermez-la, bande de pintades !

Beth et moi ricanâmes, et je sentis mon corps se réchauffer et se détendre. La douleur à ma cheville n'était plus qu'un tantinet irritante, celle dans mon orteil une profonde pulsation reposante.

Nous nous endormîmes l'une dans les bras de l'autre. Malgré l'étrange sensation dans mon pied, malgré toutes les horreurs de ma vision, ce fut la meilleure nuit de sommeil de toute ma vie.

Joyeux Noël

Les fêtes de fin d'année étaient réjouissantes, à Hanford. J'étais soulagée de ne pas devoir les passer à Omak. J'appelai Mère pour l'informer que je ne rentrerais pas à la maison. Je ne pouvais pas me permettre de prendre ne serait-ce qu'un jour de congé. Ma présence était essentielle à l'effort de guerre, lui dis-je, et même quelques heures d'absence ralentiraient trop la productivité.

– Alors je n'aurai pas à supporter tes petits couinements de moineau à table, répondit-elle. Voilà qui m'apporte un peu de paix. Je devrais te remercier, mais je ne le ferai pas, puisque tu n'y es pas sensible, de toute façon.

Mais une certaine affection se laissait entendre dans sa voix ; je lui manquais, aussi. Elle me raconta que Martha était une pitoyable cuisinière ; elle craignait que la dinde ait un goût d'eau de vaisselle. Et ses enfants ne se lavaient jamais correctement les mains, laissant des traces de gras sur le canapé. Elle détestait également la façon dont Martha pliait les serviettes :

– Comme ces foutus Chinois, d'une façon si compliquée que je n'arrive pas à les déplier.

Pourtant, tout en se plaignant, Mère marquait de nombreuses pauses, comme si elle s'efforçait de contrôler ses émotions, et je le pris comme un signe d'amour pour moi.

– Vous auriez préféré que je sois avec vous, Mère ? lui demandai-je en souriant à moitié.

– Non, répondit-elle. Je t'ai parlé de mes ulcères ?

Nous parlâmes de ses ulcères pendant plusieurs minutes, et, à la fin de notre conversation, la tension s'était apaisée.

– Je vous enverrai un très gros chèque, ce mois-ci, Mère, lui appris-je. Presque toute ma prime de Noël. On en reçoit tous une. Pour nos excellents services, d'après le gouvernement.

– Mais une prime n'achètera pas mon amour, pauvre petite tête de moineau.

Je lui dis d'arrêter de se moquer de moi. J'étais une adulte responsable à présent, et je méritais mieux.

– Je ne me moque pas, ma chérie, je te dis les choses telles qu'elles sont. Je suis la personne la plus honnête qui soit. C'est ainsi que le Seigneur m'a créée.

Elle le disait comme si elle voulait me blesser, mais je savais qu'elle ne se flattait que lorsqu'elle était dans de bonnes dispositions.

– Maintenant, si tu étais aussi honnête que moi, jeune fille, tu dirais à ta pauvre vieille mère ce que tu fabriques à Hanford. À moins que tu n'en aies pas la moindre idée ?

J'eus un rire nerveux. Je détestais quand elle se montrait indiscrète. Je voulais lui prouver que mon travail était réellement important, mais je savais que je ne devais rien divulguer.

– Mère, vous savez que je ne peux pas vous en parler. Motus et bouche cousue.

– Tu n'as pas la moindre once de loyauté, Mildred. Si c'était le cas, tu ne m'aurais jamais abandonnée comme tu l'as fait. Je pense qu'ils ne te disent rien là-bas parce qu'ils ne te respectent pas. Je pense...

– Personne ne sait quoi que ce soit, Mère, l'interrompis-je, et la stridence de ma voix fit mal à mes propres oreilles. Personne ne sait ce que nous sommes en train de faire.

– Je pourrais leur téléphoner et leur dire, tu sais, enchaîna-t-elle. Il y a des numéros que les gens peuvent appeler. Je pourrais leur dire ce que tu m'as dit la dernière fois.

– Je ne vous ai rien dit, rétorquai-je, mais mon estomac se retourna.

Je luttai pour me rappeler notre conversation. *Elle le ferait. Je sais qu'elle le ferait.*

– À propos de l'arme. Du produit. C'est bien plus que ce que j'ai entendu partout ailleurs.

Il y eut un bruit de succion, celui qu'elle faisait lorsqu'elle triturait un rouleau de réglisse avec sa langue.

– Ça te vaudrait d'être renvoyée à la maison, n'est-ce pas ?

Je fermai les yeux et posai ma main droite contre la vitre, puisant dans la sensation de froid pour me protéger. Je me revoyais en train de pousser Mère dans la rivière, et l'impression immédiate de joie et d'horreur que j'avais ressentie en la voyant tomber dans l'eau percée de rochers. Lorsque je rouvris les yeux, je vis la cabine téléphonique, les vitrines joyeusement décorées du centre-ville de Richland, les lampadaires qui brillaient doucement derrière la buée bleutée de mes expirations.

– Mère, ne faites pas ça, s'il vous plaît. Si vous avez le moindre amour pour moi.

– Si j'avais le moindre amour pour toi, je te ramènerais à la maison.

Je l'entendis parler à quelqu'un d'autre en tenant le combiné éloigné d'elle.

– Arrête, maintenant. Attends ton tour.

C'était ma sœur, qui s'agitait pour me parler. Mère marmonna qu'elle n'était qu'une pie indiscrète, mais elle lui tendit le téléphone.

– Je ne suis pas surprise que tu restes à Hanford, déserteuse que tu es, me dit Martha. Mais dis-moi, c'est quoi, cette histoire de prime ?

Je lui expliquai, et elle écouta raisonnablement.

– Eh bien, j'espère que tu nous enverras l'intégralité, reprit-elle ensuite. Les filles ont toutes les trois besoin de bonnes bottes d'hiver. Leurs chaussures sont si vieilles qu'elles en perdent des ongles. Et Timothy, tu te rappelles sûrement Timothy...

– Martha, s'il te plaît, n'en rajoute pas. Je ne suis partie que depuis quelques mois.

– C'est l'aîné, celui avec des taches de rousseur, des cheveux bruns et des yeux dorés. Enfin bref, il veut jouer au baseball au printemps prochain et le prix de l'équipement n'est pas négligeable...

– Bien sûr, Martha, je t'enverrai le chèque bientôt.

– Et nous aimerions leur offrir un cadeau à chacun cette année, peut-être deux, et même si je ne peux pas te promettre que nous ne sommes plus fâchés contre toi, je peux t'assurer que nous arrêterons de dire à tes nièces et au pauvre Tim qu'ils n'ont plus de tante.

– Tu n'as sûrement pas...

– Et encore une chose : s'il te plaît, pense à ménager la masculinité de Walter. Agiter ainsi ton argent sous son nez, c'est détestable.

J'attendis un moment, m'attendant à ce que Walter se hâte pour prendre ma défense, mais il n'y eut qu'un long silence.

Je vous enverrai tout ce que vous voulez. Tant que personne ne passe de coup de fil, tant que je peux rester ici.

– Alors, ma chérie, reprit ma sœur, et la soudaine générosité de son ton me réconforta. Qu'est-ce que tu veux pour Noël ?

Ce serait merveilleux de recevoir un colis par la poste ! Je me précipitai, stupidement, pour répondre :

– Je lorgne cette paire de chaussures dans le catalogue *Sears*... Elles ressemblent à s'y méprendre à celles de Susan Peters, tu te souviens, celles qu'elle portait à Spokane ? Tu te rappelles quand j'ai dit « Mon Dieu, ces chaussures rendraient belle n'importe quelle fille ! » Je pensais prendre un peu d'argent de ma prime pour...

Martha fit claquer sa langue.

– Toujours aussi égoïste. Je ne suis pas surprise. Et tout ça pour une stupide paire de chaussures de star.

Je bégayai pour répondre, me reprochant mon impudence. Elle avait raison, je le savais. J'étais égoïste. J'étais partie et je les avais laissés comme ça, sans avertissement, et ils n'avaient pas eu d'autre choix que d'accepter le destin auquel je les avais contraints. Je me réconfortai en songeant que je leur manquais, que leur agacement n'était rien de plus que du chagrin mal exprimé. L'espace d'un instant, je revis Martha dévaler la berge, le regard paniqué, les narines dilatées, les cheveux détachés, ses bras épais et ses fortes cuisses dans sa belle robe du dimanche. Elle m'était passée sous le nez comme si j'avais été invisible. À ce moment-là, ma présence était suspendue dans une paisible incertitude entre l'acte et le calcul. Je n'avais pas encore été vue, ni jugée. J'étais encore, pendant un instant éphémère, une bonne personne.

Je leur enverrais la totalité de l'argent. J'écouterais leurs plaintes. Elles auraient pu faire n'importe quoi de moi, m'envoyer dans un hospice, dans une prison pour femmes, mais elles ne l'avaient pas fait, elles m'avaient simplement enfermée dans la maison de mon enfance. Ma mère menaçait de me dénoncer, mais elle ne le ferait pas. N'est-ce pas ? C'était impossible. Elles faisaient de leur mieux pour me pardonner.

Malgré tout, cette conversation me troublait.

– C'était juste un caprice, lui dis-je. Je t'enverrai tout l'argent. Promis.

Elle éloigna le combiné de sa bouche et dit, juste assez fort pour que je puisse l'entendre :

– Mère, vous avez raison, elle ne grandira jamais.

Il y eut un long silence. Je restai enjouée.

– Joyeux Noël, dis-je, mais personne ne répondit.

La ligne était coupée.

La nuit des démons

Noël arriva, drapant les plaines de toiles de givre, décorant les montagnes sans couleur de guirlandes enneigées. Mes pieds gelaient tandis que j'attendais la bétaillère au campement. Ils se réchauffaient plus tard, sous ma petite table dans le bureau du docteur Hall, enserrés dans les chaussures trop petites de Mère. Mes engelures me picotaient par moments et me brûlaient à d'autres. Cela ne me dérangeait pas. Mon esprit ressentait les mêmes variations quand j'étais plongée dans une vision.

L'Unité B était chaude, bruyante et réconfortante. Le rugissement des eaux du Columbia, qui passaient dans les pompes à moteur, m'apaisait. Je me sentais comme un bébé dans le ventre de sa mère. Durant cette période, nous travaillâmes douze heures par jour pour augmenter le rythme de fabrication du produit. De ce que je comprenais des réunions que tenait le docteur Hall avec le colonel Matthias, monsieur Farmer et plusieurs chefs de chez DuPont, tout se déroulait sans encombre. Le docteur Hall s'émerveillait de la perfection du procédé.

– Bien sûr, il y a eu ce petit pépin au début. Mais après, nous avons progressé de fort belle manière. Pratiquement aucun accroc ! Cela me rend presque nerveux. Cette unité est la première de son genre, mademoiselle Groves. Qu'elle soit aussi parfaite relève du miracle.

Je rayonnais de fierté en entendant cela, comme si j'avais moi-même participé à la conception de l'unité, avec sa symétrie à couper le souffle, ses tuyaux et ses rouages, ses pompes et ses blocs, sa précision et sa monstrueuse tension. *J'ai contribué à sa grandeur.* Mais lorsque je clignai des yeux, une image fit irruption sur la toile noire de mes paupières : les plumes sombres de la harpie, les yeux sinistres du héron, la mère allaitante avec son bébé criblé d'éclats de verre.

Que fabriquons-nous ici ? Quelle force maléfique est mue par cette perfection ?

Je gardais ces pensées pour moi. Je les berçais en silence. J'étais trop reconnaissante d'avoir ce travail, ce statut, pour mettre mon poste en danger. Je me détestais pour mon égoïsme, mais c'était ainsi.

Le matin de Noël, le docteur Hall me demanda si j'aimerais faire un tour du complexe. J'étais en train de nettoyer le ruban et le clavier de ma machine à écrire.

– Là, tout de suite ? demandai-je en lui montrant mes doigts tachés d'encre.

– J'ai une heure avant que le colonel n'arrive. Est-ce que vous aimeriez en savoir plus sur l'unité ?

J'étais surprise que l'on me pose même la question.

– Je croyais que c'était interdit, lui dis-je.

– Je ne peux pas tout vous montrer, bien sûr, mais l'envie me démange de vous montrer certains de ses rouages. Après tout, c'est Noël ! Considérez cela comme un cadeau. Vous avez bien travaillé, vous le méritez. Lavez-vous les mains, et je vous parlerai ensuite de quelques secrets de l'unité.

Je souris et acquiesçai, touchée, puis me hâtai jusqu'aux toilettes. Je devais me soulager et, sans surprise, elles étaient désertes. Je verrouillai la porte derrière moi et levai ma jupe. Je m'étais retenue toute la matinée et ma vessie était aussi tendue qu'une balle en caoutchouc. Je relâchai la pression, prenant mon temps, écoutant le bruit de mon propre jet et le faible bruissement de l'eau dans la salle des machines. J'y avais déjà jeté un coup d'œil auparavant et avais été impressionnée par la symétrie et la hauteur du cylindre de graphite. Plus grand qu'un écran de cinéma, il s'étirait sur quatre étages, une merveille de manufacture rendue plus étonnante encore par les deux mille tubes en aluminium répartis à sa surface. Ils contenaient des lingots de la substance que le docteur Hall appelait « le métal » et qui était essentielle, disait-il, à la confection du produit. J'avais demandé si l'eau du fleuve servait à rincer le produit, mais le docteur Hall avait secoué la tête.

– Non, mademoiselle Groves. L'eau sert à refroidir.

– Refroidir quoi ? avais-je demandé.

– La réaction.

– Quelle réaction ?

– Notre emplacement exact a été choisi en raison de la présence de ce grand fleuve. Notre succès même dépend de l'eau du Columbia.

C'était de cette manière que je recevais des bribes d'informations, comme les pièces d'un puzzle, sur le produit de Hanford, mais je n'avais jamais réussi à comprendre comment les agencer convenablement pour obtenir des réponses à mes questions. Cela ne me contrariait pas. Je craignais, si j'en apprenais trop, d'être incapable de fermer mon clapet, surtout avec Mère. Je ne me faisais pas confiance pour tout ce qui la concernait, et je ne le ferais jamais.

Mais j'en savais déjà plus que la plupart des gens. Les visions ne me cachaient rien.

Une arme incroyable. Une arme qui tue sans distinction. Une arme qui génère tant de chaleur qu'elle fait fondre les globes oculaires dans leurs orbites.

Je me secouai. *Arrête. Arrête de te donner de l'importance. Tu n'es pas une espèce de prophète.*

Je déchirai un carré de papier toilette. Alors que je m'apprêtais à tirer la chasse, j'entendis la porte s'ouvrir puis se refermer. Il y eut un petit coup contre la paroi des toilettes où j'étais assise, pas vraiment comme si quelqu'un frappait à une porte, mais assez pour exprimer une certaine impatience.

– Il y a quelqu'un ? fis-je. C'est occupé. J'ai presque fini.

Il y eut un bruit de frottement, comme si quelqu'un tenait un chien en laisse, puis, après un moment, un objet lourd frappa contre la porte des toilettes. Cela m'irrita.

– Juste une minute, dis-je. Je vais bientôt sortir.

Il n'était pas rare que d'autres femmes viennent à l'Unité B, même si j'étais l'une des seules employées permanentes. Il y avait une blanchisseuse, qui passait plusieurs fois par semaine, et une femme de ménage qui époussetait les bureaux et les cadrans le soir. Il y en avait une poignée d'autres qui livraient ou relevaient les colis et les messages. Il y avait même une physicienne, une recrue récente qui m'avait emplie d'une immense curiosité. Je ne l'avais pas encore rencontrée mais, selon la rumeur, il n'y avait des toilettes pour dames dans l'Unité B qu'en raison du respect que lui portait monsieur Farmer. En d'autres termes, il y avait bel et bien des femmes à Hanford. Quelqu'un aux ressources humaines m'avait dit que nous étions moins enclines à partir que les hommes et cela ne me surprenait pas ; nous étions plus endurantes. Nous tolérions les mauvais traitements, les hébergements de fortune et le climat pénible sans trop nous plaindre ; c'était ancré en nous. Les hommes se pensaient trop importants pour avoir à subir quoi que ce soit, mais cela faisait des générations qu'on nous disait que c'était notre lot.

Tout cela pour dire que j'aurais accueilli avec plaisir une présence féminine dans les toilettes, en dépit de son impatience, sa brusquerie et son impolitesse, sans parler de son refus de me parler. Mais je n'entendis pas le cliquetis de ses talons, je ne sentis pas son parfum, et ce que j'entendis et sentis à la place – le cliquetis de griffes sur le sol, l'odeur humide de la fourrure d'un animal – m'alerta de la présence d'une tout autre créature.

Je tirai la chasse, réajustai ma jupe en prenant garde à ne pas la tacher avec mes doigts pleins d'encre. Il fallait encore que je me lave les mains.

– Qui êtes-vous ? dis-je encore.

Un long museau brun pointa sous la porte des toilettes.

C'était le coyote. Je trouvais étrange d'être aspirée dans une vision aussi soudainement, sans avertissement. Il n'y avait aucun tintement dans mes oreilles, aucun battement d'ailes, aucun étourdissement ou mal de tête. Mais je vis ensuite les yeux de l'animal, jaunes, aussi ronds que des planètes. Les mêmes que le héron.

Le canidé retroussa ses babines dans un grognement et se retira.

Un coup retentit contre la porte principale des toilettes.

– Y a quelqu'un ici ? demanda une voix.

– C'est occupé, répondis-je.

– C'est l'homme de ménage, madame. Prenez votre temps. J'attendrai.

J'ouvris la porte de la cabine et me lavai les mains au lavabo. L'animal se frotta à mes jambes et se faufila dans la cabine derrière moi.

– Toi, murmurai-je d'un ton sévère. Reviens ici.

Sa grosse queue touffue battait le sol.

– Madame ? m'appela la voix dans le couloir. Z'avez dit quelque chose ?

– Un instant.

J'ouvris la porte. C'était Stanley. Je ne l'avais pas revu d'aussi près depuis ma vision de son passage à tabac. Aussi embarrassés l'un que l'autre, nous nous regardâmes. Je me doutais bien de ce qu'il pouvait penser de moi, après ce que je lui avais prédit. Personne ne me remerciait jamais de lui avoir fait part d'une de mes visions, c'était plutôt le contraire.

L'expression peinée de Stanley et son mouvement de recul m'étaient familiers. Il me détestait, peut-être même davantage qu'il ne détestait ses agresseurs. Il blâmait la messagère. Je pensai à la sturnelle, au pressentiment que j'avais provoqué ce qui était arrivé, d'une certaine façon. J'étais plus responsable que je ne l'avais pensé.

La raclée avait été rude. Le visage de Stanley en était encore marqué. Ils avaient entaillé l'une de ses pommettes. Une partie de son oreille gauche avait disparu. Je me souvins de ce que sa sœur avait dit de lui, qu'il était un soudeur de talent. J'eus cette pensée ridicule qu'il pourrait peut-être ressouder son oreille sur son crâne.

– Bonjour, Stanley.

– Bonjour, mademoiselle Groves, répondit-il, la voix tendue. Vous avez fini, là-dedans ?

– Oui. Mais...

Je voulus lui dire, *il faut que je vous prévienne*, mais je craignis sa réaction si je lui répétais une telle chose. À la place, je lâchai :

– Il y a un coyote.

– Un coyote ?

Stanley me dévisagea avec perplexité pendant un certain temps, puis il eut un sourire, large et peu amène, dévoilant ses dents cassées.

– Vous me prenez pour un idiot, mademoiselle Groves.

– Il est là. Dans les toilettes. Juste... soyez prudent.

Son sourire s'effaça. Il me contourna, poussa la lourde porte et jeta un coup d'œil à l'intérieur des toilettes pendant un moment.

– Bon sang ! s'écria-t-il.

Je vous l'avais dit, voulus-je dire, mais je m'en abstins.

Il tourna vers moi, visiblement irrité.

– C'est quoi votre problème, à vous, les femmes ? Vous ne savez pas nettoyer derrière vous ?

Il marmonna quelque chose dans sa barbe et partit vers l'armoire à produits, laissant sa serpillière et son seau dans le couloir.

Déroutée, je rouvris la porte. Les cabinets étaient méconnaissables, le sol et l'intérieur de la cabine couverts de sang.

– Où es-tu ?

Je trouvai le coyote en train de rôder à côté de la cuvette, reniflant quelque chose par terre. Je m'accroupis pour mieux voir. C'était une créature recroquevillée sur elle-même comme un gros ver de farine. Elle avait des yeux sur son ventre et un visage sans traits. Les membres étaient à moitié formés, le cerveau visible à travers une fente de son crâne. Elle était petite comme un chevreau nouveau-né, mais n'avait pas de fourrure. Un petit cœur violet battait furtivement, irrégulièrement, sous une fine couche de peau translucide et rose. Quelle que soit cette chose, la mort l'attendait bientôt.

– Qu'est-ce que c'est ?

Le coyote posa ses yeux jaunes sur moi. Puis la voix du héron retentit.

Une chose née lors de la nuit des démons. Un agneau, mais pas un agneau.

– Abrège ses souffrances.

D'une portée de monstres.

– Tu ne devrais pas être là. Pourquoi as-tu apporté ça ici ?

Le coyote prit la créature dans sa gueule, cette boule démente, gluante, puis se glissa sournoisement hors des toilettes.

Je le suivis jusque dans le couloir en criant « Ouste ! Ouste ! »

Le canidé partit en courant, dérapant à l'angle au moment précis où Stanley revenait de l'armoire à produits. Il secouait la tête tout en marchant, désapprobateur, une bouteille d'eau de Javel dans une main gantée et d'ammoniaque dans l'autre.

– Ce n'est pas ma faute, lui dis-je. Ce n'est pas mon sang.

– Peu importe, mademoiselle Groves.

Sa mine était résolue. Personne ne nous prendrait au sérieux s'il en parlait à un supérieur. Et il ne voulait pas s'attirer des ennuis.

– Je dois y aller, lui dis-je.

– Nous avons tous les deux du travail.

Stanley grimaça et entra dans les toilettes. La porte se referma derrière lui et je me retrouvai seule. Quelques gouttelettes de sang dans le couloir retraçaient la course du coyote avec son démon dans la gueule. Je ne les suivis pas. Je retournai auprès du docteur Hall.

Je restai debout et lui annonçai que j'étais prête pour la visite, m'attendant à ce qu'il me conduise à la salle centrale, mais au lieu de cela, il m'incita avec impatience à m'asseoir.

J'attendis sur ma chaise pendant qu'il finissait son travail.

– J'en ai presque terminé, mademoiselle Groves. Il me fallait juste modifier quelques petites choses de l'original.

Je jetai un coup d'œil à la feuille de papier posée devant lui. Elle était remplie de rectangles et de carrés nets et droits. Il écrivait des mots minuscules et indéchiffrables à l'intérieur de chacun d'eux. Sur le coin supérieur, je lus : *L'Unité B, d'après la Chicago Pile-1, par E. Fermi, alias M. Farmer.*

Avec un grognement de satisfaction, le docteur Hall fit tourner la feuille pour que je puisse la lire. Il se pencha en avant, me faisant sentir l'odeur de café et de menthe de son haleine, et dit :

– Commençons par le hall d'entrée, d'accord ? De là, nous voyons la zone de charge, les ascenseurs de décharge et la chambre intérieure. Au-delà, c'est le labyrinthe.

– Le labyrinthe ?

– Oui, c'est un couloir qui fait de nombreux tournants pour atténuer les effets dangereux des radiations.

Il s'arrêta net, remarquant peut-être mon expression interrogatrice.

– Bien sûr, vous ne devez parler de cela à personne.

– Évidemment. Jamais.

Je l'avais dit avec fermeté, mais je mourais d'envie de savoir ce qui causait ces radiations. *La chaleur*, pensai-je. *Du produit ? En le testant, en le créant ou... ?*

– Nous terminons par la salle de contrôle, que vous pouvez voir directement depuis ces fenêtres ici, poursuivit-il. Je ne peux pas expliquer dans le détail tout ce qui s'y passe, mais il est bon que vous en sachiez un peu plus sur notre château.

Labyrinthe. Château. J'étais une princesse à la recherche de son chevalier. C'était un rêve romantique. Et quelque part, songeai-je, très profondément, se trouvait un monstre. Un démon nouveau-né.

Et alors que le docteur Hall poursuivait ses explications, je compris qu'il n'avait pas l'intention de me montrer quoi que ce soit, du moins, pas en personne. Il avait simplement envie d'en parler. Il était en train de décrire le but des ascenseurs de décharge lorsque je l'interrompis :

– Est-ce que c'est ça, la visite ? Cette feuille de papier ?

Il me sourit d'un air condescendant.

– Mademoiselle Groves, il ne serait pas prudent d'interrompre les progrès accomplis aujourd'hui. Ce serait également dangereux.

– Simplement de regarder ?

– Dans certaines sections, vous mourriez en quelques secondes.

Je repensai à ces cas que Beth avait vus à la clinique, des brûlures chimiques, des poumons malades, la vue d'un homme endommagée par de mystérieuses vapeurs. À chacune de ces occurrences, d'après elle, les hommes n'avaient pas respecté le protocole. La plupart des ouvriers de Hanford passaient par des vestiaires avant d'aller travailler et enfilaient un équipement censé les protéger de ce qu'ils étaient chargés de manipuler. Même les hommes dans la salle de contrôle s'étaient mis à porter des combinaisons intégrales blanches et des casques de sécurité brillants. Je commençais à me sentir nue dans ma tenue de travail, avec mes bas et mes chaussures trop petites.

Mais l'endroit le plus sûr est toujours dans l'œil du cyclone.

– Il y a une salle que je peux vous montrer, me dit le docteur Hall. Suivez-moi, mademoiselle Groves.

Il me conduisit dans les couloirs de l'Unité B, et nous passâmes dans celui où les hommes avaient écrasé la sturnelle. Les murs étaient propres, vierges de tout sauf de la peinture olive terne qui était utilisée dans tous les établissements de l'armée, mais lorsque je clignai des yeux, le sang jaillit soudainement, les entrailles et les plumes écrasées en une masse gélatineuse. Je suivis le docteur Hall jusqu'à une grande porte où un gyrophare rouge tournoyait en clignotant. En dessous se trouvaient des voyants lumineux incompréhensibles :

Surveillance – Requise
Retrait en cours
Démarrage
Grue en marche

– Avez-vous déjà vu la pile, mademoiselle Groves ?

– Oh, oui, avant qu'elle atteigne sa masse critique, comme vous disiez. C'était impressionnant.

– Elle est énorme, n'est-ce pas ? Plus que la plupart des maisons.

– Ma maison à Omak pourrait tenir en son centre, monsieur.

– Ce matin, nous avons reçu d'excellentes nouvelles. Ce produit dont vous avez tant entendu parler ? Nous avons effectué nos premiers essais réussis aujourd'hui. Et vous savez ce que cela signifie, bien sûr. La guerre sera bientôt terminée, mademoiselle Groves !

J'en eus le souffle coupé.

– Quelle merveilleuse nouvelle !

En dépit de mes peurs concernant le produit, ou peut-être même à cause d'elles, j'étais très fière. Moi qui avais tant pris soin de Mère, voilà que je prenais soin du monde entier. J'étais un joyeux petit rouage dans la machinerie de l'Unité B, petit mais nécessaire. Sans ma participation, le produit n'existerait pas. Nous avions tous un rôle crucial à jouer, et honte à ceux qui voyaient les choses différemment.

Le produit ! Je l'imaginais comme une boue brune et empoisonnée, puis comme un rayon de lumière destructeur, puis enfin comme un héros sombre vêtu d'une cape, avec des couteaux en guise de mains. Les Allemands allaient se recroqueviller de terreur. Mon esprit en effervescence me ramena alors aux êtres dévastés que j'avais vus dans le fleuve.

– Le produit est né, se réjouit le docteur Hall en souriant. Le plus beau des cadeaux de Noël, mademoiselle Groves.

– Il doit être très puissant, dis-je.

– Par ici, à droite, dit-il en ouvrant la porte d'une petite pièce, non loin.

Il y avait quelques combinaisons blanches accrochées là, et une valise sur laquelle il était écrit en lettres rouges : GARROT ET KIT DE SÉCURITÉ.

Le docteur Hall ouvrit une porte de l'autre côté de la pièce et m'invita à le suivre.

– Waouh ! m'écriai-je lorsque nous arrivâmes dans la salle des vannes.

Elle était si immense et si bruyante que mon exclamation s'entendit à peine. Nous nous tenions sur une passerelle métallique qui surplombait une cascade de marches et de rampes. Les vannes étaient comme de monstrueux volants conçus pour une armada de géants.

– C'est ici que nous canalisons et analysons l'eau, m'expliqua le docteur Hall par-dessus le bruit.

J'admirai la vue, les mains posées sur le garde-fou. Ce n'était pas une visite intégrale, mais c'était tout de même nouveau pour moi, austère et beau. À côté de moi, le docteur Hall tapota mon bras avec satisfaction, et je l'acceptai comme pourrait le faire une amante, en ressentant un picotement à la base de ma colonne vertébrale.

Mais le coyote était là, rôdant derrière l'une des vannes. Je jetai un regard paniqué au docteur Hall, qui ne l'avait pas vu, car il se dirigeait à présent vers un ouvrier en combinaison qui se tenait devant un bassin, un porte-bloc à la main. Ils échangèrent quelques paroles.

Le coyote s'approcha de moi en trottinant, sa langue pendant hors de sa gueule. Ces yeux, jaunes et mobiles. Il n'y avait plus aucune trace de l'agneau. Je présumai qu'il était mort à présent, abandonné dans un coin à l'intérieur du réacteur.

Il existe un moyen de détruire tout cela.

– Laisse-moi tranquille, lui dis-je. Je travaille. Tu vas m'attirer des ennuis.

Il suffirait d'une seule petite erreur pour déclencher un incendie. Cela retarderait le projet de plusieurs années. Je peux te dire comment faire...

J'écoutai avec irritation ses instructions, sans m'avancer.

Toute cette eau sert à refroidir la réaction, il te l'a dit, la réaction du métal, dans les lingots répartis sur la pile, et sans cette eau, il y aura une surchauffe, et s'il y a une surchauffe, le feu peut partir d'un coup, et...

– Ce que nous faisons ici est bien, rétorquai-je. Nous allons gagner la guerre.

L'animal grogna et me mordilla la cheville. Cela me chatouilla plus que cela me fit mal, mais je le repoussai avec agacement.

Puis il y eut un cri. C'était le docteur Hall.

– Faites sortir cet animal d'ici !

L'homme en combinaison s'avança, les sourcils froncés sous son casque de protection, et frappa des mains en direction du coyote.

– Dehors ! cria-t-il. Va-t'en !

Ils le voient. Ce n'est pas seulement moi.

La queue basse, le coyote courut vers la porte. Elle s'ouvrit pile au moment où il l'atteignit, entrebâillée par un autre ouvrier, et il s'y engouffra. Le docteur Hall et l'homme se lancèrent à sa poursuite et je les suivis du mieux que je pus.

Le coyote prit un couloir vers le nord, puis vira à droite, passant devant la porte du bureau du docteur Hall. Il finit par arriver dans le hall d'entrée de l'Unité, où nous pointions en début et fin de journée. Pris au piège, il s'arrêta là et se retourna vers nous en arquant le dos et en grognant.

– Sortez-le d'ici, répéta le docteur Hall.

Les hommes présents hésitèrent, nerveux à l'idée d'approcher une bête sauvage.

– Il y a un fusil dans mon bureau, reprit le physicien, et l'un des ouvriers partit le chercher.

Les yeux jaunes se rivèrent sur moi.

Laisse-nous sortir.

Le docteur Hall observa le canidé terrorisé ; il craignait certainement davantage d'être contaminé par le produit que d'être mordu. Passant par-dessus le corps tremblant du coyote, je me précipitai sur la lourde porte d'acier pour l'ouvrir. L'animal fondit vers la lumière et je laissai le battant claquer en se refermant derrière lui.

Lorsque je me retournai, le docteur Hall me regardait étrangement.

– Merci, mademoiselle Groves.

– Vous n'avez pas eu peur de ce cabot galeux ? me demanda l'un des ouvriers.

L'autre revint alors avec le fusil. Cela me fit rire.

On ne peut pas tuer un Aufhocker, m'avait un jour dit ma grand-mère. *On peut les faire fuir, mais ils reviennent toujours.*

– Où est-il parti ? demanda l'homme armé.

Le docteur Hall lui prit le fusil des mains.

– Mademoiselle Groves a volé à notre rescousse.

Je m'enquis de la suite de notre visite.

– Nous en avons vu assez pour aujourd'hui, me répondit-il.

Puis après un instant, il ajouta :

– Comment cet animal est-il entré ici ? Vous deux, pouvez-vous vérifier les autres portes, pour vous assurer qu'elles ne sont pas restées ouvertes ?

Les deux hommes acquiescèrent et s'empressèrent de s'éloigner. Le docteur Hall ordonna à tous les autres de se remettre au travail.

Je pensai à l'agneau, au morceau de viande encore vivant que le coyote m'avait montré, un fœtus dévasté par une force inconnue. Nous retournâmes dans notre bureau, et j'allais m'asseoir à ma petite table, mais je m'arrêtai soudain et fis volte-face.

– À quel point le produit est-il dangereux ? fis-je d'une voix plus inquiète que je ne le voulus. Y a-t-il un risque que nous soyons contaminés ?

Étonné, le docteur Hall leva les yeux vers moi. Son expression passa de la surprise à l'ennui, puis à la condescendance.

– Bien sûr, vous m'avez entendu parler des règles de sécurité ici, dit-il. Vous vous rendez bien compte des efforts que nous faisons.

– Mais ces règles ne sont pas respectées...

– Parce que nous en avons reçu l'ordre, mademoiselle Groves, et parce que nous menons une bataille plus importante encore. En vérité, nous ne savons pas encore ce qui va se passer.

La nuit des démons.

– Le bétail, dis-je. La production agricole. Les organes de tous ceux qui mangeront cette nourriture. Nous empoisonnons la terre.

À mon grand étonnement, le docteur Hall éclata de rire.

– Êtes-vous une scientifique, mademoiselle Groves ? Vous avez le cerveau taillé pour.

Il essuya ses yeux derrière les verres de ses lunettes.

– Écoutez, Mildred, si je puis être franc un instant, j'aime beaucoup travailler avec vous. Vous n'êtes pas stupide. Vous faites ce que je vous demande à la seconde où je vous le demande et vous ne vous plaignez jamais. Vous posez des questions que je trouve énervantes, mais également intéressantes, scientifiquement parlant. Vos interrogations sont actuellement partagées par mes collègues et moi-même. Soyez assurée que nous ne cherchons qu'à gagner la guerre, pas à nous faire du mal. Cela ne veut pas dire, bien sûr, que tout danger est exclu dans cette entreprise, mais les bénéfices surpassent grandement les risques. Faites ce que vous faites le mieux : baissez la tête, travaillez, soyez respectueuse. Vous irez loin pour une femme, je pense, tant que vous garderez la tête sur les épaules.

– La tête sur les épaules, répétai-je.

Je le voulais sincèrement, mais alors que je retournais vers mon bureau, je m'appuyai maladroitement sur l'engelure de mon orteil et une douleur foudroyante jaillit de mon pied jusqu'à ma mâchoire. Je tressaillis et faillis crier, mais la douleur s'en alla aussi vite qu'elle avait surgi.

Le docteur Hall n'avait rien remarqué. Au lieu de cela, il esquissa un geste vers mon bureau en désordre.

– Vous avez oublié votre machine à écrire.

– Je vais finir de la nettoyer tout de suite, assurai-je.

Je m'assis sur la chaise en bois dur pour finir ma tâche, puis je redressai la machine et retournai laver mes mains aux toilettes. Tandis que je marchais, une mélodie perturbante se mit à siffler dans ma tête :

Mildred Groves la loyale,
Mildred Groves la loyale,

Un agneau en lambeaux,
Et un agneau sans museau.

Je fus soulagée de retrouver les toilettes propres, sans la moindre tache. Stanley avait été très méticuleux. Je me demandai où l'agneau-qui-n'en-était-pas-un se trouvait à présent. En train d'être digéré ? L'*Aufhocker* mangerait n'importe quoi.

Lorsque je revins dans le bureau, le docteur Hall se tenait devant la grande baie vitrée, admirant la précision et l'ordre qui régnaient dans la salle de contrôle. Deux hommes s'affairaient à examiner des boutons et des cadrans. C'était un monde qui avait un sens immédiat, un triomphe façonné par l'homme qui pouvait être contrôlé, calculé, compris.

Ceci, compris-je, était la raison pour laquelle je plaçais tant d'espoirs en Hanford.

Et si j'avais laissé entrer le coyote, songeai-je en regardant le dos du docteur Hall dans sa veste brun clair en laine peignée, *comme j'avais laissé entrer la sturnelle ?*

Regarde, respire, prends vie.

Mon propre monde ne pourrait jamais être expliqué.

1945

La robe de mariée

Pour ceux d'entre nous restés à Hanford pendant les fêtes de fin d'année, la vaste majorité à vrai dire, les journées de travail étaient longues, mais l'intendance nous organisait ensuite des soirées réjouissantes : matchs de boxe, spectacles de variétés et même une troupe de cirque. Au réveillon du Nouvel An, ils nous arrosèrent de bière et nous gavèrent de jambon, de biscuits et de sauce. Je mangeai tellement que le bouton de ma jupe sauta, et je dus me précipiter vers les baraquements pour le recoudre avant le début du bal. Je dansai avec Tom le chat et tentai de flirter avec lui, mais je n'étais pas très douée pour cela, et lui non plus. Il paraissait distant et triste. Contrairement à moi, il avait le mal du pays. Il me dit qu'il ne se sentait pas bien et lorsqu'il s'en alla prématurément, je décidai de partir, moi aussi.

Cette nuit-là, je rêvai que j'étais dans une chapelle, vêtue d'une robe de mariée rouge sombre qui dégoulinait d'un liquide épais. Tom le chat était à mes côtés ; il posa brièvement ses mains sur mes hanches et, quand il les retira, elles étaient tachées de sang. Il leva ses paumes pour me les montrer, rayonnant de fierté. *C'est merveilleux d'avoir notre enfant juste ici*, dit-il, et le public se mit à applaudir. Je cherchai notre enfant des yeux, mais il n'y avait qu'une araignée noire, au sol, qui décrivait des cercles autour de la mare de sang à mes pieds. Au premier rang était assis Gordon et, à côté de lui, d'une beauté radieuse, il y avait Beth. Elle tamponna ses yeux humides et articula silencieusement : *le saut de l'ange.*

Je me réveillai en me rappelant que le rouge était la couleur de l'amour. *Ce n'était pas nécessairement un cauchemar*, me dis-je, bien que le malaise dans lequel il m'avait plongée s'enfonçait dans mes os et mes articulations. Il me semblait inévitable que Tom le chat et moi finissions par nous marier. *Vois cela comme une bonne chose. C'est ce que les jeunes femmes respectables font, se marier, avoir des enfants, s'occuper de leur foyer. C'est ce qu'on m'a dit toute ma vie.* Il ferait un aussi bon époux que n'importe qui d'autre.

Plus tard ce jour-là, lorsque je le vis dans le réfectoire, nous nous serrâmes la main d'une manière joviale et, quand je retirai la mienne, elle était humide. Je la retournai. Ma paume était maculée de sang.

– Mildred, s'exclama Tom le chat. Tu es blessée !

Sa main était aussi propre qu'une serviette fraîchement nettoyée. Il prit un chiffon mouillé des mains d'une serveuse et l'utilisa pour essuyer le sang de ma paume. Il y avait une entaille sur toute la longueur de mon pouce, peu profonde mais longue.

– J'ai dû me couper sur quelque chose, dis-je.

Sur mon rêve, pensai-je, et je frissonnai.

– Probablement sur mes os, dit-il avant de rire.

Et je ris aussi, parce qu'il y avait un fond de vérité là-dedans, vraiment. Il pressa le chiffon contre mon pouce et m'accompagna à la clinique, où ils enveloppèrent ma main dans un bandage de gaze.

Beth passa par là tandis que l'une de ses collègues s'occupait de moi. Elle portait une pile de draps propres.

– Que s'est-il passé ? demanda-t-elle en s'arrêtant sur le seuil de la pièce.

– On ne sait pas vraiment, répondit Tom le chat. Mildred s'est coupé la main. Pas beaucoup plus profondément qu'avec du papier, mais ça saignait pas mal.

Beth me jeta un regard dur. Je relevai le menton. *Je n'ai rien fait. J'ai été sage.*

Elle se radoucit et regarda Tom le chat avec gratitude.

– Je suis heureuse que tu prennes soin d'elle.

– Ce n'est rien, assura-t-il. J'aime bien être avec elle, c'est tout.

Beth lui sourit. Cela se lisait sur son visage : elle imaginait un mariage, elle aussi. Mais rien à voir avec celui de mon rêve. Elle voyait une robe ivoire, des gâteaux aux couleurs pastel, une croix dorée, un bouquet de dahlias. Elle ne pouvait pas savoir que la robe était rouge, rouge sang, un sang qui ne toucherait que moi, qui n'affecterait en rien Tom le chat.

Je me rappelai l'araignée sur le sol, faisant des cercles autour de la mare de sang – comme il serait facile d'anéantir cette créature.

*

Il y avait des enfants à Hanford. Pas beaucoup, mais quelques-uns. Certains des hommes s'étaient installés avec leurs familles, même si la plupart ne restaient pas longtemps. J'aimais voir les petits se promener dans le camp, décorant les réfectoires et la petite école improvisée avec leurs drôles de dessins de bonhommes de neige, de père Noël et de Jésus. La lumière de la saison se reflétait sur leurs visages ; l'excitation formait comme un halo autour d'eux, fleurant bon les sablés et la cannelle.

Je ne m'achetai pas les chaussures que je voulais. Pour le restant de la saison, je porterais les souliers trop petits de Mère et mes vieilles bottes avec leurs semelles raccommodées, et cela ne me dérangeait pas, puisque j'avais envoyé pratiquement tout mon argent à Martha et à Mère. J'étais globalement assez à l'aise, même si mon orteil restait engourdi depuis l'engelure. Il n'avait plus aucune sensation, ou alors très légère.

– Le nerf est endommagé, constata Beth.

Je tentai de lui dire que ce n'était pas ma faute, mais elle leva les yeux au ciel pour toute réponse, une réaction froide. Elle m'exhorta à me montrer plus responsable.

– Il s'est enquis à ton sujet, tu sais. Le docteur. Il veut être sûr que tu es mentalement équilibrée. Je lui ai dit que tu te portais comme un charme.

À en juger par son ton, elle s'attendait à ce que je la contredise. Mais non. Je me contentai de sourire et de la remercier. Elle me regarda un moment, puis soupira :

– Bien sûr que tu vas très bien. C'est ce que je n'arrête pas de dire.

Je lui en étais reconnaissante, mais cela sous-entendait qu'elle me surveillait, ce qui ne me plaisait pas du tout.

– Il prend de tes nouvelles auprès du docteur Hall, aussi.

– Quoi ? Il ne peut pas faire ça.

– Il y est obligé, Milly. Il y a tant de choses en jeu, ici. Il doit se tenir informé de tous les potentiels problèmes mentaux. Sans le docteur Hall et moi, tu aurais déjà été renvoyée.

Cela me rassura. Le docteur Hall avait pris ma défense.

– Il t'aime bien, confirma-t-elle. Il a dit que même si tu étais certainement un peu naïve, tu apprenais vite et tu étais aussi loyale qu'un chien. Il ne fait généralement pas confiance à ses secrétaires, a-t-il dit, mais il y a quelque chose de différent avec toi. Il admire ta candeur et, oh... comment a-t-il dit cela... ta *curiosité débordante*. Mais c'est ce qui les rend nerveux. Ils ont déjà renvoyé des gens qui posaient trop de questions.

– Je ne peux pas perdre ce boulot, Beth. Je ne peux pas retourner à Omak.

– Bien sûr que non, assura-t-elle.

La froideur qu'elle avait manifestée à mon égard s'évapora. Elle m'étreignit, rapidement, fermement.

– Mais s'il te plaît, fais attention à toi, Milly. S'il se passe encore le moindre truc bizarre, je me sentirais vraiment coupable de le cacher.

Je lui assurai qu'elle n'aurait jamais plus affaire qu'à l'Ennuyeuse Vieille Milly, et le regard affectueux qu'elle m'adressa me convainquit presque que je pouvais faire disparaître mes pouvoirs.

Je n'avais pas connu de nouvel incident de somnambulisme depuis la nuit des *hibakusha*, et la valériane m'aidait à me détendre le soir. Mais, de temps à autre, je me réveillais avec l'impression que mes pieds étaient endoloris, ou que j'avais une éraflure sur la joue ou les mains, comme si j'avais escaladé les falaises de basalte près du fleuve, et je me demandais si je vagabondais encore, mais clandestinement, d'une certaine façon, à l'insu même de ma propre conscience. Je m'inquiétais de ce que le héron avait pu me dire sans que je m'en souvienne. En même temps, peut-être étais-je plus en sécurité ainsi. Je lâchai prise. Mieux valait que ces secrets se déploient dans l'obscurité.

Au travail, le docteur Hall me maintenait occupée. Il n'aimait pas que je reste assise à rien faire, alors il me faisait noter en sténo tous ses appels téléphoniques et entretiens avec des gens importants. Lorsque monsieur Farmer arrivait dans son bureau, parlant avec son lourd accent italien, le docteur Hall me pressait de m'incliner pour le saluer. Lui qui était si calme d'ordinaire se mettait en quatre pour impressionner monsieur Farmer, et avec succès. Un jour, après d'intenses discussions, l'Italien se prépara à partir et serra la main du docteur Hall. Pendant un moment, il refusa de la relâcher.

– Vous m'impressionnez, Philip, dit-il. Vous avez la tête sur les épaules. Assurez-vous de garder votre cœur à la bonne place également.

L'expression habituellement calme du docteur Hall se troubla l'espace d'un instant.

– Que voulez-vous dire ?

– Je veux dire qu'Albert et moi souhaitons ce qu'il y a de mieux pour les peuples. Tous les peuples. Pas seulement ceux d'ici, ceux du monde entier. Oui, même nos ennemis. C'est pour cette raison que ce projet est aussi important. Il est censé mettre un terme à la violence, pas en engendrer davantage. Vous voyez ?

Il lui adressa un sourire encourageant et le docteur Hall hocha la tête.

– Selon le général, nous réalisons de grosses avancées, là-bas, dit-il. Si nous ne nous dépêchons pas, nous n'aurons même pas besoin de ce foutu truc.

Il éclata de rire.

– Tant d'efforts et de dépenses pour rien !

Monsieur Farmer resta silencieux un moment, observant curieusement le docteur Hall. Les deux hommes avaient continué de se tenir la main tout ce temps, d'une façon amicale, complice, mais à présent, Farmer lâcha prise.

– Ce serait peut-être pour le mieux, admit-il, même si sa voix trahissait son envie.

– On m'a demandé d'augmenter la production quoi qu'il en coûte, dit le docteur Hall, au détriment des mesures de sécurité. Cela rejette davantage de déchets en aval.

– Je présume que l'aval du fleuve ne souffrira pas autant que l'environnement exposé au vent. Avez-vous vu la vapeur qui s'élève de la cheminée ? Nous pensions que ce vent incessant allait la disperser, mais elle reste là, à s'accrocher comme une femme entêtée.

– Nous faisons ce qu'on nous demande de faire. Nous n'avons vraiment pas le choix.

Les hommes demeurèrent silencieux pendant une minute, bras croisés comme des philosophes.

– La guerre est une chose terrible, assura gravement monsieur Farmer.

– Je me sens coupable de vouloir voir ce qui arrivera.

– Nous serons tous coupables si cela ne se passe pas correctement.

Sur ce, monsieur Farmer prit congé et se tourna vers la porte. Sur le point de sortir, il s'arrêta devant moi et je lui adressai un discret signe de tête.

– Vous m'avez l'air d'une gentille fille, me dit-il avec son accent italien chantant. C'est une secrétaire compétente, non ? demanda-t-il ensuite au docteur Hall.

– Mademoiselle Groves est aussi muette qu'une tombe, assura celui-ci.

– Confidentialité et loyauté, dis-je. C'est tellement crucial.

Monsieur Farmer me regarda, rayonnant.

– Une très bonne fille.

Il félicita le docteur Hall comme s'il était mon père, comme s'il m'avait façonnée avec l'argile du lit du fleuve.

– Elle ne déçoit pas, confirma le docteur Hall.

– Vous êtes tous deux très aimables, dis-je en baissant les yeux.

Je rougissais, prise dans l'élan de la flatterie, mais je ne me sentais pas aussi humble que je le laissais apparaître. Je luttais pour ravaler un rugissement triomphant.

Quel rugissement terrifiant ce serait.

À en arracher leur blouse de leurs dos.

TOURTEREAUX

Pendant un long moment, je demeurai calme.

Les autres résidents de Hanford ne l'étaient pas.

C'était à présent le début du printemps. J'attendais Tom le chat à l'arrêt de la bétaillère. Ces derniers temps, nous avions pris l'habitude de nous asseoir côte à côte en dépit des commérages de Gordon. Une semaine plus tôt, le conducteur avait fait un écart pour éviter une biche qui avait bondi sur la route. Nous avions tous été secoués et j'avais poussé un cri de surprise. Tom le chat avait attrapé ma main et l'avait serrée très fort.

– Tout va bien, avait-il dit.

Je m'étais mordu la langue pour ne pas lui répondre *Je sais.* Nous nous étions tenu la main pendant le restant du trajet. *Un bon mari. Ce dont toute jeune femme a besoin.* Je m'étais efforcée de chasser de mon esprit mes prémonitions : la sturnelle dans sa cage thoracique, la robe de mariée rouge. À la place, j'avais pensé à nos futures visites à Omak, à la façon dont nous nous liguerions contre Martha et Mère. Nous aurions une fille aux cheveux bouclés prénommée Susan et un adorable petit garçon que nous appellerions Harold, comme mon père. Ces rêveries éveillées étaient bien plus plaisantes que mes visions. Elles rendaient tolérable la main moite et lourde de Tom le chat. Lorsque nous étions sortis du bus, Tom le chat m'avait adressé un sourire chaleureux, et je m'étais hissée sur la pointe des pieds pour l'embrasser rapidement sur la joue. Cela ne me ressemblait pas de faire une telle chose, mais je voulais lui montrer ma gratitude. *Toi et moi contre Mère et Martha.* Je m'avançais sur mon avenir, mais peu m'importait.

– On se calme, les tourtereaux, avait dit Gordon avec un rire cruel.

Il nous trouvait aussi pathétiques l'un que l'autre.

Ce matin-là, engoncée dans ma veste de printemps, les souliers trop petits de Mère toujours aux pieds, j'attendais donc Tom le chat et la bétaillère. J'avais décidé d'acheter mes nouvelles chaussures en mai, pile à temps pour l'été. Comme elles seraient jolies ! Tom le chat en conviendrait, j'en étais sûre.

C'est alors qu'arriva Gordon. Je n'étais pas très heureuse de le voir. Il se tenait toujours trop près de moi et, parfois, il me prenait le bras d'une façon autoritaire qui m'embarrassait. Il sourit en me voyant et me complimenta sur mon rouge à lèvres. C'était celui que j'avais acheté à Omak, la *couleur de putain* pour reprendre les termes de madame Brown. Je l'appliquais toujours avec parcimonie, du bout de mon auriculaire, et même Beth m'avait dit à quel point il me rendait belle et me donnait l'air adulte.

– J'attends Tom le chat, dis-je à Gordon, espérant à moitié que cela l'encourage à me laisser seule.

– Ce bon vieux Tom. Pauvre gamin. Il a le béguin pour toi, n'est-ce pas ?

– Il est très sympathique.

– La bienséance te va à merveille, Milly, constata-t-il avec sarcasme, avant d'ajouter : Le voilà qui arrive. Mais qui est ce pauvre type avec lui ?

Je me retournai, souriante, et vis la silhouette trapue de Tom le chat, en léger contre-jour sur le soleil matinal. Il était suivi d'un homme qui s'avançait en boitillant, un sourire effrayant aux lèvres, dévoilant ses dents cassées. Mon inquiétude s'amplifia à mesure que les deux hommes approchaient.

Tom le chat passa son bras autour de ma taille pour m'éloigner, s'imaginant de toute évidence que cette personne était dangereuse, mais je l'esquivai, submergée par la curiosité. Voûté, esquinté, l'homme se déplaçait comme un jouet mécanique cassé.

Il me fallut un moment pour le reconnaître. C'était Stanley Johnson. Je ne l'avais plus revu depuis qu'il avait nettoyé le sang du coyote dans l'Unité B. Presque aussitôt après, il avait accepté un autre poste en extérieur, au nouveau réacteur en cours de construction, un kilomètre et demi plus loin. Pour s'éloigner de moi, je présumais.

À présent, il se tenait devant nous, pieds nus, seulement vêtu d'un pyjama aussi sale que lui, comme s'il avait passé une semaine entière à dormir dehors. Son sourire s'effaça lorsqu'il me vit.

– Eh bien, si ce n'est pas mademoiselle Groves, dit-il.

Je tentai de le saluer, mais ma voix resta coincée dans ma gorge.

– C'est quoi ton problème, Stan ? demanda Gordon.

– Y a aucun problème. Je me suis jamais senti aussi bien. Le vent me faisait des misères, mais ce matin, j'ai décidé que si on pouvait pas le vaincre, autant le rejoindre !

Il déboutonna son haut de pyjama et se dénuda les épaules. Le soleil mettait en évidence ses cicatrices, les meurtrissures de son visage, son oreille sectionnée. J'eus pitié de lui. Le vent fouetta sa peau et il rit comme un petit garçon. Je levai ma main devant mes yeux pour les protéger du sable cinglant. Stanley chanta, les bras en croix, et tournoya dans le vent comme s'il dansait avec lui. Gordon s'avança d'un pas lourd en jurant et essaya de lui réajuster son pyjama.

– Tu te ridiculises, Stan ! dit-il. Tu es devant une dame. Rhabille-toi, bon Dieu.

Mais Stanley le repoussa et se mit à enlever son pantalon. Tom le chat s'éloigna de moi pour aider Gordon.

– Laissez-moi tranquille, bande de brutes ! s'écria Stanley, et sa voix aiguë m'effraya davantage que son pantalon baissé.

Je rejoignis les trois hommes en train de se bousculer et je posai ma main sur l'avant-bras de Stanley.

– Stan, dis-je. Je connais le vent, et je sais à quel point il peut être brutal. Mais ne le laisse pas gagner, il n'est pas plus puissant que...

– Tu es la pire de tous ! me lança-t-il en retirant son bras d'un geste sec. Ne t'approche pas, sorcière !

Tom le chat lui hurla dessus, mais je soutins son regard. Il savait ce que j'étais, même si les autres l'ignoraient. C'était étrange d'être comprise à ce point. Je le terrifiais véritablement.

– Je voulais seulement t'aider, me justifiai-je, mais il se tordit et hurla comme si je l'avais marqué au fer rouge.

Mon cœur se serra. Nous l'avions brisé. Peut-être l'avais-je brisé plus que les autres. Les visions, les horreurs qui s'étaient ensuivies. Il s'était fait muter hors de l'Unité B pour se débarrasser de moi, de nous, mais il n'avait fait que glisser un peu plus vers la déchéance que je lui avais prédite. Il allait être renvoyé de force de Hanford.

À l'écart, Gordon parlait avec un officier, qui avait émergé d'une Dodge noir et blanc. Tom le chat se tenait nerveusement entre Stanley et moi, en exigeant qu'il se calme. Il ne faisait que me défendre, mais j'aurais préféré qu'il s'en aille pour que je puisse parler à Stanley en tête à tête, et le convaincre que je ne lui voulais aucun mal.

– Cet endroit va te sauver ou te tuer, lui dis-je.

– Je n'ai pas le choix, contrairement à toi, répliqua-t-il.

Je me tournai vers Tom le chat, qui haussa les épaules comme pour dire, *Que pouvons-nous faire de plus ?*

J'espérais qu'ils laisseraient Stanley rentrer chez lui, mais il était plus probable qu'ils l'envoient ailleurs, en prison certainement, où il subirait un dernier effondrement.

Je pensai à sa sœur, l'assistante-infirmière. Était-elle au courant de l'état actuel de Stanley ? Avait-elle tenté de l'aider ? Ou était-elle l'une de ces centaines de personnes qui avaient déjà quitté Hanford, ne supportant plus d'être tourmentées par le vent, voire pire ?

L'officier s'approcha, accompagné de Gordon.

– Bien le bonjour, monsieur. Venez donc avec moi, voulez-vous ?

– J'aurais bien besoin d'un verre, répondit Stanley en secouant la tête.

Il était plus calme à présent. Il sentait que tout était bientôt fini. L'officier partit d'un rire forcé.

– Comme nous tous, hein ?

– Hanford, c'est fini pour lui, lança méchamment Gordon. Allez, bonne nuit.

Stanley hocha la tête comme si l'autre s'était montré aimable avec lui.

– Oui, c'est fini, dit-il en se redressant.

Il reboutonna son haut de pyjama et s'éloigna en claudiquant, débraillé, visage tourné face au vent qui rendait chacune de ses enjambées difficile. Les mains en visière, nous le suivîmes du regard. L'officier lui emboîta le pas, la main nonchalamment posée sur le revolver à sa ceinture.

– Mauviette, dit Gordon.

Il cracha entre nos pieds.

– Ce sont ces vents meurtriers, corrigea Tom le chat. On perd beaucoup d'hommes, à cause d'eux. Travailler dehors, ça fait trop cogiter.

Lui aussi travaillait toujours à l'extérieur, bien sûr. Il semblait s'être résigné à cette idée, et j'espérais et craignais à la fois que sa détermination ait quelque chose à voir avec moi.

– On perd beaucoup de mauviettes, voilà tout, répliqua Gordon. Même Mildred a plus de cran que ce ramasseur de coton. Bon débarras, moi je dis. Il a les nerfs trop fragiles pour bosser pour ce pays. Alors que je l'ai aidé. Ces gens-là sont incapables de montrer de la reconnaissance.

Je lui jetai un regard noir.

– Tu ne l'as aidé que pour le blesser plus tard.

– Comme la plupart des femmes, Milly, tu n'y connais rien. Ce qu'il a reçu, c'est ce qui lui pendait au nez. Je n'ai rien à voir avec ça.

Gordon regarda la Dodge repartir, l'officier et Stanley à son bord, comme s'il voulait voir ce pauvre homme mort. Tom le chat, lui, resta silencieux. Je tentai de lire sur son visage, mais ses traits étaient nébuleux, indéchiffrables. J'en avais assez de ces deux hommes, le premier avec son animosité, le second avec sa retenue.

Révulsée, j'allais pour m'éloigner, mais je croisai alors le regard de Tom le chat et la nuée de doutes qui assombrissait son visage se leva. Ce que je vis alors, une pure adoration, me troubla. Je regardai ailleurs, vers l'herbe des prairies, l'horizon d'un brun terne, les reliefs des montagnes. Il n'y avait aucun endroit où se cacher.

Dans la bétaillère, Tom le chat s'assit à côté de moi et le silence entre nous s'emplit de son affection gibbeuse. Je ne parlai pas. J'avais peur de briser ce silence, et de ce qui jaillirait de ses lèvres si je disais ce qu'il ne fallait pas.

Nous fûmes bringuebalés ainsi pendant de longues minutes, puis, délicatement, il posa sa main sur la mienne, enveloppant ma paume de ses doigts, si bien que ses jointures effleurèrent brièvement l'intérieur de ma cuisse. Un feu voluptueux, douloureux, me traversa de l'aine jusqu'à la gorge. La sensation était trop intense.

– Tu es une belle âme, Mildred, me murmura-t-il.

Puis il lâcha ma main avec une passion que je faillis prendre pour de la colère, et se détourna pour regarder par la fenêtre.

Jumelle maléfique

Dans la nuit du 9 au 10 mars, nous larguâmes sur Tokyo des bombes incendiaires ; à peu près au même moment, je me retrouvai nez à nez avec ma jumelle dans un des longs couloirs de l'Unité B. Vêtue d'une blouse blanche de laboratoire, l'Autre Moi était pleine d'assurance. Son regard était plus perçant et plus sombre, son nez moins rond et son corps plus mince, mais hormis cela, c'était une copie de moi-même, la même taille, les mêmes yeux marron interrogateurs, les mêmes cheveux bruns et raides soigneusement retenus derrière les oreilles. Elle me jeta un coup d'œil hâtif en me croisant, puis m'observa de nouveau : elle aussi avait remarqué notre ressemblance. Je levai la main à son attention en souriant, et elle fit de même les sourcils froncés. Cette unique différence ne fit qu'intensifier notre similitude, une scientifique regardant de haut une diseuse de bonne aventure, toutes les deux des chercheuses. Elle s'éloigna rapidement de moi, comme pour séparer nos identités jumelles, et je me retins de lui crier : *Mais je suis toi et tu es moi ! Sans l'une, l'autre n'existe pas !*

Une heure plus tard seulement, je la vis en pleine discussion avec un autre scientifique, un homme qui, je l'apprendrais plus tard, était son mari. Elle se plaignait de n'être rien de plus qu'une baby-sitter pour les opérateurs de l'Unité B, qu'elle n'avait rien d'autre à faire que les superviser pendant qu'ils manipulaient des lingots et qu'elle s'ennuyait « à en mourir ».

– Dis-moi quand nous pourrons quitter ce maudit endroit, siffla-t-elle.

Elle leva alors la tête et me vit en train de les observer. Tirant son mari par la manche, elle s'éloigna précipitamment. J'aimais le fait de la mettre mal à l'aise.

Je m'enquis à son sujet auprès du docteur Hall, et il me confirma qu'elle était la physicienne dont j'avais entendu parler, Luella Woods. On disait qu'elle faisait partie des chouchous de monsieur Farmer, qui l'avait arrachée à son travail sur le prototype de l'Unité B, à Chicago. De ce que j'avais entendu, elle avait été amenée ici presque contre son gré, et elle n'appréciait pas particulièrement les conditions de vie, surtout le climat. Elle avait eu un bébé récemment, une petite fille qu'elle avait confiée aux bons soins de sa propre mère. Son mari était lui aussi physicien. Elle habitait à Richland et s'était liée d'amitié avec quelques WACs, mais je me demandais à quel point elle se sentait éloignée des autres femmes, vu son éducation, son intelligence et la supériorité de son statut.

L'avoir vue me rendait fière de moi, comme si notre ressemblance avait quoi que ce soit à voir avec ses succès. J'étais certaine qu'elle était ce que je serais devenue si j'avais eu la chance de naître dans une famille plus riche, de faire des études. Je fus presque déçue d'apprendre qu'elle était avec son mari, car cela nous projetait dans deux cercles sociaux complètement différents, et je ne serais jamais en mesure de vraiment faire sa connaissance. Il était étrange que je ne l'aie jamais rencontrée les mois précédents – c'était à croire que les hommes de l'Unité B faisaient en sorte qu'il n'y ait jamais plus d'une femme par pièce à tout moment – mais elle travaillait principalement dans un autre bâtiment encore en cours de construction. Cependant, elle était avec nous le jour où l'Unité B avait atteint sa masse critique, et elle passait également de temps à autre pour superviser, ou « baby-sitter » comme elle disait, la fabrication de notre mystérieux produit.

Les secrets. Elle les connaît tous, songeai-je avec émerveillement.

Une présence aviaire tapie dans mes entrailles gazouilla. *Ne sois pas jalouse, Milly. Ils savent ce que cette unité produit, mais toi, tu as vu ce qu'elle détruit.*

Je demandai au docteur Hall ce que madame Wood pensait de tout cela. Puisqu'elle était la plus intelligente de nous deux, je supposais qu'elle éprouvait une ambivalence similaire à la mienne. Mais le docteur Hall me répondit qu'elle avait affiché de manière plutôt claire son inquiétude sur la gravité de la situation dans laquelle nous nous trouvions ; elle espérait de tout cœur que nous remportions cette course à l'armement contre Hitler, quel qu'en soit le prix.

C'était peut-être elle, la plus forte de nous deux. J'étais impressionnée par son assurance sur le sujet : la destruction à tout prix.

Le docteur Hall me rapporta ce qu'elle avait dit lors d'une récente réunion : *Aucun regret. Quiconque s'opposant à nos efforts ici est un pleurnichard.*

Il me confia également qu'il n'était pas totalement certain d'être d'accord avec elle, mais qu'il l'admirait pour sa résolution, d'autant plus qu'elle était la seule femme à Hanford. Je le dévisageai.

– Elle n'est pas la seule femme.

Le docteur Hall leva les yeux vers moi et bredouilla :

– Oh, vous voyez ce que je veux dire, mademoiselle Groves. La seule *professionnelle*.

Je marmonnai que l'éducation et la compassion n'allaient pas forcément de pair.

– Vous devriez la remercier, me réprimanda le docteur Hall. Sans elle, il n'y aurait pas de toilettes pour femmes dans l'Unité B.

– C'est donc ça que l'éducation nous a apporté. Des toilettes privées.

Il éclata de rire.

– Vous savez, dit-il en ôtant ses lunettes et en me regardant les yeux plissés, vous lui ressemblez beaucoup, sous une certaine lumière.

Auparavant, cela aurait pu me ravir, mais à présent, je restai silencieuse, irritée. Je n'aimais pas ce qui nous rendait différentes, ce qui nous rendait semblables.

ACCÉLÉRATION

Un matin, vers la fin du mois d'avril, alors que je prenais en note une conversation téléphonique du docteur Hall, je dus rapprocher ma chaise en bois de la sienne. J'avais du mal à entendre la voix grave et masculine qui sortait du combiné. Mon stylo glissait avec rapidité sur le papier. J'aimais impressionner mon supérieur avec la vitesse et la précision de ma sténographie. Je devais bien l'admettre, je frimais. Il avait un jour qualifié ma sténo de « petit miracle », et je brûlais d'envie de recevoir un autre compliment. Pourtant, malgré tous mes efforts, je manquais beaucoup de ce que disait son interlocuteur.

– Mais si la guerre est bientôt terminée, dit laconiquement le docteur Hall, et je sentis un frisson me parcourir en entendant cela, alors tout notre travail ici aura été vain.

La voix marmonna sa réponse. Je notai un mot, *vite*, puis un autre, *écarter*.

– Nous avons déjà renoncé à certaines mesures de sécurité, lui rappela le docteur Hall. Il pourrait être problématique de s'en éloigner davantage.

Je soulignai le mot *sécurité*. Je ne pouvais pas m'en empêcher. Je soulignais toujours *sécurité*, *confidentialité* et *loyauté*. Cela semblait amuser le docteur Hall.

J'entendis la voix de l'autre côté du combiné dire *Japs*. Je le notai. L'abréviation la plus courante pour Japonais était « JPN », mais étant donné qu'il avait dit *Japs*, j'écrivis simplement « JAP ». Mon supérieur reconnaîtrait cette abréviation encore plus rapidement.

– Et avez-vous déjà décidé des cibles ?

Le général répondit en deux mots que je ne pus distinguer.

– Oui, une décision difficile, assurément, dit le docteur Hall, même si je percevais une certaine impatience dans sa voix.

Il croisa mon regard et grimaça. Il se plaignait souvent que les fonctionnaires du gouvernement voulaient bien faire mais interrompaient constamment le processus scientifique avec leur paperasse, leurs chamailleries bureaucratiques et leur exigence paradoxale de résultats immédiats.

– Est-il possible qu'ils se rendent avant que nous soyons prêts ?

Le général répondit un *peut-être* grésillant.

J'avais entendu l'inverse : que les Japonais étaient sans pitié, qu'ils ne se rendraient jamais, et j'émis un petit bruit de surprise.

– Nous sommes si proches, assura le docteur Hall.

Le général éleva alors la voix, et j'entendis chacun de ses mots :

– Cela ne dépend pas de nous. Les Allemands vont se rendre d'un jour à l'autre désormais. Les Japs pourraient suivre d'ici quelques mois. Nous faisons le blocus de tout l'archipel. Ils vont se ruiner et mourir de faim s'ils continuent comme ça.

Il attendit, puis ajouta, moins fort :

– Je le souhaite autant que n'importe qui.

– Les progrès ici ont été louables, reprit le docteur Hall. Avez-vous parlé à Farmer ?

Le général reprit la parole plus bas. Je fis de mon mieux, tombant pratiquement sur les genoux de mon supérieur pour mieux entendre, mais cela ne servit à rien.

– Oui, c'est ce qu'il dirait, répondit le docteur Hall. Mais il est aussi curieux que nous tous.

Ils échangèrent encore quelques mots, rien de plus que des banalités, puis le docteur Hall raccrocha.

– Vous avez entendu comme moi, me dit-il. Si j'étais le général, je laisserais aux Japonais le temps de se regrouper. Nous sommes si proches du but, ici. Ce serait une immense tragédie si nous n'avions pas l'occasion de mettre en pratique ce que nous avons accompli.

– Peut-être pourrez-vous tout de même le faire, dis-je avec obligeance. Seulement, pas dans cette guerre.

– Bien sûr. Mais nous ne connaîtrons jamais l'étendue de la puissance du produit tant qu'il n'est pas largué dans un environnement militarisé.

– N'êtes-vous pas heureux que la guerre prenne bientôt fin ?

Le docteur Hall ôta ses lourdes lunettes et se frotta la racine du nez. Il s'adossa dans son fauteuil et ses yeux myopes se rivèrent sur moi. Je devais lui paraître floue.

Je décroisai et recroisai mes jambes. Le chauffage était allumé, dans la petite pièce. L'intérieur de mes cuisses était moite.

– Qu'adviendra-t-il de vous, mademoiselle Groves, lorsque la guerre sera terminée ?

Je n'y avais pas pensé.

– J'aimerais continuer à travailler ici, si je le peux, dis-je.

– Impossible. Quand la guerre sera finie, croyez bien que ce sera fini pour nous aussi.

Je fermai les yeux. Je me vis serrer Beth dans mes bras pour lui dire adieu, monter dans le bus bondé vers Omak, me rétablir dans l'ennui tendu de la maison de Mère. Il n'y aurait plus de réfectoires bondés, plus de danses avec les amies, plus de sourires adressés à des inconnus, plus de langues étrangères, plus de sensation d'être toute petite dans une immense foule. Je serais exilée loin du Columbia, des sables clairs des White Bluffs. Ma conversation avec le vent et les créatures sauvages serait réduite au silence. Il n'y aurait plus aucune magie, plus aucune distinction.

Je serais seule.

J'ouvris les yeux. Les lèvres fines du docteur Hall se retroussèrent. Il me connaissait trop bien. Il remit ses lunettes sur son nez. Une horloge ronde était accrochée juste au-dessus de la baie vitrée donnant sur la salle de contrôle de ce chef-d'œuvre des sciences physiques, qui fonctionnait merveilleusement bien, cliquetant et ronronnant sur un rythme insouciant.

– Vous voyez, mademoiselle Groves, vous et moi sommes à notre place, ici. Nous ne pouvons pas partir.

Notre vie entière est ici. Personne d'autre ne nous aime, hormis cet endroit. Ne ressentez-vous pas la même chose ?

L'espace d'un instant tranchant comme la lame d'un couteau, son regard se posa sur moi avec une concentration absolue. J'étais un algorithme qu'il avait résolu. Et cela me plaisait, d'être digne de l'attention et de la compréhension d'un homme intelligent. C'était la première fois qu'il me regardait d'une façon aussi directe, bien sûr, et ce serait la dernière avant de nombreux, nombreux mois. Le docteur Hall avait de bien plus grandes préoccupations dans sa vie que Mildred Groves d'Omak, mais pendant cet unique moment, aussi bref que flatteur, j'avais été un sujet important.

– Que pouvons-nous faire ? demandai-je.

– Ah, mademoiselle Groves, une excellente question. Nous pouvons travailler encore plus dur.

Il me fit signe de prendre mon stylo et du papier.

J'obéis.

*

Ce ne fut pas une surprise pour moi lorsque, quelques jours plus tard seulement, l'Allemagne se rendit.

Beth pleura de joie dans notre baraquement et nous nous enlaçâmes. Tout le monde se précipita pour aller chercher les journaux et lire les gros titres. Ce soir-là, les réfectoires furent bondés de convives ivres et joyeux. Les serveurs ne cessaient de transporter des plateaux de pintes. Gordon vint vers nous, souleva Beth dans les airs et la fit tourner en décrivant un joli cercle. Il essaya de l'embrasser sur la joue, elle fronça les sourcils et l'esquiva.

– Milly, je suis furieuse, me murmura-t-elle. Il est aussi intrépide que stupide.

Mais ses yeux brillaient. Elle était heureuse. Tout le monde l'était. La joie était presque contagieuse, mais je me rappelais ce que le docteur Hall avait dit. Nous entonnâmes l'hymne national, si fort que l'on crut que le plafond allait se détacher de la haute charpente du réfectoire, et même si je souriais, je tremblais d'un sentiment incertain, un cliquetis dans mes os qui atteignit son paroxysme lorsque je chantai le mot *liberté*.

Trinity

Mes chaussures arrivèrent un jeudi, envoyées par la poste au bureau du docteur Hall à l'Unité B. Lorsqu'elles arrivèrent, il s'était absenté pour une course urgente et j'étais seule. Bien sûr, je ne me sentais jamais complètement seule, étant donné l'immense baie vitrée qui donnait sur la salle de contrôle, et tous ces hommes y travaillant, échangeant des blagues lorsque leurs superviseurs n'étaient pas dans les parages, m'adressant des signes enjôleurs quand je levais les yeux de mon travail.

J'utilisai le coupe-papier du docteur Hall pour ouvrir le colis, et l'odeur des chaussures – le cuir huilé, riche et souple – me ravit. Comme elles étaient belles ! Pareilles à deux adorables chiots, d'un merveilleux brun vélin, avec des talons épais et des lanières à boucles en laiton que je pouvais ouvrir et ajuster pour être à l'aise. J'en levai une à ma joue – elle était chaude et vivante contre ma pommette.

– Vous êtes merveilleuses, murmurai-je. Vous êtes encore plus belles que ce que je m'imaginais.

Quelqu'un toqua à la baie vitrée de la salle de contrôle. Un homme se tenait là, son propre soulier collé à son visage, les yeux fermés, feignant le ravissement. Son collègue, non loin, éclata de rire. Je leur tirai la langue avant de me pencher pour enfiler mes chaussures.

Je venais tout juste de les essayer lorsque le docteur Hall entra. Il s'arrêta sur le seuil de la porte et dit :

– Après vous.

Et, à ma grande surprise, une femme séduisante passa devant lui. Malgré la chaleur, elle portait un foulard blanc uni et une robe en soie couleur bronze, au col haut et à la taille cintrée. Je n'avais plus vu quelqu'un porter de véritable soie depuis le début de la guerre, et c'était merveilleux de la voir briller sur son corps comme une rivière de cuivre. La femme était grande et musclée, avec de longs cheveux bruns bouclés. Tandis qu'elle s'avançait dans la pièce, je remarquai qu'elle traînait légèrement une jambe en marchant. Elle y parvenait avec grâce ; je me demandai même si elle ne jouait pas la comédie, un mouvement subtil destiné à la rendre plus unique encore.

– Mademoiselle Groves, voici mademoiselle Dee. Elle est actrice.

Je bondis sur mes pieds et lui tendis la main.

– Hazel Dee ! Je sais très bien qui vous êtes ! Je vous ai vue il y a quelques semaines seulement à l'auditorium, dans *Euripide*. Vous étiez *merveilleuse*.

Elle regarda ma main avec incrédulité, puis son regard se posa sur mes pieds.

– Quelles belles chaussures ! s'exclama-t-elle.

Je m'épanchai sur le fait qu'elles venaient tout juste d'arriver, qu'elles m'allaient parfaitement, si bien, à vrai dire, que je pourrais en pleurer de joie, et j'ajoutai qu'il s'agissait de la même paire que j'avais un jour vue aux pieds de Susan Peters.

– Susan Peters, répéta mademoiselle Dee en arquant théâtralement l'un de ses sourcils. Je connais Susan Peters. Elle vient de la région, n'est-ce pas ?

– De Portland, dis-je. Mais elle est née à Spokane.

– Ah oui. Spokane. Comme cette autre andouille.

– Bing Crosby ?

– Quel homme hideux.

Elle s'assit sur le petit canapé installé sur le côté et laissa langoureusement reposer son long bras sur l'accoudoir.

– Susan est chouette, cela dit. Elle est forte, cette gonzesse. Elle fait du sport et elle chasse, tu le savais ? Toute sorte de gibier, avec son cher et tendre.

J'étais abasourdie. D'abord, quelqu'un qui insultait Bing Crosby, puis qui connaissait personnellement Susan Peters ! Et Susan Peters chassait ! Une authentique Artémis du Nord-Ouest ! Je l'adorais d'autant plus pour cette excentricité. J'avais envie de sauter sur mademoiselle Dee et lui extirper tous les commérages qu'elle connaissait.

– Je veux une cigarette, Phil, dit-elle au Dr Hall.

– Je n'en ai plus, répondit-il. Je vais t'en chercher.

– Oui, s'il te plaît.

J'étais contente qu'il parte. J'avais Hazel Dee rien que pour moi.

– J'adore Susan Peters, lui dis-je. Elle est adorable. Je l'ai vue une fois...

– Je l'ai vue une fois sauter à cloche-pied quarante pas dans la rue, m'interrompit mademoiselle Dee. Et quand elle eut perdu souffle, elle parla et palpita de telle sorte, qu'elle fit de cette défaillance une perfection, et que de ce manque de souffle elle exhala une puissance de séduction.

J'applaudis doucement.

– C'est tout simplement magnifique. Êtes-vous aussi poétesse ?

Elle minauda.

– C'est du Shakespeare, ma chère. *Antoine et Cléopâtre.*

– Shakespeare, répétai-je bêtement. C'est ravissant.

Je n'avais encore jamais entendu quelqu'un citer Shakespeare de cette façon. Elle m'observa scrupuleusement, d'un regard rieur alors même que sa bouche demeurait immobile.

– Il n'y a rien de plus ravissant que toi, ma chère, dit-elle.

Elle ferma les yeux et je vis la douleur fuser sous ses paupières, avant de tomber de l'une de ses parfaites oreilles, puis tracer une parabole pour atterrir dans ma propre tête.

Pas maintenant, pas ici, pas avec elle. Puis : *Maintenant. Quand je le dis. Regarde.*

La pièce disparut autour de moi et ma vision s'obscurcit, ne laissant qu'une petite lumière blanche au centre des ténèbres : une boule à neige, dans laquelle s'agitaient des paillettes. À l'intérieur, Hazel Dee était assise dans un fauteuil roulant, recroquevillée sur elle-même comme un point d'interrogation. Le docteur Hall poussait le fauteuil dans la neige immaculée, en lui murmurant des plans désespérés.

La boule à neige se brisa et le bruit du verre résonna dans mes oreilles. La pièce réapparut comme elle était auparavant. Les yeux de Hazel Dee étaient toujours clos. J'étais soulagée d'avoir conservé toutes mes facultés – je ne m'étais pas mise dans l'embarras, pas cette fois.

– Il est amoureux de vous, dis-je.

Les yeux de Hazel Dee s'ouvrirent sous l'effet de la surprise, puis se plissèrent en me regardant. Après avoir étudié mon visage, elle se détendit, gloussa, et dit :

– Oui, ma chère, je sais. Le pauvre fou.

Je me rassis à mon bureau, reprenant mes esprits, mais j'avais mal à la tête. Je me sentais nauséeuse. Je portai mes mains à mon visage.

– Vous ne l'aimez pas en retour, repris-je à travers mes doigts.

Je ne voulais pas le dire. Je ne voulais pas la contrarier. Mais c'était trop tard, les mots couraient, libérés par la douleur dans mon crâne. Mes mains tombèrent sur mes cuisses.

– Vous ne l'aimerez jamais. Vous vous servez de lui, à cause de votre maladie. Vous espérez qu'il vous aidera, mais il ne le fera pas. Il le souhaitera, fera tout ce qui est en son pouvoir, mais personne ne peut vous aider.

Je ne la regardais pas, mais je pouvais sentir son attention, sa force. Elle était le genre de femme que je ne serais jamais. Peu importe l'avenir qui l'attendait, j'espérais qu'elle ne perde jamais le souvenir de son pouvoir.

L'espace d'un instant, il me vint à l'idée qu'elle pouvait très bien se lever, s'approcher de moi et me gifler. Et c'était la réaction que j'attendais, celle que me valaient habituellement mes visions : un mélange de haine, de colère, de déni, qui, dosé autrement, n'était rien d'autre que de la peur à l'état pur.

Son beau visage, reflétant son âge et son intelligence, restait aussi lisse que le carreau d'une vitre.

– Que puis-je faire d'autre ? lâcha-t-elle après un long silence.

Je ne répondis pas. Chaque alternative finissait d'une façon ou d'une autre dans la même crypte sombre.

– Une fille ne doit pas perdre espoir, ajouta-t-elle, mais son ton était grave, apathique.

Le docteur Hall revint alors avec un paquet de cigarettes. Il en tendit immédiatement une à mademoiselle Dee et la lui alluma avec galanterie.

– L'ambiance est lugubre, ici, déclara-t-il. J'espère que mademoiselle Groves ne vous a pas ennuyée avec ses béguins d'Hollywood.

– Bien au contraire, répondit mademoiselle Dee.

Je me tournai vers elle, m'attendant à voir une expression sarcastique sur son visage, mais elle semblait au contraire bienveillante et triste, comme si elle avait également lu mon avenir et déplorait les malheurs qui nous attendaient toutes les deux.

– À mon avis, mademoiselle Groves est le génie de ces lieux, acheva-t-elle.

– Elle est plutôt utile, n'est-ce pas ?

Le docteur Hall pressa mon épaule affectueusement, paternellement. Je ressentis l'ampleur de sa gratitude : il désirait ardemment impressionner mademoiselle Dee.

– Si vous revoyez Susan Peters, lui dis-je, s'il vous plaît, transmettez-lui le bonjour de Mildred Groves.

– Je lui parlerai de tes belles chaussures.

Elle s'avança et m'embrassa sur les deux joues, puis elle se tourna vers le docteur Hall, effleura son torse et s'excusa, disant qu'elle était très fatiguée. Elle allait retourner chez elle à Richland pour faire une longue sieste. Il lui proposa de l'accompagner jusqu'à la bétaillère et la guida vers le couloir.

Je rangeai le bureau en fredonnant. J'essayais de me rappeler la citation d'*Antoine et Cléopâtre,* en vain. Des bouts de phrases, seulement : *à cloche-pied... fit de cette défaillance une perfection... une puissance de séduction.*

Luella Woods s'arrêta alors sur le seuil de la porte et jeta un coup d'œil à l'intérieur, laissant seulement apparaître son cou épais et son visage bien trop familier. Je me tournai vers ce miroir qu'elle était pour moi. Nous nous reflétions l'une l'autre nettement.

– Elle est partie ? me demanda-t-elle.

Je hochai la tête. Elle entra dans la pièce. Je remarquai ses chaussures, qui étaient tout à fait ordinaires. Les miennes me parurent aussitôt extravagantes.

– Pathétique, n'est-ce pas ? déclara-t-elle. Une actrice et un physicien. On dirait le scénario d'une mauvaise pièce de théâtre.

Le rire de Luella Woods était grave et rapide, le rire d'une personne trop intelligente pour être sincèrement heureuse.

– Je vois l'affiche d'ici, ironisa-t-elle d'une voix presque dénuée de modulation. *Un amour maudit*, avec Hazel Dee et Phillip Hall.

Je la dévisageai, bouche bée, songeuse. *Voit-elle leur futur comme je le vois ?*

– Ce que je veux dire, reprit-elle, c'est que nous sommes ici pour travailler, pas pour tomber amoureux ou *penser* que nous sommes tombés amoureux. Il y a trop de choses à faire.

Je vidai le cendrier du docteur Hall et le reposai dans un bruit sourd sur son bureau.

– Je vous dis cela parce que vous êtes pratiquement comme moi, poursuivit-elle avec un sérieux qui me sembla étrangement apaisant. Vous êtes si concentrée lorsque vous travaillez. Moi aussi. Toutes ces actrices, tous ces chanteurs et musiciens qu'ils amènent ici, c'est un gaspillage d'argent public.

Je faillis rire à ce moment-là – pour ma part, j'adorais ces spectacles.

– Nous avons plus important à faire, conclut-elle.

C'était embarrassant, de la voir plantée là avec sa blouse de laboratoire et ses chaussures ordinaires. Elle essayait de me parler d'une façon amicale, mais ses mots tombaient lourdement au sol comme des briques. Si elle se rendait compte à quel point la conversation était bancale et à sens unique, elle n'en laissa rien paraître. Sur ce point aussi, nous nous ressemblions.

– Je me vois en vous, déclarai-je, dans un élan de compassion peut-être, ou d'inconfort.

– Exactement, répondit-elle. Nous avons la même façon de penser. Nous savons ce qui doit être fait.

Je me vois en vous et je n'aime pas ça.

– Ces chaussures ne sont pas quelque chose que j'achèterais, toutefois, ajouta-t-elle en esquissant un geste vers mes pieds. Elles me détruiraient les chevilles. Je trébucherais et me casserais la figure.

– Elles sont très confortables. Bien plus que ma paire précédente.

– Bon, je dois y aller. Beaucoup de boulot. Beaucoup de supervision. À bientôt, dit-elle en m'adressant un petit signe.

– D'accord, dis-je en la saluant également de la main. Passez une bonne journée, madame Woods.

Une fois de nouveau seule, j'eus du mal à me souvenir de ce que je faisais. Je commençai à rassembler les papiers sur le bureau du docteur Hall, puis décidai de les laisser comme ils étaient. Je tournai son cendrier jusqu'à ce qu'il soit convenablement ajusté dans son coin. Je rangeai quelques stylos dans leur pot. Il y avait une chose en moi qui me plaisait, c'était ma capacité à m'évader. Grâce à des films, des histoires, des livres, des rêves éveillés, des chaussures, même. Luella Woods ne pouvait pas comprendre un tel raisonnement, peut-être parce que c'était l'inverse d'un raisonnement. J'aimais le bruit clair que faisaient mes nouvelles chaussures lorsque je marchais dans le bureau. Je me dis que ce qu'elle pensait de moi m'importait peu, mais c'était un mensonge.

Le docteur Hall revint un peu plus tard et passa un long moment courbé au-dessus de ses papiers, les scrutant comme s'il ne pouvait comprendre la langue imprimée dessus. Je ne lui parlai pas de Luella Woods. Il pensait à Hazel Dee. Ce romantisme fit naître une douleur dans mon ventre.

– Elle est malade, vous savez, me dit-il après un certain temps.

– Oh ? Hazel ? dis-je, feignant la surprise.

– Elle s'en sortira. Je l'aide.

– Elle pourra compter sur vous, lui assurai-je.

– Elle est déjà venue quelques fois, vous savez, pour le moral des troupes.

Je songeai à ma Jumelle Maléfique, incapable de s'amuser, et j'en étais triste pour elle. *Je devrais l'emmener au cinéma*, pensai-je. Je l'imaginai assise à mes côtés dans la pénombre de la salle, le regard noir d'impatience, ses doigts pianotant contre l'accoudoir.

– Nous nous sommes rencontrés le premier soir où elle a joué ici, poursuivit le docteur Hall, et je dois l'admettre, je me suis quelque peu épris d'elle.

– Elle est magnifique, reconnus-je.

Ses épaules se détendirent. Comme il en était coutumier, dans les moments où il était absorbé dans ses pensées, ou très perturbé, il sortit son paquet de cigarettes. Il en tira une et l'alluma avec le briquet rangé dans sa poche de devant. Puis, comme pour s'excuser, il m'en proposa une, mais je secouai la tête ; je détestais l'odeur de la fumée. Cela me rappelait Mère et Martha, ces fois où elles conspiraient contre moi sur le perron de la maison.

– Je n'aime pas fumer, dit-il comme s'il ne s'adressait à personne en particulier. Mais de temps à autre, ça me calme.

J'attendis la suite. Il voulait parler et je ne voulais pas l'interrompre.

– Vous savez, mademoiselle Groves, dit-il, je suis content que vous l'ayez rencontrée. Parfois, je pense qu'elle n'est pas réelle. Ça m'aide, que vous l'ayez vue vous aussi, et que vous la trouviez également magnifique.

Elle détruira votre vie.

– Magnifique, répétai-je.

Il acquiesça d'un air rêveur, pensant sans aucun doute à Hazel Dee dans sa robe de soie bronze, mais pour ma part, en prononçant ce mot, je ne voyais plus Hazel Dee, je voyais Hanford, l'Unité B elle-même. Je songeais au cylindre, avec ses centaines de lingots de métal ressemblant à des yeux furieux qui ne clignaient jamais, scrutant avec malice à travers les épais murs de béton, à travers le métal et l'acier, par-delà le fleuve, pardelà les montagnes, de l'autre côté de l'océan, fixant leur regard sur les terribles terres indescriptibles audelà, des lieux grouillants d'ennemis arrivant continuellement.

Le docteur Hall, compris-je, était amoureux à la fois de l'Unité B et de Hazel Dee, pas plus de l'une que de l'autre, mais aucune des deux ne l'aimerait jamais en retour.

Roi et reine

Une partie de mon travail pour le Comité de sûreté et de sécurité consistait à apporter mon aide au projet de « grand bal des deux S », où nous allions couronner le roi Sûreté et la reine Sécurité, et récompenser les départements détenant le meilleur bilan en matière de sûreté. L'Unité B était candidate pour le prix. Un panneau peint à côté de notre horloge indiquait : AUCUN ACCIDENT DU TRAVAIL DEPUIS 268 JOURS. Je changeais le petit écriteau tous les soirs après le travail, et c'était une tâche simple et satisfaisante que de voir le nombre augmenter d'une unité à la fois.

Quelques jours avant le bal, Tom le chat et moi prîmes la bétaillère pour Richland afin d'acheter des décorations, des serpentins, des mélangeurs à cocktail et autres. Il ne faisait pas partie du comité mais il s'était porté volontaire pour m'aider lorsque j'avais parlé de cette course nécessaire en ville, et j'étais contente d'avoir de la compagnie. Cela me plaisait, de dépenser l'argent du comité pour des objets qui ne seraient utilisés qu'un soir. L'employée du grand magasin remplit quatre sacs en papier avec nos achats et, lorsqu'elle en déposa deux dans mes bras, je frémis à l'idée des furtives existences qu'ils contenaient, de brefs transports de joie tempérés par une fin rapide et certaine. C'était la meilleure façon de passer son temps sur Terre, bien préférable à une course lente, une longue stagnation, une invisibilité vacillante. Pour plaisanter, je dis à Tom le chat que j'aurais voulu vivre une vie de mélangeur à cocktail. Il sourit et répondit qu'il voyait exactement ce que je voulais dire, une existence en mouvement, à passer de main en main, mais ce n'était pas ça, pas du tout. J'étais tout de même heureuse qu'il ne se moque pas de moi comme quelqu'un d'autre aurait pu le faire. *Milly la stupide. Milly la folle.* Tom le chat ne me voyait pas de cette façon. Il semblait qu'il ne le ferait jamais.

Les bras chargés de sacs, nous nous mêlâmes à la foule des autres résidents de Hanford qui faisaient leurs courses à Richland. Dans le bus du retour, les passagers nous regardèrent avec des expressions allant de l'ennui à la gentillesse en passant par la moquerie. Deux d'entre eux se levèrent prestement pour me proposer leur siège et j'acceptai celui qui était le plus proche des portes.

J'étais assise entre deux hommes aux larges épaules, les sacs rangés à mes pieds. Tom le chat se tenait à une courte distance et me jetait des coups d'œil d'un air protecteur. D'autres passagers m'examinèrent de la tête aux pieds, d'un regard appréciateur qui glissait sans scrupule sur mes courbes. Je me réprimandai intérieurement de ne pas me sentir flattée par leur attention.

J'étais contente d'être assise, car j'avais les jambes chancelantes. J'étais entourée d'hommes, leurs boucles de ceintures brillantes m'entourant comme les barreaux d'une cage, empêchant Tom le chat de m'approcher. Je gardais les yeux rivés sur mes genoux. Une fois mariée, songeai-je avec envie, on devait sûrement moins craindre l'étrangeté des hommes. Celui à côté de moi grogna et remua sur son siège, tentant de trouver une position plus confortable sur la banquette, et sa main effleura mon genou. Le mariage impliquerait des contacts bien plus intimes que celui-ci. J'essayai de penser aux mains de Tom le chat sur moi, tâchai de m'enthousiasmer à cette perspective, mais je ne ressentais rien d'autre qu'un effroi glacial.

*

Le jour du bal, Tom le chat et moi avions décidé de nous retrouver au bar pour le décorer. Beth avait promis de nous aider également, mais elle était encore coincée à l'infirmerie pour plusieurs heures ; nous étions donc seulement tous les deux quand nous arrivâmes en bavardant aimablement, les sacs dans nos bras.

Nous passâmes la matinée à fixer les serpentins et à découper des décorations en papier. Nous plaçâmes des panneaux tout autour de la salle : LE SILENCE, C'EST LA SÉCURITÉ ; LA SÉCURITÉ EST UNE RESPONSABILITÉ INDIVIDUELLE (SOYEZ INDIVIDUALISTE !) ; UNITÉ B : GAGNANTE, AUCUNE BLESSURE PENDANT 272 JOURS !

Nous confectionnâmes les couronnes pour le roi Sûreté et la reine Sécurité à l'aide de carton coloré. J'espérais secrètement que Beth gagne. Cela paraissait logique, elle était si belle et si gentille avec tout le monde, et aussi, étant infirmière, un modèle d'altruisme, mais je me demandais qui serait couronné roi. Je pensai au docteur Hall et ris toute seule.

– Qu'est-ce qu'il y a de si drôle ? me demanda Tom le chat en relevant la tête de son travail.

– Je me demande qui sera roi, c'est tout.

– Je parie deux dollars sur Gordon Nyer. Il aura beaucoup de voix.

Cela me déçut. Je repensai à Gordon entrant de force dans notre baraquement, volant la chemise de nuit verte de Beth. Où se trouvait-elle à présent ? Je ne voulais pas l'imaginer abandonnée dans une poubelle, ou pire, dans son tiroir à chaussettes.

– Je ne vois pas pourquoi il gagnerait, marmonnai-je.

– Il a du charisme, répondit Tom le chat. Les gens l'aiment bien.

– Eh bien, pas moi.

– C'est mon ami, mais je te comprends. Je suppose que j'aurais été jaloux si tu avais dit l'inverse.

Sa déclaration m'embarrassa, mais je ne laissai rien paraître.

– Est-il vraiment ton ami ?

– Bien sûr.

Mais il le dit sans réelle fougue, ce qui me soulagea.

– Il me fait penser à un loup, dis-je. Ou à un chien. Rusé, peut-être. Mal élevé.

Je pris alors conscience que je n'avais jamais eu de vision concernant Gordon. Je repensai à celle que j'avais eue de Tom le chat, ce doux oiseau qui battait des ailes dans sa cage thoracique, sa mort précoce. J'avais beau avoir des idées très arrêtées sur Gordon, son avenir semblait m'être dissimulé.

– Mais moi, j'aime bien les chiens, dit Tom le chat. Je suis de ceux qui les adorent.

– Quoi ?

– Tu as dit que Gordon te faisait penser à un chien, mais les chiens sont géniaux.

Je ris.

– Je suppose que tu as raison sur ce point, Tom.

– Tu aimerais avoir un chien un jour ?

– Et l'appeler Gordon ?

– Non, je suis sérieux. Ou bien est-ce que tu préfères les chats ?

Qu'est-ce que je préférais ? Le héron me vint brusquement en tête, son bec claquant près de ma cheville, me libérant d'une triste forme de protection. Je songeai au coyote.

– Je préfère les chiens, répondis-je.

– Moi aussi.

Cela sembla concrétiser quelque chose dans son esprit, et il me regarda avec un grand sourire. Il était si facile de le rendre heureux.

Comme il serait confortable d'être sa femme, compris-je. Il me dorloterait, me chouchouterait. Il serait prévisible, constant, généreux, tout l'opposé de Mère. Je ne sombrerais pas dans l'ennui ou l'ingratitude, au contraire : je me montrerais aussi tenace et affectueuse que lui, même si cela devait me coûter la vie. À cette dernière pensée, j'arrachai la tête de la silhouette de reine que je découpais pour décorer l'urne.

– Bon sang, marmonnai-je, et je la chiffonnai dans mon poing.

Tom le chat jeta un coup d'œil à la grande horloge blanche accrochée au mur. Il reposa ses ciseaux.

– Faut que j'aille me changer, Milly.

Il portait sa combinaison de travail, et, même si elle lui allait bien dans sa simplicité, sa robustesse, elle n'était pas faite pour danser. Pour ma part, j'avais déjà enfilé ma robe de soirée, et je lui dis donc que je resterais pour finir les quelques décorations restantes.

– Tu as rendu la salle magnifique, Mildred, dit-il en passant son bras sur mes épaules.

Nous restâmes un instant côte à côte, à admirant notre travail. Toute la pièce scintillait dans la lumière tamisée, parsemée de bougies, de serpentins et de décorations en papier.

– C'est adorable, dit-il. On dirait une salle pour les anges.

Il avait raison. C'était divin.

Notre solitude dans la pièce se mua en une chose vivante et affamée. Elle trembla et ouvrit grand sa bouche sombre.

Je m'éloignai de lui, murmurant un au revoir, et il hésita seulement un instant avant de se précipiter vers la sortie.

*

Beth arriva, à bout de souffle, et se débarrassa de son manteau en se confondant en excuses pour être arrivée si tard. Elle portait une longue robe fourreau noire avec de simples garnitures de perles blanches sur les épaules. Elle me faisait penser à Anna Karénine, grande et intouchable lors du bal où elle rencontre Vronski. J'aurais voulu être Kitty, ou Natacha dans *Guerre et Paix*, mais je savais que c'était idiot. Si j'avais été un personnage d'un roman de Tolstoï, j'aurais sûrement été Sonia.

– Tout va bien, lui dis-je. Tom le chat et moi avons pratiquement tout fait. Je suis allée voir les cuisiniers et ils m'ont dit que tout allait bien. Regarde la salle ! Elle est si belle.

Beth acquiesça, les yeux brillants.

– Tu t'es surpassée, Milly. Vraiment.

Elle m'aida à pousser les tables contre les murs pour que les gens puissent danser. Les musiciens arrivèrent et accordèrent leurs instruments. Des hommes et des femmes commencèrent à affluer lentement dans la salle, puis de plus en plus rapidement, comme une coulée de boue prenant de la vitesse. Peu de temps après, je devais crier à Beth pour qu'elle m'entende, et elle criait en retour. Des bouteilles furent débouchées et l'alcool coula à flots. Les dames portaient de belles robes en vichy ou des tenues de cocktail toutes simples. Tous promenaient de petites assiettes de hors-d'œuvre, de haricots, de charcuterie, de tomates ou de pain de seigle. Une femme couina de mécontentement lorsqu'elle renversa de la sauce sur sa jupe en rayonne jaune. Elle s'empressa de mettre du sel sur la tache et partit la rincer aux toilettes. Kathy arriva, demanda où était l'une de nos camarades de baraquement, et je pointai du doigt la direction dans laquelle je l'avais vue aller, mais qui pouvait savoir où elle avait fini, emportée par le vortex de la foule ? Il y avait tant de monde que je me sentais déjà saoule.

Un homme que je n'avais jamais rencontré auparavant me tendit un verre de bière mélangée à de la *ginger ale*. Je le remerciai et la sirotai tranquillement. Mère détestait boire, et Martha n'appréciait qu'une petite bière le samedi soir. Je n'étais moi-même pas une grande amatrice du goût. Pourtant, j'aimais bien la sensation des bulles sur ma langue et la chaleur qui traçait une queue de comète duveteuse le long de ma gorge. Beth m'attrapa par l'épaule, un verre à la main, et déclara qu'elle voulait passer une soirée folle.

– Parfois, j'aime boire plus que de raison et ne plus penser à rien, tu vois ce que je veux dire ? me dit-elle.

Non, je ne voyais pas exactement, mais je pouvais l'imaginer. Au revoir, Annie, chère sœur morte. Au revoir, Glen, cher mari mort. Au revoir, la mort elle-même. Au revoir, pitoyable moi. Rien d'autre que les vagues noires et calmes de l'oubli.

Elle me fit un clin d'œil, puis vida son verre d'une seule traite.

J'étais impressionnée.

Je l'étreignis avec un seul bras et pris une longue gorgée de mon propre verre, mais les picotements me firent tousser.

Le groupe se mit à jouer et des cris de joie s'élevèrent autour de nous. Nous eûmes « Swinging on a Star », « I've Got a Gal in Kalamazoo » et « It's Love-Love-Love ». Tout le monde applaudit lorsque « Bésame Mucho » commença. Je trouvai le bol à punch et m'en servis un nouveau verre.

– Jimmy Dorsey est juste génial, non ? me cria une femme tandis que son partenaire lui faisait décrire de larges cercles maladroits.

– Bien sûr ! lui répondis-je.

Et c'était vrai, j'adorais tous ces *crooners*, presque autant que j'adorais Susan Peters et Richard Quine. J'étais folle de joie que la soirée se passe si bien. Je m'en attribuais presque tout le mérite. Je riais et dansais dans un petit cercle, toute seule.

Gordon se déchaînait, saluait en criant ses nombreux amis et recevait des tapes affectueuses dans le dos en retour. Beth dansait avec un homme de l'Unité B ; je l'avais déjà vu dans la bétaillère.

– Il me faut une fille ! s'époumona Gordon, et les hommes s'esclaffèrent en réponse.

Puis son regard s'arrêta sur moi.

– Eh bien, si ce n'est pas Mildred Groves d'Omak.

– Salut, Gordon, dis-je.

– Tu n'es pas en train de danser toute seule, Milly, si ?

Son ton était moqueur.

– Non, je ne danse pas du tout, répondis-je, mais je gigotais légèrement des hanches.

Il me regarda d'un air sceptique, comme si j'étais une enfant. Je serrai mon verre entre mes mains, juste devant mon cœur, et tentai de disparaître à nouveau dans la foule.

– Oh, non, tu ne vas pas faire ça, assura Gordon.

Il s'avança et me prit le poignet. Mon punch gicla un peu partout.

– Non, s'il te plaît, mon verre, protestai-je doucement.

Mais il s'en empara, avala ce qu'il restait dedans, le jeta par terre et essuya sa main sur sa belle veste, tout en attirant mon corps contre le sien.

– Ça en fait, de la chair à attraper, fit-il remarquer en s'agrippant à ma taille.

L'espace d'un instant, il posa son menton sur le sommet de mon crâne, mais je me dérobai.

– Tu es aussi timide qu'une pouliche, dit-il. Milly la pouliche.

Il rit à sa propre blague. Le chanteur fredonnait, le groupe jouait, Gordon raffermit sa prise et me fit tournoyer.

C'était un excellent danseur. À mon grand dam, j'étais ravie. Le groupe enchaîna avec « Sing, Sing, Sing » et nous bondîmes et ondulâmes.

– Tu n'es pas aussi maladroite que tu en as l'air, me cria Gordon en souriant.

Je ne l'avais jamais vu aussi beau et impressionnant.

– Tu es merveilleux, m'exclamai-je.

Il me fit faire demi-tour et me souleva dans les airs.

– Quelle soirée ! criai-je avec enthousiasme, et je réalisai que j'étais ivre, mais aussi extraordinairement heureuse, plus heureuse que jamais.

La chanson prit fin et Gordon me relâcha. Pendant un moment, j'eus froid, sans ses bras autour de moi, mais je haletais, souriais et rougissais. Beth s'approcha de nous, un verre plein à la main.

– Milly, dit-elle, tu étais incroyable !

– Plus légère sur ses pieds qu'il n'y paraît, approuva Gordon.

Puis il s'approcha et pinça Beth à la taille.

– Tu es la suivante, ma belle.

– C'est peu probable, répondit-elle en repoussant sa main, mais le ton de sa voix était provocateur et ses yeux charmeurs et brillants.

– Ne bois pas trop, Beth, l'avertis-je, craignant qu'elle ne se comporte d'une façon qui n'était pas digne d'elle.

Elle leva les yeux au ciel. C'était un geste grossier, quelque chose que Kathy ferait, pas ma Beth.

– On dirait ma mère, dit-elle.

Je pensai à la mienne. La comparaison m'irrita.

– Retire ça, lui demandai-je.

– Oh, Milly, détends-toi, soupira-t-elle. Tiens, bois ça. Je suppose que je vais danser avec ce gros bêta, après tout.

Elle plaça son verre dans ma main et attrapa Gordon par le bras. Celui-ci rayonnait et des ailes semblèrent lui pousser. Ils s'éloignèrent de moi en tourbillonnant.

Je me tassai contre le mur. Je ne pouvais détacher mes yeux d'eux. Ils formaient un couple stupéfiant, elle une brune aux formes généreuses, lui une robuste star de cinéma. Susan Peters et Richard Quine, soupirai-je. J'aimais les regarder ensemble. Presque.

Mais alors qu'ils dansaient, une sorte de lutte sembla se mettre en place. Il l'attirait vers lui et elle lui résistait. Il colla son nez contre son oreille, y murmura quelque chose, et elle recula et éloigna sa tête de ses lèvres. Il était trop agressif avec elle, comme il l'avait été avec moi, mais elle contrait ses mouvements avec plus de grâce, tandis que je n'avais fait qu'y succomber.

J'avais à moitié envie d'intervenir pour les séparer. Une petite partie de moi se demanda si je n'étais pas jalouse. Non, pas comme on pourrait le penser. J'étais plus jalouse de sa proximité envers elle que de la sienne envers lui. Cette intimité, c'était celle que je partageais avec Beth ; il me semblait injuste qu'il y ait droit lui aussi. Et surtout, je détestais simplement la façon dont il la malmenait, la faisant voltiger comme un enfant jouant avec une vieille poupée. Il la traitait comme un objet alors que, clairement, elle n'obéissait qu'à sa propre volonté.

Kathy s'approcha de moi et me toucha le bras.

– Pourquoi tu fais cette tête, Milly ? me cria-t-elle par-dessus la musique. Quelle rabat-joie tu es !

Je souris rapidement, pour montrer que je m'amusais.

– Je pensais juste à chez moi, mentis-je.

– Quel couple torride ils font, hein ? dit-elle en désignant du menton Beth et Gordon.

– Il est brutal avec elle.

– Elle adore ça. Regarde sa tête.

– Elle lutte contre lui.

– Elle le provoque.

Kathy se gratta le coude, le regard rivé sur les danseurs tandis qu'ils se déplaçaient dans tous les sens. Elle portait une robe fourreau bleu marine, presque aussi simple que la mienne. Elle ne semblait pas complexée le moins du monde.

– Je n'aime pas ce type, lâcha-t-elle, mais c'est le genre de certaines femmes, je suppose.

– Je ne l'aime pas non plus.

Il était étrange d'être d'accord avec Kathy sur quelque chose. Je ressentis un étrange élan d'affection pour elle.

– Pourtant, tu as dansé avec lui comme si tu l'adorais.

L'élan prit fin.

– Enfin bref, Milly. Tom le chat te cherche.

– Je ne l'ai pas vu.

– Il veut danser avec toi, m'informa Kathy, à la fois indifférente et moqueuse. Il était près de l'urne, la dernière fois que je l'ai vu.

Celle-ci était à côté de la scène. Plus tôt, j'y avais écrit « VOTEZ POUR VOTRE ROI ET VOTRE REINE ». Les gens s'étaient amassés autour de la boîte pendant toute la soirée en glissant des papiers dans l'ouverture. J'y avais attaché un couple de roi et de reine en papier, mais je me doutais qu'ils avaient déjà dû être déchirés et piétinés par des centaines de chaussures sales.

– Je le retrouverai plus tard. Ou bien c'est lui qui me retrouvera.

Je ne voulais pas que Kathy me voie comme une future épouse impatiente. Je voulais paraître aussi cool et détachée qu'elle.

– Ne tarde pas trop, dit-elle en le montrant du doigt.

Tom le chat était là, une fausse fleur à la main – une tulipe rouge en papier –, regardant autour de lui, se faufilant entre les danseurs comme s'il était seul à bord de l'esquif de sa propre sobriété. Le voir ainsi me chercher tristement m'embêta. Je n'aimais pas son air de chien battu, transi d'amour, qui me donnait la nausée. Qu'est-ce qui ne tournait pas rond chez lui pour qu'il semble aussi singulièrement attaché à mon existence ?

– J'ai besoin de prendre l'air, dis-je à Kathy, et elle se décala sur le côté pour que je puisse me diriger vers la sortie.

La cacophonie de couleurs, de corps, d'odeurs, de musique, d'applaudissements, de chants et de piétinements était écrasante. Dans la foule endiablée, Susan, ma camarade de baraquement, qui faisait aussi partie du Comité de sûreté et de sécurité, collectait maladroitement les bulletins de vote et se préparait au comptage. Je la dépassai en vitesse, craignant qu'elle me demande de l'aider. Arrivée à la grande porte, je regardai par-dessus mon épaule et vit Beth : à mon grand soulagement, elle n'était plus en train de danser, mais s'était retirée sur le côté. Pendant un instant, je crus qu'elle était seule, adossée au mur, regardant les lumières avec béatitude, mais quelqu'un changea ensuite de position devant moi et Gordon apparut. Elle lui souriait comme une andouille.

Gordon porta ses mains à son visage, l'entourant délicatement, et la tête de Beth se pencha contre sa paume pendant un bref instant, avant de s'éloigner de lui.

Leur promiscuité me troubla. Quelques corps passèrent devant moi, se préparant pour un slow, et obstruèrent mon champ de vision. Quelque part, Tom le chat me cherchait, mais je ne voulais pas qu'il me trouve.

Je sortis dans la nuit.

L'été approchait. Je pris une profonde inspiration, inhalant l'odeur sèche de Hanford Reach. Elle me rappelait chez moi, l'arôme de sauge, l'aria des stridulations des criquets. Quelques personnes étaient dehors, elles aussi. Je dépassai un couple en train de s'embrasser et je dus me retenir de les fixer. J'admirai à la place mes pieds dans leurs nouvelles chaussures. *Comme vous avez bien dansé, ce soir ! On leur a montré, à tous, pas vrai !* Je renverrais l'ancienne paire à Mère avec une lettre expliquant que je n'en avais plus besoin. Martha me ferait certainement une brève crise de jalousie. Je leur avais envoyé suffisamment d'argent pour pouvoir s'acheter elles aussi de nouvelles chaussures, mais il serait bon qu'elles acceptent que je prenne également soin de moi à présent.

J'atteignis la clôture barbelée des baraquements pour femmes et ouvris le portail. Il y avait généralement un garde à côté, qui lisait son journal en essayant de ne pas avoir l'air de trop s'ennuyer, mais ce soir-là, même les gardes avaient eu l'autorisation de faire la fête, et les femmes devaient donc se débrouiller toutes seules.

À l'écart, à peine caché dans l'ombre, un autre couple était en train de se peloter. J'entendis le bruit de leurs baisers et, lorsque la femme gémit, une odeur me frappa de plein fouet, terreuse, familière, à la fois douce et métallique.

Je me rendis compte que j'aurais dû me détourner et m'enfuir, mais au lieu de cela, je les scrutai bêtement. Un souvenir d'enfance me revint : j'étais alors très jeune et j'avais vu mon père et ma mère ainsi. Perplexe, terrifiée, je les avais regardés, subjuguée, figée, jusqu'à ce qu'ils me remarquent. Ils s'étaient alors séparés en poussant des cris de colère et de surprise. J'étais curieuse et dégoûtée. On aurait dit qu'ils essayaient de se tuer l'un l'autre. Plus tard, Mère avait essayé de me décrire cela comme « du plaisir », mais même elle avait semblé incertaine en disant cela. *Un plaisir rare*, s'était-elle corrigée, et ce fut ce que je dis à voix haute à ce moment-là, marmonnant du bout de mes lèvres sèches.

– Un plaisir rare.

Les bruits de succion s'arrêtèrent alors. Un petit trou se perça dans l'odeur fétide et chaude.

– Hé ! protesta l'homme en se redressant. C'est quoi ton problème ? Va voir ailleurs, jeune fille !

Je bredouillai quelque chose à propos du bal, mais la voix de la femme s'éleva avec celle de l'homme :

– Laisse-nous tranquilles, perverse !

Je partis en courant.

Je m'arrêtai pour reprendre mon souffle, m'appuyant contre le mur des toilettes. L'odeur était étouffante, mais je m'en fichais, j'avais besoin d'étouffer. Pas de la façon dont les femmes se laissaient étouffer, mais dont le monde me montrait ma petitesse dans tout cela. C'était, je le comprenais, ce que je voulais plus que tout au monde : être infinitésimale. Pas quelqu'un de bizarre, de doué, de stupide ou de sage, mais une personne sans importance. Un sursaut insignifiant. Cette pensée me réconforta. Je repérai une étoile dans le ciel et m'y accrochai. L'homme et la femme étaient amoureux, peut-être, la femme était en train de toucher l'homme et l'homme la touchait. Pendant un moment, ma vision sembla se diviser en deux et l'avenir s'effilocher. Je pourrais tirer une étoile vers moi et la coudre sur ma poitrine, ou la glisser entre mes jambes, brûlant mon utérus avec sa chaleur. Je pressai mes mains contre mes tempes pour pousser ces images à sortir, la femme et l'homme, Père avec Mère, Beth avec Gordon, moi avec Tom le chat, moi avec Gordon, moi avec Richard Quine, moi avec Père, moi avec le docteur Hall, moi avec Beth, moi sous l'eau, moi brisée et morte sous les White Bluffs.

La terre elle-même avait une odeur de sexe. Je m'agenouillai et en attrapai une poignée, puis relevai ma robe, écartai mes sous-vêtements et fourrai la terre sèche en moi, la pressant contre ma moiteur chaude.

Je ne m'étais plus touchée depuis que j'étais partie d'Omak. C'était tellement mieux ici – pas besoin de m'étouffer dans mon vieil oreiller, pas de Mère au bout du couloir, pas de sœur frappant à la porte en me demandant pourquoi elle était verrouillée. J'enfouis davantage de terre en moi.

Voilà ce que ça faisait. Voilà comment je le saurais. *Emplie de terre.* Je me frottai jusqu'à l'oubli, et lorsque les vagues me prirent, je ne me souciais plus de qui j'étais ou de qui m'entendait.

Une minute plus tard, recouvrant ma raison et ma honte, je réajustai mes sous-vêtements et redescendis ma robe, légère et soignée. Les criquets se remirent à striduler ; je les avais effrayés et rendus silencieux. Soulagement. J'étais seule.

Je retournai à la salle des fêtes, me sentant plus forte.

Beth était sur la scène pour son couronnement – naturellement, elle avait été élue reine – et à côté d'elle se tenait Gordon, élu roi. Susan devait avoir trouvé les couronnes en carton toute seule. Celle de Gordon avait l'air ridicule, attachée à l'arrière avec un bout de papier journal scotché. Celle de Beth avait l'air glorieuse, ce qui était la preuve de sa beauté. Tous deux se tenaient la main et rayonnaient. Ils étaient décontractés plus que pompettes, et affables envers la foule en liesse. Je saluai Beth des deux mains, elle me repéra et son sourire s'étira davantage encore, en articulant mon nom, *Milly*, et en imitant mon geste. Elle pointa du doigt sa couronne d'une manière facétieuse. *C'est vraiment super, non ?*

Je souris et applaudis, et elle me fit un clin d'œil, mais elle se blottit ensuite contre Gordon.

En marchant, je faisais tomber de la terre. Si quelqu'un le remarqua, personne ne me le fit remarquer. Il y avait trop de monde, les gens étaient trop saouls. La terre bougeait à la fois dans et hors de moi. *Je viens de cette terre, et elle vient de moi.*

Tom le chat me trouva.

– Ah, te voilà ! Enfin !

Je n'étais pas mécontente de le voir. La terre bougeait en moi ; ce que je faisais finalement n'avait pas d'importance. Je me détendis lorsqu'il me saisit la main et cédai à la musique, à la danse, à la terre. Il me tenait comme un frère tenait sa sœur, à longueur de bras, avec adoration et respect. Je tentai de trouver Gordon et Beth dans la foule, mais ils étaient partis.

Protection pour tous

La chaleur flétrit les teintes printanières de Hanford. Les pétales aux couleurs vives, les plaines et collines verdoyantes, toute cette luxuriance fut séchée et rouillée avant la mi-juillet. La chaleur était lourde, emplie de nostalgie, mais elle ne m'était pas étrangère ; c'était la même qu'à Omak. Je l'inspirai jusqu'au plus profond de mes poumons lorsque je posais le pied dehors. Les autres se précipitaient à l'ombre pour se protéger, mais je m'attardais au soleil, laissant les vagues de chaleur me ralentir, me calmer.

*

La tension régnait à présent autour de nous comme un orage sur le point d'éclater. Nous étions le 16 juillet. Le docteur Hall, incapable de se concentrer sur son travail, faisait les cent pas dans son bureau tout en lorgnant le téléphone.

– Je devrais avoir eu de leurs nouvelles maintenant, dit-il. Qu'est-ce qui leur prend autant de temps ?

Je ne cherchais pas à être indiscrète. J'étais patiente, j'étais obéissante. J'apprendrais les détails bien assez tôt.

– Cette femme, dis-je plutôt. Hazel Dee. Allez-vous l'épouser ?

Il me regarda brusquement, surpris. Mais son visage se détendit ensuite, et je vis qu'il m'était reconnaissant de lui offrir une distraction.

– Je l'aide, me répondit-il. Rien de plus.

Il s'assit sur son bureau et joignit ses petites mains pâles autour de son genou, se détendant là un moment.

– C'est une femme remarquable. Elle me fascine autant que mon travail. Je pourrais m'épancher auprès d'elle pendant une vie entière sans me lasser.

Même lorsqu'il s'agissait d'être romantique, il restait professoral, didactique.

– Et sa maladie progresse, dis-je.

Le docteur Hall eut un petit sourire en coin.

– Je suis toujours surpris de voir à quel point vous êtes observatrice, mademoiselle Groves.

– Comment allez-vous l'aider ?

– Je suis un docteur.

– Mais vous n'êtes pas ce genre de docteur.

Il acquiesça tristement.

– Malheureusement, aucun docteur ordinaire ne pourrait l'aider de manière significative. Pas avec la maladie qu'elle a. Elle...

Sur son bureau, le téléphone se mit à sonner. Il attrapa le combiné.

– Oui ? dit-il. Oui, bien sûr, oui.

Il claqua des doigts dans ma direction et je rapprochai ma chaise de son bureau, bien plus grand que le mien, ramassant au passage mon bloc-notes et mon stylo. Je me postai juste à côté de lui et il éloigna légèrement le téléphone de son oreille pour que je puisse entendre, moi aussi.

– Trinity, dit-il. D'après un poème de John Donne, je sais. Je suppose, à votre ton, que vous êtes satisfait ?

Je notai les mots *Trinity, John Donne, satisfait.*

– Et notre « gadget » ?

Il se pencha en avant et je fis de même. Nos fronts se touchèrent légèrement, de sorte que nous puissions entendre tous les deux la voix à l'autre bout de la ligne.

– À cinq heures dix, le compte à rebours de vingt minutes a commencé, disait-elle. Deux B-29 ont assisté au test pour prendre les mesures dans l'air. À cinq heures vingt-neuf et vingt et une secondes, le gadget a explosé. Vous auriez vu ça, Phil. Le sable a fondu et s'est transformé en magnifiques morceaux de verre. Les montagnes se sont illuminées comme si elles avaient pris feu. Il a fallu environ quarante secondes pour que l'onde de choc nous atteigne. La boule de feu qui a émergé ressemblait à un champignon géant, puis s'est changée en cylindre de fumée blanche avec un long nuage plat comme chapeau. C'était miraculeux, je n'avais jamais vu rien de tel. La puissance de cette chose, Phil. Incroyable, au-delà de nos rêves les plus fous. Je vous le dis, Phil, nous avons réussi !

Le docteur Hall ne respirait plus. Il me tendit le téléphone et je le tins délicatement éloigné de mon oreille, effrayée, moi aussi, à l'idée qu'il explose.

L'homme continuait de parler mais je n'entendais plus que le couinement éloigné d'une souris. Je regardais mon supérieur, émerveillé par sa victoire. Il leva le poing en l'air et poussa un long soupir de soulagement. Il n'avait émis presque aucun bruit, mais je n'avais jamais vu autant d'excitation contenue en lui.

– Le produit est prêt, jubila-t-il.

Il était triomphant, mais un cliquetis retentit dans mes oreilles, et un sentiment de terreur m'alourdit le ventre comme une pierre.

Plus tard, je me rendrais à la bibliothèque de Richland et demanderais à la bibliothécaire de me trouver le poème de John Donne. Elle le ferait scrupuleusement. Je ne pourrais jamais être certaine, bien sûr, qu'il s'agissait précisément du poème qu'ils avaient en tête ou non, mais cela me parut probable.

Crible de coups mon cœur, Dieu qui es trois. Pour l'heure
Tu ne fais que polir, tenter de réparer,
Mais pour que je renaisse, il te faut me forcer,
Brise, bats, brûle, et fais de moi neuve demeure.
Telle une ville aux mains d'un édile imposteur,
Je m'efforce en vain de te laisser entrer.
Raison, ton vice-roi, secours ne peut prêter,
Entravée, infidèle, elle vit dans la peur.
Pourtant chèrement je t'aime, de toi souhaite être aimée,
Mais de ton ennemi je suis la fiancée
Aussi, divorce-moi, brise l'hymen noué,
Arrache-moi, enferme-moi, car excepté
Par ton asservissement, jamais ne serai
Ni libre, ni chaste, sinon par toi violée.

Brise, bats, brûle, murmurerais-je ensuite ; j'imaginerais l'auteur suppliant d'être démoli par la brutalité de l'amour divin. Les hommes qui trouvaient ici leur inspiration s'assimilaient au Dieu sans pitié des jeunes années de ma mère, le destructeur de mondes. En causant la dévastation d'autrui, avons-nous cru à tort leur apporter l'amour ?

Mais je ne trouverais ce poème que plus tard.

À cet instant-là, dans le bureau, mes yeux parcouraient le sol, de peur que le crotale apparaisse à mes pieds ou s'enroule autour de ceux du docteur Hall. Si le coyote ou la sturnelle pouvaient se matérialiser à tout moment, le serpent également, c'était certain. Mais le bruit de sa queue s'évanouit et rien n'apparut, pas même un grain de poussière flottant, et je me convainquis que tout cela n'était que dans ma tête, et que cette terreur aussi n'était qu'une stupide invention de ma part.

C'est alors que Luella entra dans la pièce et se dirigea rapidement vers nous. Elle se pencha elle aussi sur le combiné, ses ongles acérés posés à la surface du bureau. Son visage exprimait un besoin urgent, pressant de savoir, comme l'aurait fait le mien si j'avais ardemment désiré quelque chose.

Le docteur Hall lui adressa un bref signe de tête, me reprit le téléphone et félicita son collègue. J'éloignai légèrement ma chaise et les laissai à leur conversation, de crainte que le danger de ce « gadget » dont ils parlaient ne fuite par le combiné et ne suinte sur le sol. Il glisserait vers moi comme de la lave, ferait fondre mes nouvelles chaussures, rongerait mes os, brûlerait mes orbites et mes cheveux.

Je me mordis le doigt jusqu'à sentir un goût de sang dans ma bouche. Je pensai aux cris cendreux que j'avais entendu émaner des *hibakusha*.

Le docteur Hall raccrocha et s'installa dans son fauteuil en soupirant.

– Waouh.

– Racontez-moi, dit Luella.

Il joignit ses mains derrière sa tête et leva les yeux au plafond, de joie, d'émerveillement, d'espoir, je n'aurais su le dire. Je restai sur ma chaise. Un coin des lèvres de Luella se redressa.

– Alors, c'est un succès ?

Le docteur Hall acquiesça, rayonnant, sa tête toujours contre ses mains.

Je les foudroyais du regard, fixement, durement, au point qu'ils finirent par se tourner vers moi. Luella plissa ses yeux si familiers.

– Qu'est-ce qui lui prend ? demanda-t-elle au docteur Hall.

Le bourdonnement dans mes oreilles, la sueur sur mon front. Je savais ce qui allait se produire. Ce qui se produisait toujours quand je prédisais l'avenir : l'irritation, le rejet, la solitude que je ressentirais par la suite. Je serais abandonnée, me retirerais comme le monstre que j'étais.

Ils me scrutaient, dans l'expectative.

J'aurais aimé pouvoir recouvrir d'un rideau la baie vitrée. Je ne voulais plus voir la salle de contrôle, ses boutons et ses cadrans me fixant comme des milliers de visages froids et vides. Je détestais les épaules des hommes qui y travaillaient, courbées sur leurs tâches, tandis qu'ils attendaient avec assiduité le bon moment pour tourner je ne sais quel levier dont ils avaient besoin pour punir et dominer. Des machines, chacun d'entre eux. Irréfléchis. Qu'est-ce qu'ils en avaient à faire, de ce qu'ils fabriquaient ? Je vis ce qui émergeait du ventre de béton de cet endroit. C'était le danger lui-même, un sorcier qui transformait le sable en verre.

Les mots se déployèrent hors de ma bouche sans que rien ne puisse les interrompre. Car tant que j'aurais une langue, les visions émergeraient, tôt ou tard.

– Nous sommes en train de construire une arme qui va faire des milliers de morts. Des dizaines de milliers. Et davantage encore de blessés. Des enfants – des bébés – vont souffrir et périr. Des gens tomberont raides morts à cause de la maladie qu'elle causera. Des globes oculaires fondront dans leurs orbites. Les terres ici seront également affectées. Le sol autour de nous engendrera des démons.

Je jetai un coup d'œil à Luella. Nos visages se reflétaient l'un l'autre dans leur intensité.

Le docteur Hall baissa ses bras minces et les posa sur le bureau devant lui. Il se pencha en avant.

– Continuez, dit-il.

Cet encouragement enflamma le pouvoir en moi. Mon sang se réchauffa et pulsa à travers mes veines, ouvrant grand les portes d'une prise de conscience qui me stupéfiait par son exactitude.

– Ces armes ne feront que gagner en taille et en puissance. Ce que nous avons fait ici sera terrible, mais risible en comparaison de ce qui sera fabriqué ensuite.

Le docteur Hall passa sa langue sur ses lèvres, pas à la manière d'un prédateur, mais d'un homme profondément captivé.

– Nous serons tous en danger. D'autres pays fabriqueront le produit. Ils l'utiliseront contre nous, ici dans l'état de Washington, puis partout ailleurs. Cette invention détruira tout, la planète telle que nous la connaissons. Cela n'arrivera peut-être pas avant quatre-vingts ans, mais les dommages seront irréversibles.

L'espace d'un instant, je crus que le docteur Hall allait se lever et applaudir. Il était suspendu à chacun de mes mots, hochant la tête, marmonnant son assentiment, son maigre corps tendu, et même le duvet gris sur ses oreilles se dressait, attentif. Si le sujet n'avait pas été aussi grave, j'aurais pu en sourire, j'aurais pu le remercier. Toute ma vie, je n'avais cherché qu'à aider ; il aurait suffi qu'on me croie pour que cela fasse une différence.

Luella était perchée au bord du bureau, les bras croisés. Elle aussi écoutait attentivement.

Ma vision se fit plus nette. Un nuage s'éloigna de l'œil de mon esprit et je contemplai, à travers une fenêtre dans le ciel, l'étendue noir et bleu en contrebas, le nuage en forme de bulbe qui s'élevait de l'une vers l'autre.

– Après avoir largué la bombe, les hommes regarderont par les fenêtres d'un avion nommé d'après une mère. Ils verront les incendies, la fumée, et ils comprendront alors ce qu'ils ont fait. Certains s'en réjouiront, mais l'un d'entre eux sera affligé. Il réalisera à quel point souffrent les victimes.

Je pleurais. Les larmes coulaient librement, mais je les remarquais à peine, car la fermeté de ma voix dissimulait toute émotion.

Nous étions dans un bureau bien rangé de l'Unité B, bien loin de tout ce que j'étais en train de prédire, et pourtant nous y étions, à l'épicentre de l'horreur.

Je fermai les yeux. Les larmes s'arrêtèrent. Lorsque je les rouvris, le docteur Hall me dévisageait avec une expression admirative. Même les yeux froids de Luella avaient changé, s'illuminant de reconnaissance.

Je l'ai fait.

Enfin.

Ils me croient.

Et si mes amis d'enfance m'avaient crue ? Et si cela avait altéré le cours des événements ? Et si mon amie avait averti sa mère de l'accident de voiture, et si la mère avait promis à sa fille, en riant, qu'elle conduirait plus prudemment, et si, sans même le vouloir, elle l'avait fait, parce que cette pensée était à présent inscrite dans son subconscient ? À quel point pouvons-nous nous améliorer en tant qu'espèce humaine en écoutant simplement les avertissements qui nous étaient donnés ? Pourquoi était-il toujours plus facile de minimiser et d'ignorer ?

Je repensai aux avertissements de Martha, de ma mère, de Beth qui nouait tous les soirs une clochette à ma cheville. *Elles pensent toutes être clairvoyantes,* songeais-je. *Nous nous annulons les unes les autres.*

Le docteur Hall se racla la gorge et je me redressai, rejetant mes épaules en arrière. J'attendis, comme si je m'apprêtais à être consacrée. Ce serait ma reconnaissance.

– Grands dieux, lâcha Luella. Plus poétique que ce à quoi je m'attendais. Mais charmant, vraiment.

– Ne vous l'avais-je pas dit ? rétorqua le docteur Hall. Quel gâchis.

– Je ne vous suis pas vraiment, répondis-je perplexe. Il y avait de la ferveur dans son ton, mais aucune trace de la profonde compréhension que j'avais cru semer en lui.

– C'est juste tellement triste que vous ne soyez qu'une secrétaire d'Omak, expliqua-t-il. Songez à ce que vous auriez pu accomplir avec une bonne éducation. Vous auriez été une sacrée scientifique. Vous avez un esprit extraordinaire.

– Un esprit sombre, certainement, releva Luella, non sans approuver.

– Mais ce sont des choses que j'ai vues...

– Ce sont des hypothèses toutes très pertinentes, m'interrompit le docteur Hall, et toutes dignes de recherches plus poussées.

– Il y a un risque immédiat, dis-je. Il y a des vies humaines en jeu.

Ma gorge se noua. Je me sentais à nouveau sur le point de pleurer, des sanglots incontrôlables, des larmes embarrassantes.

– Bien sûr, vous avez raison, reprit-il. Nous perdons tous le sommeil en pensant à ces conséquences éventuelles, croyez-moi. Et c'est la raison pour laquelle il est si important pour nous de terminer le projet, voyez-vous, pour éviter qu'il tombe entre de mauvaises mains.

– Vous devez vous rappeler que nous faisons cela pour *éviter* un tel désastre, pas pour le provoquer, précisa Luella.

– Mais en le créant, il est déjà tombé entre de mauvaises mains, ne le voyez-vous pas ? rétorquai-je en élevant la voix. À présent que nous l'avons fait, d'autres le feront aussi.

Et ce que je me gardai d'ajouter – ce qui m'aurait fait passer pour une traîtresse –, alors que je le pensais fut : *Et si nous étions les mauvaises mains ?*

– C'est une façon de voir les choses, n'est-ce pas, mademoiselle Groves ? fit remarquer le docteur Hall. Une telle façon de penser a son mérite, je le crois.

Il tendit son bras pour tapoter ma main, qui se tenait recourbée sur le bureau comme un animal maladif.

– Je suis très impressionné par la profondeur de votre examen.

Je compris alors la vérité : ils me trouvaient adorable, comme un chiot de compagnie, un animal capable d'apprendre de nouveaux tours, si mignon et si drôle. Si seulement j'étais née dans la peau d'une humaine !

– La vérité est que nous ne savons toujours pas, même après ce test, à quoi nous attendre exactement, reprit-il. Et vous avez raison : sa puissance est incroyablement destructrice, et nous devons être conscients de tout ce qu'elle peut engendrer. Nous travaillons tous d'arrache-pied pour nous assurer que nous comprenons toutes les conséquences.

– Nous sommes dans une guerre à mort, rappela Luella. Nous n'avons pas de temps à perdre, à pleurnicher et à nous demander « oh la la, est-ce que c'est une bonne idée »...

Je me reconnaissais beaucoup dans son visage, mais sa voix était à l'opposé de la mienne, calme, concise, assurée.

– Cela va provoquer un enfer sur Terre, l'avertis-je. Des troupeaux de morts-vivants, les oreilles, les nez et les bouches ensanglantées, les enfants incinérés sur place, leurs organes réduits en bouillie.

– Vous serez peut-être rassurée de savoir que des tracts d'avertissement sont toujours largués au-dessus des villes avant une attaque aérienne, dit le docteur Hall. Les gens seront mis en garde à de multiples reprises.

– Ce n'est pas toujours aussi simple de partir.

Je suis partie, songeai-je, *et depuis peu.*

Je tenais toujours mon stylo dans mon autre main, celle qu'il n'était pas en train de tapoter d'une manière condescendante, et lorsque je baissai les yeux, je vis que l'encre avait coulé partout sur ma robe. Je l'avais cassé en deux à un moment ou à un autre de notre conversation. Le docteur Hall eut un petit rire.

– Et si vous rentriez plus tôt ? me proposa-t-il. Histoire de nettoyer tout ça. Mais merci encore d'avoir partagé vos réflexions intéressantes, mademoiselle Groves.

– Un peu plus d'éducation vous endurcira, déclara Luella.

J'allai chercher mon sac sur mon bureau.

– Prenez soin de vous, mademoiselle Groves, me dit le docteur Hall. Je vous verrai demain matin à la première heure.

Ce qui me préoccupait le plus, c'était qu'ils me croyaient peut-être, mais que, malgré tout, cela n'avait aucune importance.

*

J'arrivai au baraquement la vision troublée, les vêtements ensablés, échevelée, et je ne désirais qu'une seule chose : me glisser dans mon lit et m'endormir. Mais lorsque je passai la porte, j'entendis des voix discuter près de mon emplacement. Quelque chose dans leur ton me paralysa. Je retins mon souffle.

– Mildred a de nouvelles crises de somnambulisme, siffla Kathy.

Cela me surprit. Était-ce le cas ? J'en avais eu l'impression, mais il ne m'en restait aucun souvenir.

– Je l'ai vue, Beth, reprit-elle. Il y a quelques nuits, elle est rentrée après minuit et elle m'a regardée droit dans les yeux, mais son regard était aussi vide qu'un pet.

– Je l'ai vue aussi cette nuit-là, répondit Beth. Je ne lui ai pas encore dit. Elle avait l'air tellement joyeuse, le lendemain. Je ne pense pas qu'elle s'en rende compte.

Sa voix était étouffée, comme si elle avait mis sa main devant sa bouche. Je ne pouvais pas réellement les voir, un pan de mur me bloquait la vue, mais je reconnaissais clairement leurs voix.

– Elle a perdu ma clochette, je te l'avais dit ? Glen me l'avait offerte. Je ne sais pas quoi faire d'elle.

Je fronçai les sourcils.

Quoi faire de moi ?

Comme si j'étais une poupée de porcelaine craquelée. Comme si j'appartenais à qui que ce soit. Je me souvins qu'elle avait déjà parlé ainsi à notre cheffe de maison, chuchotant en secret, comme si j'étais un fléau honteux dans leurs vies.

– En vérité, Kathy, on m'a demandé de garder un œil sur elle. Elle a consulté un docteur pour ses nerfs. Elle est aussi fragile qu'un chaton. Ils ne veulent pas de gens nerveux ici, et je crains qu'elle ne soit pas apte mentalement.

– Ne la protège pas. Cela finira par se retourner contre vous deux.

– Elle n'a pas beaucoup de perspectives... Que ferait-elle après ? Retourner à Omak ? Sa mère et sa sœur sont horribles.

– Elle n'a rien à faire à Hanford. Elle nous ridiculise. C'est déjà assez difficile d'être une femme ici, mais quelqu'un comme Mildred nous donne une mauvaise réputation.

– Je voulais l'aider, assura Beth. Elle est adorable. Mais je commence à fatiguer, je l'avoue. Parfois, elle reste assise là à nous observer avec ses grands yeux sans cligner des paupières. J'ai peur de ce que cet endroit fait à son esprit.

Je levai les mains devant mes yeux et écartai les doigts. Ils tremblaient violemment. Je m'imaginai en train de les arracher avant de les balancer à Beth et à Kathy, et l'idée de leurs cris horrifiés me calma.

Ma Beth. Comment oses-tu ?

– La prochaine fois, je la signalerai, décida Beth, déterminée. Je le ferai. Pour sa propre sécurité.

– Bien dit, approuva Kathy. Tu ne lui dois rien. Tu dois penser à toi.

J'arrivai alors en flottant dans la pièce, avec mon aura de sorcellerie. Je m'approchai de ces deux femmes insignifiantes et grossières. Je les toisai, assises sur mon lit – *mon lit* – comme si c'était le leur. Je pensai à ma grand-mère, cette immense femme ours.

Hexe.

– C'est mon lit, dis-je, lançant ma voix vers elles comme une pierre.

Beth bondit sur ses pieds, les mains levées, comme si elle se rendait, et je pus lire la peur sur son visage. Mon absence de sourire le confirmait : j'avais tout entendu. Kathy se redressa plus lentement, m'observant avec méfiance.

– Milly, quelle surprise, lâcha Beth. Ça va ?

– On ne peut mieux, répondis-je avec un rictus froid. Mais j'ai besoin de me reposer. Ôtez-vous de là.

Kathy jeta un regard à Beth.

– Allons manger un bout avant de reprendre le boulot, lui dit-elle joyeusement avant de s'éloigner vers la porte.

Beth resta où elle était et me regarda avec inquiétude. Elle fit un pas vers moi, mais je l'évitai. Je me déshabillai, me glissai sous les draps et tirai la couverture par-dessus ma tête.

– Milly, j'espère que tu ne penses pas que...

– Laisse-la dormir, l'interrompit Kathy. Tu n'as rien fait de mal.

Mais si. Tu m'as fait du mal.

Beth s'attarda, clouée sur place par sa traîtrise. J'entendais son poids passer d'un pied à l'autre, les semelles de ses chaussures rendues collantes par une culpabilité visqueuse, et je pouvais sentir sa contrition, parfum adouci par la pourriture.

– On se voit plus tard, Milly, dit-elle. On parlera et je t'expliquerai. Tout va s'arranger.

– Laisse-moi tranquille, marmonnai-je dans mon oreiller.

– Milly, écoute-moi...

– Elle veut que nous partions, insista Kathy.

J'entendis ses pas se rapprocher de Beth, puis le léger bruit qu'elle fit en l'entraînant à sa suite.

– Laisse-la se reposer. Elle s'en remettra.

Je les écoutai partir. Pendant un long moment, je demeurai immobile, respirant dans la chaude obscurité de mes couvertures, me demandant si je pouvais mourir ainsi, étouffée par la colère, le chagrin et la solitude. Je finis par m'endormir.

Je dormis pendant le dîner. Je dormis pendant que les femmes allaient et venaient dans le baraquement. Je me réveillai brièvement avec la sensation que quelqu'un se penchait sur moi, avec un parfum de lavande que je reconnaissais mais que je ne chérissais plus. Je me détournai de la silhouette. J'étais pleinement seule à présent. La solitude offrait son propre réconfort, une leçon que j'avais apprise encore et encore. Je me rendormis.

Une pluie dévastatrice

Le 6 août, alors que je me nettoyais les aisselles dans l'évier des toilettes, j'entendis des femmes pousser des cris à l'extérieur.

Je m'habillai à la hâte et fourrai ma chemise de nuit et mes bigoudis dans mon sac. Je croisai le regard d'une autre femme qui se changeait dans la même pièce et qui se précipitait elle aussi, alarmée.

– Que diable se passe-t-il dehors ?

Sentant la panique monter en nous, nous nous hâtâmes de sortir pour voir quelle horrible chose était arrivée.

Nous tombâmes sur notre cheffe de maison, madame Berry, le visage baigné de larmes. Je fus soulagée de voir qu'elle souriait.

– Nous avons réussi ! s'écria Kathy, passant devant moi en courant tandis que je plissais les yeux dans la lumière estivale du matin.

Les femmes faisaient la fête, s'étreignaient et hurlaient, sortant des baraquements dans un concert de cris de joie. D'autres erraient comme moi, abasourdies.

– Qu'est-ce qui se passe ? Qu'est-il arrivé ? demandaient-elles.

Madame Berry agita un papier en l'air et émit un sifflement puissant. Je m'approchai d'elle et lui touchai le bras. Elle se tourna vers moi, ses joues rougies par l'excitation.

– Mildred, c'est incroyable ! Tout simplement incroyable !

Elle me mit le journal sous le nez.

Les cloches de l'église retentirent. Nous pouvions entendre les hommes crier, eux aussi, depuis leur partie du camp.

Je lus les gros titres du *Villager*.

CE SONT DES BOMBES ATOMIQUES

Le président Truman a levé le secret sur le produit de Hanford

La nouvelle se répand doucement, suscitant la surprise de tous

Jubilation et satisfaction suite aux révélations sur le produit fabriqué ici

Richland était à peu près le dernier endroit du pays à apprendre la nouvelle de la bombe atomique. Comme dans d'autres régions, ce furent les femmes au foyer qui entendirent les premières la nouvelle à la radio et la transmirent à leurs maris en une rafale de coups de téléphone qui n'a cessé de faire chanter les standards.

– Des bombes atomiques, dis-je, hébétée.

Quelque chose frémit dans le champ lointain de ma vision, une forme fantasmagorique qui voletait et se tordait avec une énergie dangereuse et frénétique. Je sentis la chair brûlée sous son voile et craignis son arrivée.

– Truman a publié une déclaration ce matin, annonça madame Berry. On en a largué une aujourd'hui. Les Japs avaient aucune idée de ce qui leur tombait dessus !

La silhouette dans l'angle de ma vision trembla et avança doucement.

– Ceux qui marchent dans les ténèbres, dis-je, tentant de réprimer la panique qui enflait dans ma gorge.

– Mildred chérie, tu vas bien ? Tu es toute pâle.

– La dame dans l'obscurité, lâchai-je.

Et soudainement, la forme était devant moi, encapuchonnée, sans visage, drapée de loques noires. Elle flottait dans les airs comme un drap stygien nauséabond. J'avançai mes mains, mais le tissu s'écarta, se dissipa à mon contact.

– Tu parles de qui ? me demanda madame Berry, déroutée.

J'ouvris la bouche pour crier à l'aide et la créature fondit tout droit dans ma gorge.

Mes joues et mes yeux gonflèrent. Son acidité et sa puanteur me remuèrent les entrailles.

Je me tournai vers madame Berry, paniquée. Mon nez se mit à saigner.

– Mildred, est-ce que tu as une allergie ? Allons allons, c'est pas grave...

Madame Berry restait la femme gentille, un brin ridicule et toujours à côté de la plaque qu'elle était. Elle posa une main sur mon épaule et sortit de sa poche un mouchoir qu'elle pressa sous mon nez.

Les larmes me montaient aux yeux. La sinistre forme en moi se débattait et frappait. Je tentai de l'avaler, mais je n'y arrivais pas. Mon ventre bouillonnait.

– Reculez, parvins-je à articuler.

L'instant d'après, je fus secouée par un haut-le-cœur et je régurgitai en spasmes bruyants.

Le vomi s'écrasa par terre, noir, épais, fumant, et éclaboussa les jambes de madame Berry.

– Oh ! s'exclama-t-elle en frappant son mollet, plus choquée qu'énervée. Ça brûle !

Le magma infâme et sirupeux trembla au sol. Je m'agenouillai devant lui, et dans ce velours noir tendu se levèrent une centaine de petits visages, agonisant, hurlant de douleur. Ils émergèrent comme autant de bulles, remontant, se tortillant, puis s'aplatissant à nouveau. Le vomi frémit avant de se dissoudre dans la terre comme de l'huile. Madame Berry fixa le sol, là où s'étaient trouvés les visages, presque aussi pantelante que moi.

– Nom d'un chien, qu'est-ce que tu as mangé aujourd'hui ?

Le sang sécha dans mon nez. Mon estomac se stabilisa. Je recouvrai lentement mes esprits. Je demandai à madame Berry si son mollet allait bien. Elle se pencha pour l'examiner.

– Eh bien ça alors. Je n'ai rien du tout. J'ai cru que je m'étais brûlée, comme avec du café chaud, mais je suppose que non.

Elle mordilla sa grosse lèvre inférieure, stupéfaite.

– Comment s'appelait cet endroit ? demandai-je.

– Hein ?

– Cet endroit, au Japon ?

– Oh. Truman a dit qu'il s'agissait d'une base militaire. Un endroit appelé Hiroshima.

– Une base militaire ?

– C'est ce qu'il a dit.

Soulagement. Il ne pouvait pas y avoir beaucoup de civils à Hiroshima, si c'était une base militaire.

– Il en fera larguer davantage s'ils ne se rendent pas, déclara-t-elle fièrement.

– Davantage de bombes ?

– Il leur a promis « une pluie dévastatrice ».

Dans ma vision périphérique, je la vis à nouveau, cette forme frémissante qui se recomposait, bourdonnante, prête à bondir.

– Je suis désolée, dis-je. Je ne me sens vraiment pas bien.

– Va à l'infirmerie, me conseilla-t-elle. Et ne bois plus de café noir. On dirait que ça perturbe ton estomac. Ajoute du lait, la prochaine fois.

J'acquiesçai d'un grognement, bien que je n'aie pas encore bu de café ni pris mon petit-déjeuner. Il n'y avait rien dans mon estomac, hormis le fantôme.

Je m'éloignai d'elle en titubant, me frayant un passage dans la foule en liesse. Je repérai Kathy et Beth qui discutaient avec enthousiasme près de la porte de notre baraquement, mais je les ignorai. La forme ombragée me suivait de loin en se tortillant.

*

Au travail, le docteur Hall sourit et se leva lorsque j'entrai, ce qu'il ne faisait pas habituellement. Il semblait heureux de me voir.

– Vous avez entendu la nouvelle, me dit-il.
– Oui.
– Que ressentez-vous, à présent que vous savez ?
J'hésitai. Il s'assit sur son fauteuil et m'invita d'un geste à faire de même.
– C'est une bonne chose, n'est-ce pas, mademoiselle Groves ? Vous vous rendez compte que nous avons remporté une bataille majeure. Et je ne parle pas seulement du Japon et de l'Allemagne. Je parle de la course dans laquelle nous sommes engagés, scientifiquement. Nous sommes les premiers à avoir créé la bombe atomique, et cela veut dire que nous pouvons l'utiliser pour nous protéger, nous-mêmes et toutes les bonnes nations. Imaginez si elle était tombée entre les mains d'Hitler, comme nous l'avons si longtemps redouté !
– Hitler est mort.
– Il y en aura d'autres comme lui.
Cela me semblait évident.
– Et qu'est-il arrivé à la base militaire ?
– Vous voulez dire, là où elle a été larguée aujourd'hui ? Hiroshima ? Nous ne savons pas encore. Nous attendons les rapports. Il n'y a jamais eu d'autre bombe de cette nature, alors je suis impatient d'en savoir plus.
– Impatient, répétai-je. Oui.
Je me sentais mal.
– Mademoiselle Groves, je sais que vous avez exprimé vos inquiétudes concernant le produit. Mais comme l'a dit notre général, « ce sera la bombe qui mettra fin à toutes les bombes », et j'espère que c'est le cas. Notre travail acharné a pour but le bien commun.

Il m'expliqua que le Japon avait rejeté la déclaration de Potsdam.

– Nous leur avons donné toutes les chances possibles. Truman les a avertis que s'ils n'acceptaient pas nos conditions, ils risquaient l'anéantissement total.

– Vont-ils se rendre, maintenant ?

– S'ils ne le font pas, Truman fera larguer une autre bombe atomique. Je ne peux imaginer que la guerre se poursuive après cela.

Dans un coin de la pièce, le porte-manteau frémit. C'était à nouveau la forme fantomatique, vibrante de terreur. Elle voulait que je la remarque. Elle avait un message pour moi. Je m'efforçai de l'écouter.

C'était son bourdonnement. *Hi. Ro. Shi. Ma.*

Elle se rapprocha. Je gardai la bouche fermée. Je ne voulais pas l'avaler à nouveau, et la sentir se tordre de douleur en moi.

Hi. Ro. Shi. Ma, grondait la forme, et je devins soudain le fantôme, rôdant moi aussi, non pas ici dans l'Unité B, mais dans le ciel, loin au-dessus d'une ville. Des langues de terre dépassaient comme des orteils dans une vaste baie, et une rivière serpentait entre de beaux bâtiments. C'était un vaste espace urbain qui vibrait de vie.

J'atterris à nouveau dans le bureau du docteur Hall dans un bruit sourd.

– C'est une ville, dis-je. Hiroshima. Pourquoi le président Truman déclare qu'il s'agit d'une base militaire alors que c'est une ville ?

– Mademoiselle Groves, je suis sûr qu'il n'affirmerait pas qu'il s'agit d'une base militaire si cela n'était pas...

– Vous saviez, compris-je. Vous saviez depuis le début que c'était une ville. Ils vous l'ont dit au téléphone l'autre jour, à propos de la cible.

– On ne m'a pas dit grand-chose, mademoiselle Groves. Des cibles ont été mentionnées, mais pas Hiroshima.

– Tout est vrai. Tout ce que je vous ai dit. La ville détruite, les gens mutilés à tel point qu'on ne peut plus les reconnaître. Je vous l'avais dit et vous ne m'avez pas crue.

– J'ai écouté vos hypothèses avec le plus grand intérêt, mademoiselle Groves. Nous verrons lorsque les rapports arriveront si...

– Je l'ai *vu*. Ce sont des faits. Nous tuons tout sur notre passage en fabriquant cette bombe, et un jour, ils nous bombarderont ici, exactement comme je vous l'ai dit. Quelqu'un nous bombardera. Nos petits-enfants, nos arrière-petits-enfants. Et *cette* bombe sera des milliers de fois plus puissante que celle-ci.

Le docteur Hall s'énerva.

– Aviez-vous autant de reproches à faire pendant le bombardement de Tokyo, mademoiselle Groves ? Il a fait des centaines de milliers de morts, mais vous n'avez pas protesté. Et qu'en est-il des millions de personnes que les Japonais ont tués en Chine, en Corée, en Malaisie, en Indochine ? Vous avez une vue très étriquée de l'humanité. C'est la *guerre*.

Je me tus. Mon pied tapotait anxieusement le sol.

Le docteur Hall s'essuya le visage. Je l'avais agacé. J'étais contente de le voir secoué.

– Écoutez, mademoiselle Groves, dit-il d'une voix tremblante. Rentrez chez vous pour la journée.

Les émotions sont exacerbées. Je comprends votre point de vue, je vous assure. C'est le point de vue d'un être humain compatissant et, assurément, le monde aurait besoin d'en compter davantage. Mais je vous en prie, ne vous leurrez pas : vous avez volontairement contribué à la création de cette bombe, tout autant que moi. Exprimer vos opinions sur le sujet maintenant, c'est trop peu, trop tard.

– Je vous avais averti, dis-je. Je vous avais dit tout cela et vous m'avez ignorée.

Il me fit signe de m'en aller. Je pouvais voir sur son visage qu'il m'avait fermé son esprit. J'étais une femme, imprévisible, insistante. Il marmonna quelque chose sur le fait que mes menstruations ne devaient plus tarder.

Je pris mon sac et mon foulard. La forme tremblante n'était plus à côté du portemanteau. J'avais dit ce que je devais dire. J'étais libre de partir.

– Parlez-en avec vos amis. Vous avez le droit de vous sentir fière de votre travail ici, mademoiselle Groves.

– Je n'ai pas d'amis.

À ces mots, j'entendis Mère dans ma voix.

– Je suis désolé de l'entendre, dit-il.

Et il avait vraiment l'air désolé, comme si mon manque d'amis était plus digne de son attention que le massacre d'un peuple entier.

*

Je pris la bétaillère qui me ramenait au camp, mais d'autres personnes avaient aussi été autorisées à quitter leur travail, et les buveurs de bière et les fêtards m'irritaient. Je tentai une balade près du fleuve, mais la chaleur altérait mon esprit. Je finis par retourner aux baraquements. Je lus un roman policier à trois sous et dormis par intermittence. Je me réveillai et mangeai seule dans le réfectoire, puis retournai au lit. Tout autour de moi s'élevaient les bavardages excités de mes camarades de chambrée, exubérantes, débordantes de fierté, à propos de la bombe. Je détestais le fait de ne pas parvenir à m'endormir. Je brûlais d'envie de disparaître.

Finalement, peu à peu, je finis par somnoler.

*

Plus tard, au cours de cette longue nuit noire, je me réveillai en sursaut assise en haut d'une falaise rocailleuse surplombant le fleuve Columbia. J'étais au beau milieu d'une conversation avec le héron. J'étais heureuse de ne plus être dans les baraquements, et encore plus heureuse d'avoir quelqu'un à qui parler, même si je ne pouvais jamais déchiffrer les intentions de l'*Aufhocker*.

Le produit, dit le héron.

Cela faisait plusieurs minutes maintenant qu'il me répétait cela, attendant ma réponse, mais je venais seulement de me réveiller, le mot résonnant, vibrant dans mon oreille gauche.

– Ils ont tué des civils, dis-je au héron. Les Japonais vont se rendre, maintenant. Le docteur Hall a dit que j'avais contribué à ce succès. Il dit que je devrais être fière.

Le héron criailla ; c'était un bruit horrible, solitaire.

Je lui demandai où était parti le vent.

Il s'est couché derrière les montagnes. Plus il se repose, plus il se renforce.

Il était étrange de ne pas ressentir sa chaleur, son corps chaud contre le mien. Je me rendis compte qu'il me manquait, bien que la plupart des résidents de Hanford se réjouissaient de son absence. Elle leur permettait de jouer au baseball jusqu'à tard le soir et de manger dehors plutôt que dans les réfectoires bruyants et clos. Les enfants se poursuivaient les uns les autres, hurlant avec joie lorsqu'ils étaient attrapés.

Sans le vent, le ciel nocturne était comme poli en une fine couche sans nuages et parsemée d'étoiles. C'était la nouvelle lune et les étoiles, libérées, respiraient profondément.

Je fermai les yeux. Il y avait le bruit du fleuve, qui coulait, coulait, *coulait vers l'ouest de l'État de Washington.* J'étais ivre du présent et du futur.

Comme tu as de belles chaussures, dit le héron.

– Oh, oui, répondis-je en gigotant mes pieds.

D'habitude, j'étais pieds nus lorsque j'errais ainsi – je me demandais à présent si enfiler mes chaussures n'était pas une idée de l'*Aufhocker*.

– Je les ai commandées dans le catalogue *Sears*. Tu sais, je me suis demandé un jour si je n'avais pas accepté ce travail juste pour m'acheter ces belles chaussures, avouai-je en riant.

Elles sont sublimes, admit le grand oiseau.

Le crotale dormait sur mes genoux et je le caressai doucement. J'avais craint dans un premier temps qu'il ne salisse ma chemise de nuit, mais il était aussi sec et propre qu'un vieil os.

Je ne te reverrai pas avant un long moment, m'annonça le héron.

– Oh ? fis-je, surprise. Tu t'en vas quelque part ?

Il rejeta en arrière la longue corde de son cou. *Non, toi.*

– Je ne suis pas sûre de comprendre pourquoi tu m'as ennuyée pendant tout ce temps, de toute façon.

L'empathie à distance est un luxe. Tu as été choisie pour ton empathie. Tu as été choisie pour ton recul.

– Tu pourrais parler de n'importe qui, rétorquai-je.

Nous pensions que tes visions pourraient provoquer un changement. Nous pensions que tu ferais le bon choix et détruirais le produit. Nous nous sommes tellement trompés. Tu as fait ce qu'ils font tous. Tu es comme eux. Tu as fini par faire partie de leur moteur, de la machinerie du règne des hommes.

Je ne prenais pas le héron au sérieux ; il m'énervait. Pensait-il réellement que j'aurais pu écouter le coyote, suivre ses instructions précipitées et détruire l'Unité B ? Pensait-il réellement que qui que ce soit m'aurait laissée faire ? J'aurais été attrapée bien trop facilement, les hommes grouillaient partout comme des araignées avides. Je voulais croire que nous concevions quelque chose de positif, quelque chose qui nous sauverait tous...

– Tu es bien irritable, ce soir, déclarai-je. Il vaut peut-être mieux que je ne te voie plus si souvent.

Mais je ne le pensais pas sincèrement. J'étais effrayée à l'idée de partir. Hanford était mon chez-moi, à présent. Je l'avais vu défaire des gens, mais cela n'avait fait que renforcer ce lien. De retour à Omak, je me perdrais. Je me noierais dans la détestation de moi-même, je m'inhiberais. C'était le seul endroit où je m'étais pleinement découverte. J'avais réussi, ici. J'étais devenue une femme active, une patriote.

N'est-ce pas ?

Les mots du héron me faisaient douter de moi.

Je ne pouvais pas retourner à Omak. Pas maintenant, jamais.

Quelqu'un va nous rejoindre, annonça le héron, et je m'attendis à ce qu'une foule de mutilés et de morts dévale les pentes de Rattlesnake Mountain.

Mais ce n'était qu'un homme seul.

Il arrivait depuis la rive en balançant ses grands bras, silhouette gracieuse, athlétique, musclée. Il portait ses bottes de travail mais marchait comme un danseur, se soulevant légèrement à chacun de ses pas.

Un bourdonnement gémit dans mes oreilles.

C'était Gordon Nyer.

Je me levai, mal assurée. Le crotale tomba et ondula prestement vers les ténèbres. Le héron s'envola au-dessus de l'arbrisseau d'armoise sombre, vers le fleuve. Mon regard se reporta sur Gordon. Il n'y avait rien d'autre à voir.

– Te voilà, me lança-t-il.

– Tu ne devrais pas être ici.

Gordon sourit de toutes ses dents. Son expression n'était pas amicale du tout. Pendant un instant, son visage se confondit avec celui du héron, et ses yeux avec les yeux jaunes de la mort.

– On m'a envoyé te chercher, dit-il. Beth s'inquiète de ne te trouver nulle part. C'est une belle nuit pour une promenade, n'est-ce pas ?

Je levai la tête. Le ciel était incurvé comme une coupole, nous retenant comme une cloche de verre.

– Les autres te cherchent, ajouta Gordon. Tom le chat, Kathy, Beth, aussi.

– Je vais bien, répondis-je. J'étais partie marcher.

Gordon m'examina de la tête aux pieds, et ses yeux s'arrêtèrent sur les petits nœuds de ma chemise de nuit d'été. Il suivit les courbes de mon corps jusqu'à mes nouvelles chaussures, puis à nouveau ma poitrine et mon visage. Il était amusé.

– En plissant les yeux, tu ressembles un peu à Rita Hayworth.

Son sourire dévoilait les grandes amandes ternes qu'étaient ses dents.

Je m'empourprai dans ma dentelle et mes petits nœuds, surexposée. Je m'étais imaginée me montrer à un homme de cette façon après nos fiançailles, après nos noces, mais pas maintenant, pas comme ça, dans cette cérémonie ténébreuse.

– Qu'est-ce que tu as fait de la chemise de nuit verte ? lui demandai-je.

– Quoi ?

– La chemise de nuit de Beth. Celle que tu lui as volée dans sa table de chevet.

– Je l'ai peut-être encore. Ou peut-être pas. Peut-être que je me suis amusé avec, si tu veux tout savoir.

Je grimaçai, écœurée.

– Ça t'ennuie, que je l'aie prise ?

– Je ne me soucie plus de Beth, maintenant.

– Ah ? Moi si. Je l'aime beaucoup.

Il enfonça ses mains dans les poches de son pantalon et donna un coup de pied dans un caillou, l'envoyant vers le fleuve en contrebas. Le héron chassait là, déterminé, puissant.

– Je vais l'épouser.

J'eus un rire de dégoût.

– Bonne chance, dis-je. Elle ne t'épousera jamais.

– Et si je te dis que tu as tort ?

– Alors tu es un menteur.

– Mais tu *as* tort, Mildred. Elle a déjà dit oui.

– Je ne te crois pas.

Je me mis en marche, le frôlant en passant devant lui, mais Gordon m'attrapa par le bras, haut, juste sous mon aisselle.

Il approcha son visage du mien. Il sentait la bière et la fumée de cigarette. Il y avait aussi son écrasante fragrance masculine, la senteur boisée et humide d'un chevreuil abattu. Je me souvenais que mon père les dépeçait dans la vieille remise derrière notre maison à Omak. J'observais chaque instant de ce rituel sanglant. La vue et les odeurs intenses m'émerveillaient et m'étourdissaient.

– Tu penses que je ne suis pas assez bien pour elle, dit-il.

Je ne répondis rien. C'était vrai ; elle méritait mieux. Il était beau, mais il était vaniteux et grossier. Je voulais détester Beth. Je voulais qu'elle le mérite. Mais ce n'était pas le cas. Mon amour incessant pour elle me désemparait. Il rendait ma haine plus féroce.

– Qu'est-ce qui te prend ? me demanda Gordon.

Il attrapa mes épaules et me secoua, si violemment que mes dents s'entrechoquèrent.

– Tu as donné ta langue au chat ?

– Lâche-moi. Je ne veux pas que tu me touches.

Ce n'était pas par fausse pudeur. C'était par incrédulité. Mais il dut se sentir insulté, car il me secoua plus fort.

– Tu aurais déjà de la chance qu'un homme veuille te toucher.

Je cherchai des yeux le héron. Le fleuve était vide. Où était-il passé ? Cette perte de contrôle me couvrit de honte. C'était mon endroit, songeai-je. J'avais ma place ici tout comme les créatures du désert et du fleuve. Personne n'oserait m'y faire du mal.

– Je veux rentrer, dis-je.

Pendant un instant, Gordon relâcha son emprise. Je m'éloignai de lui, me tordis la cheville sur une pierre pointue, mais ne criai pas. Je tins bon.

– Je ne te comprends pas du tout, Milly, dit-il, comme si j'étais une biche qu'il venait de repérer dans la lunette de tir de son fusil.

Son ton était interrogateur, plus déconcerté qu'agacé.

– Tu flirtes avec moi, tu te promènes la nuit à moitié nue et tu agis ensuite comme si personne n'était assez bien pour toi. Tu sais ce que je pense ? Je pense que tu es folle. Ta place est dans un asile.

Il marqua une pause. Une pensée lui vint à l'esprit.

– Mildred la folle, lâcha-t-il avant d'éclater de rire. Personne ne croira jamais un mot de ce que tu racontes.

Je me raidis en entendant ce surnom familier.

– Laisse-moi tranquille.

– Aussi folle qu'un chien enragé. Je t'ai vue là-haut, en train de parler toute seule en te caressant les genoux. On aurait dit une petite fille abandonnée. Tu es cinglée.

Son ton n'était pas grossier, simplement détaché. Je ne le contredis pas. Je voulais seulement retourner aux baraquements, à mon lit, à Beth.

– Elle ne t'épousera jamais, lui dis-je. Tu n'es rien du tout. Si tu n'étais pas un homme, tu n'aurais aucun pouvoir. Tu ne sais pas ce qu'est le vrai pouvoir, et tu ne le sauras jamais.

– Mildred la folle. Personne ne croira quoi que ce soit de ce que tu racontes sur moi.

Il tendit sa main. Une invitation.

Le geste m'alarma.

Mon impression d'être dans un lieu sûr se brisa en mille morceaux. Qui croyais-je tromper ? Je pouvais mourir ici. Je pouvais être blessée ou tuée par une multitude de choses.

Ma confusion me figea pendant un moment.

Les traits prononcés de son visage se rejoignirent en un méchant museau. Un loup, mais il n'y avait pas de loups ici, il leur fallait des arbres, de la forêt. La panique me fit reprendre mes esprits. J'imaginai la biche, ses pattes solides, ses cuisses fermes et larges comme les miennes. Je poussai un cri puis courus, sautai, m'éloignai de lui. J'étais la biche, l'œil sauvage, surprise, haletante. Je courais sur mes quatre pattes, par-dessus les rochers et les armoises, dévalant les berges sablonneuses jusqu'au fleuve, et j'entendis Gordon jurer et courir derrière moi.

Il était là, le héron, près du bord. Il lança un coup de bec dans l'eau et empala un crapaud qu'il avala d'un seul coup. Il cherchait à survivre, tout comme moi. Je plongeai non loin de lui et il s'envola dans le ciel. Je nageai frénétiquement pour sauver ma vie, comptant sur le fleuve pour m'éloigner de Gordon en m'entraînant. J'étais partie la première et j'étais persuadée d'être plus rapide que lui. Mais ses mains s'enroulèrent soudain autour de mes chevilles et il me tira brutalement en arrière. Il attrapa mes cheveux et me plongea la tête sous l'eau pendant que je me débattais. Puis il me souleva pour me laisser prendre une goulée d'air, avant de me replonger à nouveau sous l'eau. Je m'agitai en vain. Il me traîna jusqu'à la rive en me tenant par les jambes, les cailloux entaillant mon front et ma poitrine, puis il me retourna et remonta ma chemise de nuit. J'essuyai mes yeux et crachotai :

– Non, s'il te plaît !

J'étais forte – des années passées à porter Mère et à tenir la maison m'avaient rendue musclée et habile. Je le frappai des poings et des pieds, et il glapit de douleur. Il me plaqua à terre en appuyant sur mes épaules, puis sa main m'enserra la gorge.

– Reste tranquille, bon sang !

Il souleva une pierre et la tint au-dessus de moi, hors d'haleine.

Il l'abattit sur mon crâne.

J'étais un arbre frappé par la foudre. Je nageais au milieu de flashs lumineux dans une mare de noirceur, la douleur à la fois lointaine et envahissante. D'un de mes yeux, je ne voyais plus rien.

Je ne lui parlais plus avec des mots, seulement avec du sang.

Il enleva ma culotte. Mes chaussures gisaient à côté de ma tête, bien que je n'aie aucun souvenir de les avoir enlevées. Il n'arrivait pas à entrer en moi, alors il cracha dans ses mains et frotta mon entrejambe, puis poussa et s'enfonça de force. Son visage clignotait, un coup la tête du coyote, puis celle de Gordon, puis celle de Tom le chat, puis celle de Beth, puis celle du grand héron. Ma réticence accentuait la douleur. Le crotale serpenta en moi, mordit, s'agita et me déchira en deux. Cela ne faisait pas mal là, mais partout, et je gémissais. *Si seulement le vent pouvait venir et balayer tout ça.* Le héron poignarda ma bouche de son bec. Je crachai du sang. Gordon me le recracha et me fixa, l'œil froid, satisfait, triomphant.

Je penchai ma tête sur le côté et vomis.

Gordon ôta ses mains de mes épaules et se retira, il avait terminé. Mon corps se vida. De chair, d'abord, puis de liquide. C'était fini. J'étais étendue là comme morte, sans savoir si je me trouvais dans un cauchemar ou dans une vision.

Ne sois pas l'avenir, ne sois pas le passé. Ne sois rien.

Je me réveillerais bientôt à côté de Beth, ses bras fermement serrés autour de moi, et je lui raconterais mon cauchemar et nous ririons du fait qu'il semblait si réel. Elle me dirait que tout ce qu'elle avait dit à Kathy n'était qu'un mensonge, et elle se moquerait de Gordon pour avoir parlé de mariage, et tout rentrerait dans l'ordre. Nous recommencerions de zéro.

J'émis un bruit étrange, comme un rire. *Beth, Beth, belle Beth ! Quelle horrible chose j'ai vue.* C'était un bruit guttural, grave, qui se transforma en un cri rauque.

– Raconte ça à qui que ce soit, et je te tue. J'irai à Omak et je ferai la même chose à ta mère et à ta sœur. Tu sais que je le ferai.

Mes yeux s'étaient presque fermés tant ils étaient enflés, mais je parvins à discerner l'épaisse silhouette de Gordon s'affairant à quelque chose au-dessus de moi. Pendant un instant, je me demandai s'il priait, les mains levées au ciel. Mais la pierre ensanglantée s'abattit de nouveau sur moi. Je me détendis dans les ténèbres de l'impact.

Les enfers

Kathy, au-dessus de moi, en train de parler.

Confusion.

Pourquoi est-elle si gentille avec moi ?

Je gémis. *Laisse-moi tranquille. J'ai besoin de dormir.* Une dent tomba dans ma gorge et s'y coinça. Kathy me roula sur le côté, je toussai puis avalai la dent. Je ne voyais pas bien, mais je reconnaissais sa voix.

Ma bouche était remplie de terre, d'herbe et de sang.

– Mon Dieu, Milly. Oh merde. Milly, tu m'entends ?

Puis elle hurla :

– Je l'ai trouvée ! Par ici ! Venez vite !

Lorsque l'homme invisible me souleva, rien de plus que de la force et de la détermination, quelque chose se bouscula sur mon visage et se déplaça. Pas sur mon visage. Derrière mon visage. Deux étoiles solitaires me regardèrent d'un mauvais œil, me crachant leur faible lumière. Presque l'aube. Son sang rose s'étalait à l'horizon. Je ne pouvais voir que des traînées floues.

Kathy me parla énergiquement, marchant à côté de moi alors que je flottais.

– Reste éveillée, Milly, reste éveillée. Nous t'emmenons dans un lieu sûr.

Une araignée à l'apparence fantomatique tissa une toile noire dans mon champ de vision. La toile se referma sur moi dans un léger bruit de griffure.

Gros titres

Il y avait un bruit de papier froissé. Dans mes demi-rêves, il crissait comme la queue du crotale. Mes yeux s'ouvrirent. Je tentai de pousser un cri, mais aucun son ne s'échappa.

J'étais dans une large pièce blanche, allongée sur un lit avec une fine couverture de coton recouvrant mes jambes et mon torse. Entre les autres lits, en uniformes amidonnés, des infirmières s'agitaient, certaines joyeuses, bavardant avec insouciance, d'autres sérieuses, nettoyant les patients, ôtant les bassins, effectuant des piqûres les sourcils froncés.

Un hôpital. J'étais morte sans être morte.

– Milly, lâcha une voix, et mes yeux se focalisèrent douloureusement sur la femme assise à ma droite.

Beth.

Elle tenait un journal ouvert et me fixait d'un air choqué.

– Milly, tu es réveillée !

J'essayai de lui parler, mais ma mâchoire était cassée. Je bavais, à la place.

Je la regardai avec une expression paniquée. Je pouvais sentir les mots dans ma tête, mais je n'arrivais pas à les exprimer.

Beth replia précipitamment le journal, le posa sur mes jambes et se pencha sur moi, avec toute la compassion qu'elle exprimait habituellement.

– Ne t'en fais pas, Milly. Tu as pris un coup terrible. Ton crâne était fracturé. C'est normal de voir flou. Tu étais dans le coma depuis quelques jours, Milly, mais tu es en train de guérir. Essaye de ne pas t'inquiéter ni de penser trop. Tu as besoin de te rétablir.

Je jetai un coup d'œil aux gros titres du journal. Avec difficulté, je lus :

LA PAIX !
NOTRE BOMBE A REMPORTÉ
LA VICTOIRE !

Je levai la tête vers Beth, surprise.

Ils se sont rendus.

– De si bonnes nouvelles, Milly, me dit tendrement Beth. Nous avons gagné la guerre. N'est-ce pas merveilleux ?

Je pris le journal et tentai d'en lire davantage, mais lorsque ma vision s'ajuste, une immense douleur se répandit dans mon crâne et ma nuque.

Beth me reprit le journal.

– Milly, tu dois te reposer. Pas de lecture. Pas de journaux. Pas de pensées, d'ailleurs.

Sur la table de chevet à côté de moi se trouvait un autre journal, et je le pointai du doigt, avant de pointer Beth.

– OK, dit-elle en le prenant. Si tu veux. Parce que c'est joyeux. Il est plus ancien, il date de plus d'une semaine. Je l'ai gardé pour toi. Je te lis juste les gros titres, d'accord ?

Les mots flottèrent à l'arrière de mes paupières fermées, en lettres capitales, épaisses et noires : UNE NOUVELLE BOMBE ATOMIQUE LARGUÉE SUR LE JAPON.

– Nous en avons largué une autre, Milly, m'expliqua-t-elle. Sur une ville appelée Nagasaki. La première bombe, tu vois, ils l'ont baptisée Little Boy, et la seconde bombe Fat Man. Marrant, hein ? Elle a été faite à partir de notre plutonium. Celui de Hanford ! C'en était trop pour les Japs. Ils se sont rendus hier seulement, le quinze. Tout le monde est sur un nuage grâce à notre travail ici.

Sur un nuage. Ensevelis sous les nuages.

Je refermai les yeux. Je voulais m'allonger complètement, mais mon lit était bloqué en position semi-relevée, peut-être pour que le sang ne s'accumule pas au niveau de ma tête.

– Ces...

Je tentai de parler, mais les mots s'embrouillaient.

– Pauvres...

– Milly, ne t'épuise pas.

– G...

Je ne parvins pas à prononcer le mot *gens*. Mes yeux restèrent fermés, mais les larmes coulèrent malgré tout le long de mes joues.

Mes mains étaient bloquées au-dessus de ma taille. Beth les enveloppa dans les siennes et je me concentrai sur leur chaleur. Elle semblait comprendre pourquoi je pleurais.

– Un petit groupe a protesté ici, m'apprit-elle. Ils ont fabriqué quelques panneaux et ont défilé, mais ils ont été menacés et hués. Je suppose que c'était horrible là-bas, pour les Japonais. C'est bien que tu penses à eux.

Elle se pencha pour poser sa tête sur mes genoux. Elle poussa un lourd soupir plaintif, mais je ne pouvais pas dire si elle pleurait ou non.

– Oh, Milly, je suis désolée, je suis désolée. Je ne voulais pas te faire du mal. Si je pouvais retirer tout ça, je le ferais.

*

Plus tard, je me réveillai d'un rêve où deux crotales pendaient à ma poitrine, agrippés par leurs crochets à la chair molle. *Je l'ai vue une fois. Sauter à cloche-pied. Fit de cette défaillance une perfection.* Une charge électrique causée par le venin jaillit le long de ma colonne vertébrale. Je me redressai, plus droite, plus grande. J'absorbai la douleur et devins ce faisant plus formidable encore. *Le pouvoir est une inspiration.*

– Mildred-Cervelle-de-Moineau Groves, lâcha une voix tranchante.

Je ne voulais pas l'entendre. À la place, je fixais le coin du lit. Je me passai encore et encore une scène dans ma tête où le héron était un poisson et où j'étais le fleuve, indifférent à ses passages en moi. Plus il s'agitait, plus je m'épanouissais – bientôt, il serait mort, tandis que j'enflais, rapide et coulant vers l'océan extralucide.

Je me complaisais dans de telles rêveries depuis mon réveil. Elles étaient inutiles. Je n'étais pas un fleuve, indifférent et déterminé. J'étais la terre, le sol, coincé et passif, empoisonné par les hommes.

– Tête de linotte, dit la voix, plus tendrement cette fois, et je tournai lentement les yeux vers elle.

Mère.

Le visage de Martha flottait là, aussi, et leurs têtes formaient deux larges orbes aux cheveux ondulés qui me regardaient avec affliction et étonnement.

– Qu'ont-ils fait à ma fille ? se lamenta Mère en posant un doigt sur sa lèvre. Pauvre cervelle de moineau. Ils ont même bousillé ta simplicité.

– Oh, Mère, dit Martha en touchant mon bras. Ce ne sont que des bleus et des croûtes. Elle aura bientôt meilleure mine, vous verrez.

– Mais son œil gauche. Il est foutu. Les docteurs ont dit qu'ils le remplaceraient par un œil en verre. Comme ta tante Edna, Martha, après la ruade de cette mule. Bien sûr, nous savons tous que tante Edna l'avait bien mérité. C'était une brute avec les animaux.

– Pourquoi ? parvins-je à dire, et elles se penchèrent en avant.

– Qu'est-ce que tu as dit, Mildred ? me demanda Mère d'une voix douce que je n'avais plus entendue depuis mon enfance. Tu ne peux pas parler plus fort, ma chérie ?

– Pourquoi ici ? demandai-je à nouveau.

– Nous avons pris le bus à Omak lorsque nous avons appris que tu t'étais réveillée, me dit Martha. Nous étions si inquiètes. Tu sais qu'ils ont attendu plus d'une semaine avant de nous avertir ? Qu'est-ce qui ne tourne pas rond avec ces gens, Mildred ?

– Richland est un endroit horrible, ajouta Mère. Les types du gouvernement sont des abrutis et des pantins.

J'étais heureuse de les voir. J'eus à moitié l'idée de me lever de mon lit, de les enlacer et de leur faire visiter le site de Hanford. Comme elles seraient fières de moi ! Mais je pouvais à peine m'asseoir. Les docteurs avaient dit que mon corps aurait besoin de plusieurs semaines pour se rappeler comment bouger, comment marcher, comment parler.

Je fermai les yeux. J'avais envie de dormir dans le lit de mon enfance.

– Ils disent qu'on t'a salement arrangée, dit Martha à voix basse en jetant des coups d'œil vers les autres patients. Ils disent qu'on t'a salement arrangée *par là en bas*.

– Tu pourrais être enceinte, fit platement remarquer Mère. C'est une possibilité.

– Avec des jumeaux, même, ajouta Martha, et notre mère lui jeta un regard noir.

Beth ne m'avait jamais parlé de pareilles choses. C'était plus facile avec elle de prétendre que rien de fâcheux ne s'était produit. Elle m'avait donné un bouquet de fleurs de la part de Tom le chat, me disant qu'il priait pour ma guérison et qu'il voulait me rendre visite. J'avais secoué frénétiquement la tête, *non non non non non.* Beth avait émis de petits claquements de langue jusqu'à ce que je me calme, puis m'avait promis de faire passer le message.

– Tu n'es pas prête, comprit-elle. Ce n'est pas grave.

Elle ne mentionna Gordon qu'une seule fois, me rapportant qu'il se sentait « horriblement désolé » pour moi, et les mots me heurtèrent comme un cauchemar, viscéral, en chair et en os, et l'odeur du sang et de viande hachée, *dis-lui, dis-lui*, mais je ne pouvais pas lui dire la vérité, cela la rendrait trop réelle, je revivrais tout, les croûtes s'arracheraient et me laisseraient vulnérable, malade. Peut-être que Beth ne me croirait pas. Et dans mon cerveau brisé, le murmure menaçant se répéta encore et encore, *Tu sais que je le ferai. Te tuer. Aller à Omak. Ta mère et ta sœur.* J'étais écartelée, comme je l'avais été sur la rive du fleuve, pendant que le bec du héron me poignardait horriblement la bouche. *Tu sais que je le ferai.* Tom le chat et Gordon étaient des hommes qui attendaient des choses de moi, qu'elles soient bonnes ou repoussantes, et lorsqu'elle les mentionnait, je gémissais et me détournais d'elle. Beth reçut le message. Elle arrêta complètement de parler d'eux.

– Martha, pourquoi n'irais-tu pas réajuster ton chapeau ? demanda Mère d'un air irrité.

– Je ne porte pas de chapeau, Mère, vous m'avez dit au motel que cela m'aplatissait les joues, alors je...

– Va aux toilettes, ma chérie, lui ordonna Mère, et la véhémence de son ton fit détaler Martha.

Puis Mère passa une main juste au-dessus de mon visage, et je sentis un petit souffle frais, l'odeur familière du talc qu'elle tamponnait sous ses aisselles.

– Est-ce qu'il... Est-ce qu'il t'a fait ça aussi ?

J'acquiesçai.

Les traits de Mère se durcirent de colère.

Elle se pencha sur moi. Nourrie de cette nouvelle résolution, elle était plus vive que je ne l'avais vue depuis des années.

– Ils disent que tu étais en chemise de nuit. Ils disent que tu errais à moitié nue. Pourquoi faisais-tu une chose pareille, Mildred ? Même toi, tu n'es pas si stupide.

J'empoignai la manche du manteau de Mère. Ma bouche s'activa.

– J'ai. Vu.

Je ne pouvais pas l'expliquer. *J'ai tout vu avant que cela ne se produise. Tout. Les bombes. Je l'ai mérité.*

Mes yeux s'emplirent de larmes.

Ses sourcils se froncèrent. Puis elle posa une main sur mon front et sa chaleur apaisa la fièvre en moi.

– C'est toi qui as provoqué cela. Je te l'ai toujours dit, Mildred, *tu ne peux pas faire confiance aux hommes*, et pourtant, tu t'es dandinée devant un paquet d'entre eux. Mais c'est fini, à présent. Les docteurs vont te remettre sur pied et tu retourneras à Omak. Tu sais ce qu'ils m'ont dit, il y a des années, après que tu m'as poussée dans la rivière ?

Je la dévisageai, ma bouche affairée.

– Ils m'ont dit que tu avais besoin de t'occuper l'esprit. Alors j'en ai trop fait, Milly. Je suis devenue paresseuse, malade, dépendante. Je n'y croyais qu'à moitié moi-même. Mais je ne pense pas du tout que ça t'ait aidé. Quand tu reviendras, tout sera différent. Je m'occuperai de toi. *Tu* seras la malade, la paresseuse.

Un gémissement sonore s'éleva de ma poitrine et explosa hors de ma bouche et de mon nez. Du cinéma ? Il fallait que je lui fasse prendre son bain, que je soigne sa main et son pied, que je nettoie après elle aux toilettes, tout ça pour *mon* bien ?

Un mois auparavant, j'aurais hésité à la contrarier, après lui avoir révélé tant de choses que j'aurais dû garder pour moi. Elle aurait pu me signaler aux autorités, elle aurait pu m'attirer des ennuis à cette époque. Mais à présent, le monde entier connaissait nos secrets, alors pourquoi cela importerait-il ?

– Si seulement tu étais morte, lui dis-je à voix basse, avec beaucoup d'efforts.

Si seulement je t'avais tuée à la rivière.

Ce n'était pas très parlant, et je craignis un instant que ce ne soit pas un message adéquat, mais elle se détacha de moi, une main sur son cœur, prenant conscience du venin de mes mots. Je savourai la douleur qu'ils lui causaient.

– Si seulement je t'avais tuée, dis-je.

C'était la phrase la plus complète que j'aie formulée depuis plusieurs semaines.

Martha revint alors, ses cheveux réarrangés autour des soucoupes qu'étaient ses oreilles. Elle était en colère d'avoir été chassée si impoliment, mais elle vit ensuite le visage de Mère et le mien, et son regard passa frénétiquement de l'un à l'autre.

– Qu'est-ce qu'il y a ? Qu'est-ce qui se passe, maintenant ? Mildred, tu rentres avec nous à Omak ou non ?

Mère s'était déjà levée et prenait son sac et sa canne.

– Non, elle ne vient pas avec nous. Nous en avons fait assez pour mademoiselle Mildred Groves, ici. Nous ne lui devons rien. Tout est ta faute, Mildred, mais je suis quand même navrée que ça se soit produit.

Elle s'avança vers la porte, puis se retourna vers moi et ajouta :

– Je ne dis pas que j'ai fait les meilleurs choix. Mais un jour, tu verras que nous, les femmes, nous sommes les seules à prendre soin les unes des autres.

Tandis que Mère sortait, Martha me regarda, l'air triste et chargé de reproches.

– Pourquoi tu as fait ça ? Tu es toujours aussi égoïste. Elle n'arrête pas de parler de toi, tu sais. Tu ne réfléchis jamais au chagrin que tu lui fais.

Elle posa sa main sur mon bras, tendrement.

– Je ne veux pas te laisser ici, mais c'est mieux ainsi.

Dans le couloir, Mère cria le nom de Martha.

– Au revoir, Mildred, dit ma sœur.

– Bon... parvins-je à lâcher, épuisée.

Si j'avais été en pleine possession de mes capacités, j'aurais ajouté *débarras*.

L'AMITIÉ D'UNE PESTE

– Va. T'en.

Ce fut ce que je dis à Kathy lorsqu'elle vint me rendre visite.

Elle inclina la tête et fit claquer ses doigts sous mon nez.

– Mildred, ne fais pas la difficile. Tu t'apitoies sur ton sort, là.

– Pas, lui dis-je, mais je voulais dire *Ce n'est pas vrai.*

Elle secoua la tête en me regardant de son air méchant.

– Écoute-moi juste une minute, Mildred. Tout ne tourne pas autour de toi, tu sais.

Pourquoi était-elle si en colère contre moi ? Que lui avais-je fait ? J'étais allongée sur le ventre, mon oreille droite contre mon oreiller, et je la regardais la tête tournée vers la gauche. Dans un mouvement étonnamment doux, elle tendit la main vers moi et passa une mèche de mes cheveux derrière mon oreille.

– C'est horrible, ce qu'il t'a fait. Ça m'est arrivé aussi, Mildred. Un garçon plus âgé, quand j'étais jeune. Je l'aimais. C'était mon cousin préféré, jusqu'à...

Elle serra les poings et les posa l'un sur l'autre sur le coin de mon matelas avant de caler son menton par-dessus. Nous pouvions nous regarder droit dans les yeux ainsi, bien que, de mon point de vue, elle était inclinée sur le côté, comme la reine sur un plateau d'échecs, moins méchante, moins menaçante.

– Les hommes s'en sortent toujours, lâcha-t-elle.

Mes yeux s'emplirent de larmes.

– Je. Veux, dis-je.

– Qu'est-ce qu'il y a, Mildred ?

Elle ôta ses poings et pencha sa tête, de sorte que nous nous regardions directement. Comme il était embarrassant qu'elle se contorsionne ainsi, songeai-je. Je ne l'avais jamais vue agir aussi aimablement.

– Mourir, achevai-je, et je fermai les yeux si fort que les larmes coulèrent toutes d'un coup, épaisses.

– Je sais, dit-elle. Mais tu ne peux pas.

– Non, me repris-je.

Je ne voulais pas dire mourir.

– Tuer.

– Oh. Ça aussi. Moi aussi.

– Gordon.

Kathy se redressa.

– Gordon ?

Mille furies fusèrent sur sa figure.

– Bon sang, Mildred. Gordon ! Vraiment ? Mais il...

Elle s'arrêta là, et prit une grande inspiration.

– Non. Peu importe. Quel serpent. Je ne l'ai jamais apprécié, tu sais. Je le vois avec Beth de temps à autre, mais ce n'est pas étonnant qu'il fasse profil bas. Il faudra que tu fasses de ton mieux pour l'éviter.

Je n'aimais pas entendre cela à propos de Beth.

– Oui, parvins-je à articuler.

Elle respira profondément pendant une minute.

– Tu ne peux pas le tuer.

Je le savais. La seule personne que je pouvais blesser, c'était moi-même.

– Tu dois oublier. Oublier et passer à autre chose.

– Tu. Oublies, lui dis-je, les sourcils froncés.

C'était un argument, une riposte.

– Je ne sais pas quoi te dire d'autre, dit Kathy, et ses regrets semblaient sincères. C'est facile de donner des conseils. Plus difficile de le vivre.

Les autorités

Le jour suivant, quelques hommes vinrent me parler de « l'incident ». Ils disaient eux-mêmes être envoyés par les autorités. Je ne vis aucun badge ni aucun papier officiel, mais ils avaient l'air soignés et tenaient tous les deux un stylo et un bloc-notes, donc je les crus.

– Pourquoi étiez-vous dehors en chemise de nuit ? demanda l'un d'entre eux. Vous savez qu'une jeune femme ne devrait pas rester seule en dehors des baraquements. Vous avez eu de multiples avertissements à ce sujet.

– Ce comportement en lui-même laisse à penser à des mœurs légères.

– Vous n'étiez pas partie rencontrer quelqu'un ? Ce n'était pas un rendez-vous secret ?

– Un rencard au fleuve ?

– Êtes-vous catholique ? Voudriez-vous un prêtre ? Pour vous confesser ?

– Un pasteur, alors ? Un homme en qui vous pourriez avoir confiance ?

– Était-ce votre première fois ?

– Vos blessures à la tête pourraient s'expliquer par une mauvaise chute.

– Ont-ils vérifié si vous étiez enceinte ? Trop tôt ?

– Avez-vous ressenti du plaisir à un moment donné ? L'avez-vous manifesté d'une façon ou d'une autre ?

– Bien sûr que vos souvenirs sont flous. Vu les blessures.

– Ce n'était pas la première fois que vous étiez là-bas.

– Êtes-vous sûre que vous ne cherchiez pas à provoquer cela ?

– Nous sommes au courant pour votre hystérie depuis plusieurs mois, mademoiselle Groves. Vous étiez sous surveillance.

– Comment pouvons-nous savoir que vous ne vous êtes pas fait cela toute seule ?

– Diriez-vous que vous appréciez l'attention dont vous êtes l'objet à cause de cette « histoire » ?

– Est-il vrai que vous aviez des accès de somnambulisme avant ce que vous appelez « l'agression » ?

– Peut-être que tout ceci n'était qu'un rêve ?

Ils devinrent silencieux, attendant ma réponse. De là où j'étais sur le lit, je les regardais, les yeux exorbités.

– Attendez. Vous, commençai-je.

Je pensai aux *hibakusha*. Je pensai aux morceaux de verre et de métal enfoncés dans le squelette du bébé.

– Seulement. Au. Pire.

Ils se regardèrent, et l'un d'entre eux afficha un sourire narquois.

– Eh bien, ça explique tout, hein, les gars ?

Il tendit la main et pinça l'un de mes orteils, ce qui me fit terriblement mal et envoya une douloureuse déflagration dans mon cerveau.

– Reposez-vous. Rétablissez-vous. Mettez ça derrière vous.

Le marmonnement de ma réponse se transforma en un juron confus.

Lorsqu'ils partirent, je me rendis compte qu'ils ne m'avaient jamais posé la question la plus importante de toutes : *Qui vous a fait cela ?*

Je ne l'aurais pas nommé, de toute façon.

Tu sais que je le ferai. Aller à Omak. Ta mère et ta sœur.

Je n'aurais pas dû me soucier d'elles maintenant – Martha, Mère – mais bêtement, c'était le cas.

Paralysie

L'automne s'écoula dans un mélange imprévisible de confusion et de victoire.

Il y avait des jours où j'arrivais à peine à saisir les instructions que l'on me donnait (*serrez le poing, touchez vos orteils, asseyez-vous droite*) et des jours où quelque chose que j'avais perdu redevenait automatique. Il y avait des jours aussi où je dormais et rêvais. Je rêvais du Japon, du grand héron, du docteur Hall, de Stanley Johnson. Je rêvais de ce que nous avions fait aux enfants de ce monde. Esclavage, lavage de cerveau, exil, génocide... D'autres créatures traitaient-elles leur progéniture de cette façon ? Ces déviances bâtissaient notre propre nation, elles avaient bâti toutes les civilisations des hommes. Je me réveillais avec la certitude qu'aucun d'entre nous ne méritait de vivre, surtout moi.

Un soir, au beau milieu de la nuit, je fus tirée du sommeil par un reniflement au pied du lit. Le coyote était là, les yeux jaunes du héron me fixant depuis sa tête protubérante. Il lécha mes orteils nus d'un air empli de pitié, les oreilles et la queue basses. Je lui donnai un coup de pied, lui sifflai de partir. Il prit mes chaussures – celles de Susan Peters – dans sa gueule. Elles étaient sales, couvertes de terre. Je me souvins de la dernière fois que je les avais portées et poussai un cri. Une infirmière arriva en courant et le coyote s'éclipsa sous les lits de mes voisins de chambre.

Le jour suivant, une aide-soignante me montra mes chaussures, désormais polies et brillantes.

– Essayons de marcher avec aujourd'hui, d'accord ?

Je me mis à trembler de rage et de frustration.

– Non, dis-je. Elles ne sont pas sûres.

Des mois avaient passé depuis l'agression, mais je parlais encore avec hésitation. Je pouvais émettre des mots courts, rien d'autre.

– J'adore ces chaussures, dit-elle en les admirant. Elles sont si chics. Où les avez-vous trouvées ?

Dehors, il neigeait. Chaque matin, ils me donnaient la date, mais l'information glissait à travers les nouveaux trous de mon crâne. Je n'arrivais pas à suivre les détails les plus simples.

– Susan Peters.

– C'est-à-dire ?

– Susan Peters, l'actrice, répétai-je. Ses chaussures.

– Comme c'est drôle que vous mentionniez cela, me dit-elle en souriant.

Elle leva un doigt en l'air, indiquant qu'elle allait revenir dans un instant, et laissa les chaussures posées sur mon lit. Je ne les voulais pas là. Je les poussai avec mes pieds. Elles s'entrechoquèrent sur le linoléum. Peut-être le sol allait-il s'ouvrir et les engloutir entièrement.

L'aide-soignante revint avec un journal et se racla la gorge.

– Écoutez ça, dit-elle. Le 1er janvier 1945, Susan Peters, native de Spokane et star hollywoodienne connue pour sa sympathie et sa simplicité, est partie à la chasse aux canards avec son mari Richard Quine. Elle a été accidentellement touchée à la colonne vertébrale. Au bout d'un an d'hospitalisation, les docteurs ont déclaré qu'elle était désormais paralysée sous la taille. Peters est restée courageuse, alors même qu'elle faisait face à la mort de sa mère ce mois de décembre. Elle a promis de continuer à jouer, même sur un fauteuil roulant.

L'aide-soignante releva la tête vers moi.

– C'est quelque chose, hein ? Quelle année horrible. Et on pense toujours que les stars ont tout pour elles.

Je tentai de me redresser. L'aide-soignante me vit et s'avança, mais je chassai sa main. Je luttai pour me maintenir assise et parvins, lentement, à balancer mes jambes de l'autre côté du lit. L'aide-soignante tenta de m'aider, mais je la repoussai à nouveau.

– Pourquoi pleurez-vous ? me demanda-t-elle en posant une main contre mon dos.

Je voulais me lever et marcher jusqu'aux toilettes, où je pourrais être seule. L'effort pour y parvenir était trop grand. Je posai mes mains sur mes yeux pour les couvrir, mais même cette obscurité nageait et se dissolvait, et devant moi se déroula tout ce qui allait arriver à Susan, tout : sa joie forcée, l'annulation de ses contrats, ses pathétiques tentatives de continuer à jouer, l'isolation, le divorce, le sanatorium, l'électrothérapie qui provoquerait une dépression encore plus sombre, l'anorexie, la broncho-pneumonie et la terrifiante libération de la mort.

L'espace d'un instant, je *fus* elle lors des dernières secondes de sa vie, s'étiolant en un effacement exultant. Je pleurais des larmes de gratitude alors même qu'une migraine s'installait derrière mes yeux, le pire mal de crâne de toute ma vie. Les mois suivants, je me familiariserais de plus en plus avec le pouvoir de ces maux de tête. Mes visions prendraient de l'ampleur, et la douleur ferait de même.

– Ne pleurez pas, me dit l'aide-soignante. Ce n'est qu'une actrice.

– Une personne, protestai-je. Toutes ces personnes rejetées !

Elle me félicita pour avoir formulé une phrase aussi longue et complexe.

1946

Un cadeau inattendu

Tous les jours, au fur et à mesure de mes progrès, une assistante-infirmière, généralement Joanie avec ses cheveux soigneusement lissés, me donnait une canne et me prenait par le bras. Ensemble, nous allions marcher, telle une créature à cinq pieds et deux têtes, parcourant lentement la cour de l'hôpital de Richland. Je savourais l'air frais. À l'intérieur, l'air était stérile, son odeur grotesquement propre, comme celle d'os récurés à l'eau de Javel. Les ampoules clignotaient faiblement sans cesse, juste assez pour me laisser croire que je perdais la tête. Mais au-dehors, j'inhalais l'odeur de la terre et sa richesse enneigée, et la lumière, fine et froide, était stable, omniprésente.

– Refaisons un tour, suppliais-je.

Et l'assistante, surtout si c'était Joanie, obtempérait généralement. C'était une échappatoire pour elle aussi, préférable au service à la cantine, aux draps à repasser ou à la merde à nettoyer dans les bassins. Nous tournions encore et encore, et chaque sortie dans la cour m'aidait à retrouver une partie de moi-même, mon cerveau se remémorant mes membres et inversement. Rapidement, j'abandonnai la canne. Le printemps arrivait ; les ruisseaux et les rivières enflaient avec le dégel. Mes pas étaient assurés, même sur la glace. Mais je boitais à présent, cela se voyait, et après quelques semaines sans progrès, je me rendis compte que ma façon de marcher n'évoluerait plus. J'eus du mal à l'accepter et je m'efforçai de m'habituer à cette part réticente de moi-même, sans jamais me défaire de la sensation que j'étais désormais attachée à un cadavre qui entravait mes mouvements. Mon propre cadavre, probablement. L'ancienne moi d'avant Little Boy et Fat Man, celle que Gordon avait frappée à mort.

Un jour, tandis que Joanie et moi faisions le tour des hortensias nus, leurs branches enfin débarrassées de la neige, j'entendis une voix familière et rassurante m'appeler :

– Mildred Groves ! Je suis si heureux de te voir !

Je détournai la tête du sentier scintillant et vis Tom le chat se précipiter vers moi, sa silhouette sportive vêtue d'un épais manteau d'hiver, de grosses bottes et d'une casquette de chasse. Je fus sincèrement contente de le voir. Joanie ne tenait plus mon bras pendant nos promenades, mais nous marchions côte à côte pour avoir un peu de compagnie et, parfois, nos coudes se touchaient. Nous nous séparâmes, et je fis un signe de la main vers Tom le chat, souriante. Joanie s'éloigna juste assez pour nous laisser parler en privé.

Tom le chat se raidit en voyant mon visage. Le reste de mon corps devait avoir la même apparence qu'autrefois, caché sous une parka d'hiver et une longue couverture de laine enroulée autour de ma blouse d'hôpital comme une jupe, mais mon visage avait changé. Un œil mort qui ne clignait plus, un nez cassé qui s'était cicatrisé en une ligne furieuse et tortueuse. Il y avait d'autres marques, aussi. J'étais le monstre de Mary Shelley, cousue avec des morceaux qui n'étaient pas assortis.

– Oh, Mildred...

Il y avait de la pitié dans sa voix, une conscience de ce que j'avais perdu pour laquelle j'étais reconnaissante, mais lorsqu'il s'avança pour me prendre la main, je glapis et eus un mouvement de recul.

Cela faisait mal, d'être touchée par un homme. La douleur claqua profondément dans mes organes, comme si quelqu'un avait plongé un couteau de boucher dans mes entrailles. J'eus du mal à reprendre ma respiration.

– Je ne te toucherai pas, promit-il. Je n'aurais pas dû faire ça.

Il attendit à mes côtés, restant en retrait, et je pouvais voir qu'il bataillait contre son instinct, qu'il avait très envie de poser sa main sur mon épaule et me tapoter d'une façon réconfortante, mais qu'il sentait que cela ne ferait qu'intensifier ma douleur.

– Ça ne changera jamais, dis-je.

Il sembla comprendre et un chagrin vacilla dans ses yeux, pas seulement de la pitié pour moi, mais pour lui.

Nous commençâmes à marcher, côte à côte, vers les portes de l'hôpital. Je sentais le froid, à présent. J'avais hâte de rentrer. Lorsque j'eus retrouvé mon calme, il m'annonça :

– Je t'ai apporté un cadeau.

– Ah ? C'est très gentil de ta part, Tom le chat.

Je n'arrivais pas à m'imaginer ce que ce serait.

– Je voulais te rendre visite depuis longtemps, mais Beth m'a dit que tu n'étais pas prête. J'espère que je n'ai pas mal agi en venant aujourd'hui.

– Ça fait du bien de voir un ami, lui répondis-je, et je fus soulagée de le penser sincèrement.

– Je pense à toi tout le temps. J'ai écrit à ma mère et à mes sœurs à Tonasket à propos de toi. Lorsque je leur ai dit que tu avais eu un accident...

Je me raidis. *Un accident.*

– ... elles m'ont donné un peu d'argent pour t'acheter quelque chose. Ce n'est pas énorme, mais j'ai pensé que cela pourrait te remonter le moral, et même te guider un peu. Au moins, tu sauras que nous prions tous pour toi.

Il sortit un paquet joliment emballé, me le tendit, et je me laissai tomber sur un petit banc de pierre près de la porte d'entrée de l'hôpital pour l'ouvrir. Joanie traînait non loin, sans aucun doute intriguée elle aussi. Cela faisait longtemps que personne ne m'avait offert de cadeau, et je me rappelai mon enfance, l'excitation d'une fête d'anniversaire où l'on m'avait offert tout ce que je voulais, y compris un magnifique ours en peluche.

J'ouvris le paquet pendant que Tom le chat s'asseyait à mes côtés et me regardait, rayonnant.

C'était une Bible. Ils avaient payé – une certaine somme, je le savais – pour faire graver en lettres d'or sur la couverture *Pour notre amie, mademoiselle Mildred Groves.*

Je relevai la tête vers Tom le chat et il perçut l'interrogation dans mon regard.

– Je sais, je sais, dit-il timidement en se grattant l'oreille sous sa casquette de chasse rouge. C'est un cadeau courant pour de nouveaux mariés. J'espère que cela ne te met pas mal à l'aise.

Je réfléchis à tout ce que cela voulait dire : que Tom le chat avait exprimé à ses sœurs et à sa mère son envie de m'épouser ; qu'elles avaient aimé et encouragé l'idée ; que Tom le chat voulait toujours m'épouser, malgré ce qui s'était passé.

– C'est si gentil, Tom. Je suis vraiment touchée.

Il se rapprocha de moi, sentant mon émerveillement, et dit, d'une voix basse et désespérée :

– Dis-moi qui t'a fait ça, Milly. Tu ne mérites pas ça. Personne. Dis-moi qui t'a fait ça et j'irai lui parler personnellement.

Il fit craquer ses phalanges. Il cherchait davantage qu'une simple conversation.

Je fermai les yeux face au tumulte de mes larmes qui montaient. J'étais submergée par la bonté de certaines personnes alors que le reste d'entre nous était si terrible.

Une partie de moi avait envie de lui dire, de voir s'il pouvait, réellement, mettre en application la vengeance à laquelle j'aspirais, mais une autre savait que Gordon allait l'écraser et le détruire d'une façon plus violente encore qu'il m'avait détruite moi.

– Dis-moi, dit-il dans un chuchotement qui avait la même tonalité qu'un *je t'aime.*

– Je ne me rappelle pas.

Dire cela m'avait épuisée. *Arrête de me demander des choses, Tom le chat.*

– Mais s'il te plaît, remercie ta mère et tes sœurs de ma part.

Je serrai le livre contre mon cœur. Je ne pensais pas l'ouvrir un jour, la religion étant pour moi une planète lointaine que je n'avais jamais voulu visiter, mais je le chérissais néanmoins. Je le vis comme un cadeau d'une vie passée, une relique d'un espoir qui ne vivait plus en moi. Je ne voulais plus épouser Tom le chat désormais, quelles que soient ses intentions, mais cela me réchauffait le cœur de savoir que j'étais adorée, que j'avais été proche de ce rêve, quel qu'il soit, que ce pays s'efforçait de planter dans les têtes des jeunes filles.

Tom le chat leva sa main, comme pour caresser mes cheveux, mais il se ressaisit ensuite. Sa paume plana derrière moi, légèrement tremblante, une libellule fragile, et je m'inclinai pour m'en rapprocher comme s'il s'agissait d'un feu réconfortant, quelque chose que j'admirais mais que je comprenais ne jamais pouvoir toucher.

Félicitations

Juste après le Nouvel An, Beth me rendit visite à l'hôpital et se tint nerveusement à mes côtés, gigotant d'un pied sur l'autre. Je me reposais dans une chaise à bascule et lisais le journal. Le personnel avait insisté pour que je m'installe là plutôt que dans mon lit, afin de permettre à mes muscles de changer de position, et j'aimais bien, même si la chaise était si proche de mon lit que je frottais mes genoux contre les draps au gré de mes balancements. Lire ne me faisait plus souffrir. Ils m'avaient proposé un nécessaire à couture et des aiguilles à tricoter, mais je les avais refusés ; je voulais seulement lire le journal. J'essayais de trouver des informations sur les *hibakusha*, les gens dont j'avais fait la connaissance au bord du fleuve, mais il n'y avait qu'un entrefilet qui parlait d'un scientifique de Hanford envoyé à Hiroshima pour faire des recherches.

Pas pour les aider, songeai-je, *mais pour les étudier.*

Au bout d'un moment, quelqu'un m'apporta un journal de New York. J'y vis une brève qui évoquait les morts, mais pas les survivants.

> Les forces aériennes stratégiques américaines ont déclaré hier que 60 % d'Hiroshima et 40 % de Nagasaki ont été détruits. La puissance destructrice de ces bombes est indescriptible, et le cruel spectacle résultant de l'attaque est si impressionnant qu'on ne peut distinguer les corps des hommes et des femmes qui ont péri dans les flammes. Les cadavres sont trop nombreux pour être comptés.

Les bombes avaient été considérées comme un succès. Évidemment. N'importe quelle destruction était un succès, tant qu'elle était causée par un empire d'hommes.

Je songeai au docteur Hall. Comment se sentait-il face à tout cela ? Était-il fou de joie ? Empli de remords ? Le connaissant, je m'imaginais un mélange des deux. Il ne me rendait jamais visite, mais il m'avait envoyé une carte. *Prompt rétablissement*. L'actrice Hazel Dee l'avait signée, aussi. Elle avait estampillé la carte d'un baiser, et le cul-de-poule formé par son rouge à lèvres me faisait penser à des entrailles. Je pouvais sentir son parfum lorsque j'ouvrais ou refermais la carte. Je l'avais donnée à une infirmière pour qu'elle la jette.

Je serrai distraitement les mains de Beth. Je l'aimais et la détestais en même temps. Il n'y avait besoin ni d'un bonjour, ni de banalités. Je repris ma lecture, mais je finis par m'impatienter en la voyant remuer.

– Pourquoi tu as la bougeotte comme ça, aujourd'hui ? lui demandai-je avec circonspection.

– Je suis venue avec quelqu'un, dit-elle. Mon fiancé.

– Fiancé ?

Je lâchai mon journal et me levai de ma chaise à bascule. Elle me tint par le coude pour me stabiliser.

– Au nom du ciel, qui ?

Elle jeta un regard enthousiaste vers le couloir, par-delà les lits blancs, les poches de perfusion, les patients silencieux et les infirmières affairées. Elle adressa un signe à une silhouette sombre au loin.

Je suivis son regard.

Je ne la pensais pas capable de cela. Je ne le pensais vraiment pas. J'étais certaine qu'elle avait rejeté sa demande.

Je m'étais trompée.

Je m'étais trompée car c'était un homme qui savait se montrer charmant, parfait, lorsque cela l'arrangeait ; il pouvait allumer et éteindre sa violence comme une ampoule. C'était un manipulateur qui savait comment duper une femme qu'il admirait, même une femme aussi intelligente et gentille que Beth, et il lui avait fait la cour avec patience.

Aufhocker. Métamorphe.

Gordon s'avança droit vers nous. Le corps de Gordon, du moins. Gigantesque, imposant, vêtu d'un pantalon de costume bleu marine, d'une chemise d'un blanc éclatant et d'une fine cravate bleu marine. Il essayait de faire bonne impression. Ses grosses mains tenaient une boîte de chocolats. Pour moi, je présumais. Mais c'était les traits de son visage qui me terrifiait.

Sa tête était celle du cerf décapité que j'avais vue plus d'un an auparavant dans le fleuve. Le sang de la bête maculait le tissu de sa chemise. *Est-ce que Beth repasse ses vêtements ?* Les yeux morts me regardaient tandis que Gordon avançait. À travers sa gueule béante, derrière ses dents émoussées, je pouvais apercevoir le nez de Gordon et ses lèvres souriantes. C'était un masque hideux, maléfique et grossier. Il bougeait légèrement, devant le visage de Gordon, comme une marionnette en papier mâché.

Je reculai, pressant mon dos contre le mur froid de l'hôpital. Je griffai le plâtre en gémissant.

– Milly, fit Beth, alarmée. Qu'est-ce qui ne va pas ?

Sois tranquille, bon sang.

Mon élocution s'était améliorée ces derniers mois. Elle n'était pas encore revenue à la normale, et je souffrais de terribles trous de mémoire de temps en temps, mais j'avais recouvré presque tout mon vocabulaire et ma syntaxe. Mais à cet instant, j'étais prise au piège. Le cerf flottait vers moi, enfoncé sur le torse puissant de cet homme, et j'essayai de hurler.

Tu sais que je le ferai.

« Arrête-le, tentai-je de crier. Au secours ! »

Tu sais.

Aucun mot ne sortit. C'était un gargouillis enroué, comme si j'avais une laryngite. Je me mis à sangloter. Beth m'attrapa et essaya de me serrer contre elle, mais je grinçai des dents et la repoussai.

– Que quelqu'un vienne nous aider ! s'écria-t-elle.

Le cerf s'avança et resta suspendu devant moi, ses yeux morts scintillants, sa bouche dans la bouche émettant des gloussements et des chuchotements.

Les doigts calleux qui me caressèrent les bras étaient familiers, et je hurlai lorsqu'ils effleurèrent ma peau.

Je le ferai.

Il me tenait lui aussi, à présent, me murmurant doucement à travers l'horrible gueule du cerf, et je me tordais et criais. C'était la voix de Gordon. Je me débattais, révulsée, confuse.

– Pourquoi agit-elle ainsi ? demanda Beth, désespérée, les yeux écarquillés. Qu'est-ce qui ne va pas chez elle ?

– Je suis un homme, dit le cerf avec la voix de Gordon. Et regarde ce qu'un homme lui a fait.

Deux infirmières arrivèrent et éloignèrent la silhouette de l'homme-cerf, ainsi que Beth.

Tu sais que je le ferai tu sais que je le ferai tu sais que je le ferai tu sais que je le ferai tu sais que je le ferai tu sais que je le ferai ta mère et ta sœur tu sais que je le ferai tu sais que je le ferai tu sais que je te tuerai.

– Qu'avez-vous dit pour la perturber ? demanda une infirmière à Beth sur un ton accusateur.

– Rien ! Je voulais qu'elle rencontre mon fiancé. Mais quand elle a vu Gordon...

Je criais si fort que la pièce vibrait. Des bruits de pas retentirent dans toutes les directions, un tremblement de terre qui se dirigeait vers moi.

– Sortez-les d'ici, dit quelqu'un.

Des mains me saisirent, me poussèrent dans le lit, m'attachèrent avec des sangles. Quelqu'un me fourra un chiffon mouillé entre les dents. Je hurlai profondément dans ma gorge. Une infirmière m'administra une injection pour me calmer.

– Nous ne voulons pas que vous vous fassiez du mal, dit-elle.

Je regardai désespérément tous ces visages sérieux entourant le lit. Pas de Gordon. Pas de Beth.

Quoi qu'il y ait dans l'injection, elle fit rapidement effet. Mon corps se détendit. J'étais dans l'eau du grand fleuve, guidée par un courant paisible.

– Il ne faut plus que vous frappiez votre tête contre un mur comme ça, me réprimanda une infirmière. Vous allez défaire tout le travail que nous avons accompli.

La foule se dispersa. J'allais bien. Je ne me rappelais pas avoir frappé ma tête contre le mur, mais mon crâne me faisait mal.

Les mots sortirent facilement à présent, secoués par la douleur physique :

– Il est parti ? Il s'en est allé ? Où est Beth ?

– Ils sont partis ensemble. Et elle était très affectée. Il ne faut pas traiter sa meilleure amie ainsi, vous savez. Et il ne faut pas traiter ainsi votre sauveur.

– Mon sauveur ?

– Cet homme. L'homme qui était avec elle, le fiancé. Lui et une jeune femme vous ont trouvée.

Kathy, je me le rappelais.

– C'est lui qui vous a transporté en un lieu sûr. Vous seriez morte dans les arbrisseaux d'armoise, sans lui. Votre crâne saignait abondamment. Il mérite une parade, celui-ci.

– Une parade, répétai-je.

Je ris et sanglotai de manière incontrôlable.

Du vent

Joanie posa ma petite valise sur le bord de mon lit.

– Et voilà, dit-elle. Tout est prêt.

Je portais mes belles chaussures, mais je remarquai à quel point elles étaient grandes. Mes pieds glissaient à l'intérieur et semblaient incapables de trouver la moindre adhérence. J'avais perdu du poids et du muscle, même dans les pieds. J'étais incapable de regarder mes jambes sans me rappeler Gordon et le fleuve.

– Il est temps que je parte, dis-je.

– Bonne route, me souhaita Joanie, avant de m'enlacer. Tu nous manqueras, Mildred. Prends bien soin de toi.

J'attrapai ma valise et fis mes adieux à l'infirmière. Elle me demanda si quelqu'un m'attendait, et je lui dis que oui, bien sûr, que Beth en personne allait venir, et elle dit :

– Oh, n'est-elle pas adorable ?

En vérité, je n'en avais pas parlé à Beth. Je n'avais parlé à personne de mon départ. Je n'étais pas sûre de savoir ce que je voulais. Je n'avais nulle part où aller. Je m'étais sentie chez moi à Hanford, malgré tous ses défauts, mais à présent, ce chez-moi était brisé.

Pourtant, en quittant l'hôpital, je partis à travers les collines de Richland sous un réconfortant soleil de printemps, mes yeux rivés vers Rattlesnake Hill.

... lorsque tout devient trop difficile.

J'avais décidé où aller. Si je marchais à une bonne allure, j'y serais à minuit.

Au bout d'un moment, un bus rempli d'hommes s'arrêta à côté de moi. Le conducteur ouvrit sa portière à la volée et me lança :

– Vous allez à Hanford ? Montez, on va vous y conduire.

Qui savait si Tom le chat était dans le bus ? Ou Gordon Nyer. Je me recroquevillais à l'idée de les voir l'un comme l'autre.

– Non merci, répondis-je. Je préfère marcher.

– Comme vous voudrez.

Le bus accéléra et me recouvrit d'une fine couche de poussière. Cela n'avait pas d'importance. Le vent était terrible, de toute façon, et je serrais un mouchoir dans mon poing pour m'essuyer les yeux.

J'étais faite de vent et de poussière. J'aurais pu flotter jusqu'à l'océan.

C'est là.

Le plus beau moment de la journée, à cet endroit, c'était lorsque le soleil s'était presque entièrement couché et que les collines nues prenaient la couleur flamboyante des gemmes. J'avais abandonné ma valise dans un buisson d'armoise quelques kilomètres plus tôt. Elle m'alourdissait. J'avais traversé à pied le gué vers la rive nord-est du fleuve, avec pour objectif les White Bluffs. Mes belles chaussures me donnaient d'énormes ampoules aux orteils et aux talons. Compte tenu du temps passé à l'hôpital, je n'avais plus autant marché depuis des mois, mais c'était bon d'avoir mal, de souffrir, de bouger.

Mon dernier jour était arrivé, je le supposais. J'étais prête à devenir ce que j'avais vu : le corps brisé sur la terre en contrebas, les organes éparpillés comme des grenats et des rubis tout autour de moi, la métamorphose d'un nouveau moi, ou d'un moi absent.

J'arrivai après le coucher du soleil, quand les étoiles furent visibles et le vent réduit à une simple brise. Je m'avançai tout au bord de la falaise, à bout de souffle après la montée, puis descendis en m'aidant de mes mains et de mes genoux. Sous mes paumes, l'étrange sable blanc était chaud et réconfortant. Le Columbia glissait en douceur vers le sud, ses courants ressemblant à des écailles vert foncé sur la colonne vertébrale d'un Léviathan. Sur sa rive, les eaux écumaient et se séparaient, et les fantômes de Fat Man sortirent de l'eau et se tinrent là, à m'observer de leurs visages fondus et sans yeux, leurs têtes et leurs épaules recouvertes de cendre noire, dans l'attente.

C'est là que tu dois sauter lorsque tout devient trop difficile.

Je les observai. Je n'étais pas bien loin d'eux, mais il y avait tout de même cette distance entre nous, du haut de cette falaise blanche. Et la distance jusqu'au Japon, jusqu'à l'Allemagne était encore plus grande. Je me rendis compte que la distance qui séparait un être vivant d'un autre était tout aussi incalculable.

Cela arrive à quelqu'un d'autre, mais pas à moi. De ce trou noir dans nos espaces imaginaires étaient nés l'indifférence, la cruauté et le meurtre.

Je peux parcourir cette distance en sautant.

Mes jambes me paraissaient assez solides, même maintenant. Un saut, et personne ne saurait jamais rien. C'en serait fini de mes secrets sur Gordon, sur Hanford, sur ma propre complicité. Je n'aurais plus jamais besoin de partir, d'espérer quoi que ce soit. J'en avais assez d'espérer. J'étais malade de ces souvenirs et de ces espoirs. Le sable, l'eau, le vent, les serpents, les créatures à fourrure. Si je pourrissais ici, ils s'occuperaient de moi. Je ferais partie d'eux, toujours en mouvement sous la lumière des étoiles. Ce serait une existence plus gracieuse.

J'essuyai mes yeux avec mes poings, et ils se retrouvèrent mouillés de larmes.

Je me détournai de la falaise. Je pouvais sentir les regards des morts rivés sur moi et je songeai, *Qu'aurais-je pu faire d'autre ? J'ai parlé de vous, vraiment. J'ai averti le docteur Hall. Pensez-vous pouvoir me blâmer ? Je vous aime autant que je m'aime et je vous déteste de la même façon, aussi.*

Je fis dix pas. J'avais l'intention de me retourner, de courir et de sauter, en visant le fleuve. Il me pousserait des ailes à mi-chemin dans les airs. Je pensai à la petite valise, toute seule là-bas dans le vent et la sauge, mes quelques vêtements à l'intérieur, la Bible de la famille de Tom le chat à Tonasket, pas de belles choses, simplement de modestes objets du quotidien. J'avais l'impression de leur devoir des excuses.

Je me retournai vers le fleuve.

C'est là que tu dois sauter lorsque tout devient trop difficile.

Il y aurait une bouffée d'air frais. Un instant de terreur, une tentative de lutte contre le néant pour m'élever à nouveau. Un impact. L'éparpillement de pierres brillantes et mouillées. Et puis... le silence. Le calme perpétuel.

Je fermai les yeux, les jambes tendues.

– S'il te plaît, ne fais pas ça, Milly, dit une voix.

J'ouvris les yeux et me retournai.

Tom le chat était là.

– Beth a appris que tu étais sortie. Nous t'avons cherchée toute la journée. S'il te plaît, rentre avec moi, Milly.

Je détournai le regard et le reposai sur le canyon éclairé par les étoiles.

– Laisse-moi seule, Tom.

– Je ne vais pas te faire de mal, dit-il.

Il s'avança vers moi et, lorsque je lui jetai un coup d'œil, je sentis la sturnelle morte dans sa cage thoracique, voletant. *Laisse-moi sortir.*

– Beth m'a supplié de partir à ta recherche. Elle a dit que tu étais déjà venue ici.

– Dis-lui que je l'aime.

– Elle s'inquiète pour toi. Elle t'aime aussi.

– Elle a pitié de moi.

– C'est ton amie. Comme moi. Je suis ton ami, Milly.

Sa voix se gorgea d'émotion.

– J'ai à nouveau écrit à ma mère à propos de toi. Je veux être avec toi. S'il te plaît.

Je me tenais au bord de la falaise. Un grand saut et je serais libérée de cette pitié, de ces visions, de ces mariages, de tout. Le vent nous léchait chaleureusement. Il me murmurait, *bientôt bientôt bientôt.*

– Allez, Milly, dit-il. Je ne te laisserai pas faire ça.

– Laisse-moi tranquille, répétai-je, et je me ramassai sur moi-même, prête à sauter.

Il poussa un cri et se jeta sur moi, bondissant comme un chien, et je perdis l'équilibre. Il m'attrapa par la taille et me tira en arrière. L'espace d'un instant, je le confondis avec Gordon, valsant avec moi au bal des deux S, et je tournoyai avec lui comme je l'aurais fait avec un amoureux, posant même, brièvement, ma tête contre sa poitrine. Puis soudain, je reculai, imprégnée de la douleur de son contact partout hors et en moi. Un fer à marquer s'enfonça dans mon ventre, dans mes ovaires, le crotale entra en moi, m'attaqua, un venin chaud et collant se répandit. Je hurlai de douleur, me dérobant à son emprise.

– Ne me touche *pas* ! criai-je.

Et je le détestai, lui et tout ce que j'avais espéré de lui : mariage, enfants, statut, compagnie, joie.

Je tournoyai et le poussai furieusement. Il agita ses bras dans les airs, puis se détacha de la falaise à reculons et tomba dans la lumière des étoiles, bouche bée, les sourcils arqués sous le coup de l'étonnement.

Majestueuse, tremblante de rage, je le regardai sans être entièrement consciente de ce que je venais de faire.

Il sembla rester accroché là, dans le firmament, suspendu par le choc et le regret que nous avions embrassés, le temps ralenti par l'horreur, et je criai et tendis mes bras vers lui.

Reviens à moi !

Mais il bascula, mugissant de terreur le long de sa chute. Mes yeux se tournèrent ailleurs, vers la Grande Ourse, assez large pour contenir une ville entière de cadavres. Mon esprit hurla.

Ramasse, ramasse tout et jette-le dans le fleuve, nettoie tout ce désastre que nous sommes.

Il y eut un craquement, le bruit d'un melon pourri qui se fendait en deux, et lorsque je pris mon courage à deux mains et regardai par-dessus bord, je vis le corps brisé de Tom le chat finir de se heurter aux rochers et tomber dans le fleuve, sa cage thoracique s'ouvrant, ses organes se déversant autour de lui comme des fruits mûrs. La sturnelle revint à la vie et battit des ailes, s'éleva hors de cette épave et s'envola vers l'ouest, sur l'autre rive.

Meurtrière.

Les morts dans le fleuve s'avancèrent pour se blottir contre Tom le chat, pour se prosterner devant lui ou pour se repaître de lui, je n'arrivais pas à le discerner. Je m'accroupis dans le sable. Ils entraînèrent son cadavre et ses organes détruits plus profondément dans le courant. Le grand muscle de l'eau se contracta autour de lui, le poussant doucement vers le sud. Il finirait par voir l'océan, pensai-je ; moi, je ne le verrais probablement jamais. Je me retournai et redescendis la colline en claudiquant. J'ignorai le serpent lové dans l'herbe qui pleurait en cliquetant, et, lorsque je remarquai une fourrure sale qui suivait mes pas dans les taillis, j'accélérai l'allure et gardai les yeux rivés sur l'horizon, à l'est, jusqu'à ce qu'il n'y ait nulle part où un animal puisse se cacher.

Meurtrière.

Mon désir de sauter s'était évanoui après avoir vu Tom le chat tomber. C'était comme s'il avait pris ma place dans la chute. Me perdre moi aussi n'y aurait rien changé, et j'étais comme soulagée qu'une chose aussi horrible se soit produite et que j'en sois l'unique et directe responsable. *Je suis aussi affreuse que ce que j'ai toujours pensé.* J'avais désormais un profond regret qui n'était rien qu'à moi, un nouveau secret atroce, et il m'incombait de porter son poids. Exister – douloureusement, à contrecœur –, c'était demander pardon.

Je marchai et marchai à travers la nuit. Je retrouvai ma petite valise exactement à l'endroit où je l'avais laissée. À l'aube, j'acceptai de monter dans une bétaillère qui proposait de m'emmener. Dans l'œil d'un cyclone d'hommes loquaces, je m'assis, sale et silencieuse. À Richland, je rôdai dans les rues pendant une bonne partie de la matinée. Je finis par entrer dans un simple bâtiment de briques qui faisait face au parc et donnai un peu d'argent à une vieille propriétaire pour un modeste appartement. Ce n'était rien de plus qu'une petite chambre, vraiment, avec une kitchenette et une salle de bain commune au bout du couloir. La propriétaire me demanda ce que je faisais dans la vie, et je lui dis que je travaillais à Hanford. Elle diminua mon loyer de moitié.

– Quelle fierté, ce que vous avez fait là-bas, me dit-elle. On leur a vraiment mis la pâtée à ces Japs, pas vrai ?

– Je suppose que oui, répondis-je.

Mais il n'y avait aucune joie dans ma voix. Il n'y avait aucune émotion du tout.

J'étais tellement épuisée.

Un crotale siffla.

Meurtrière. Meurtrière.

Je laissai ma valise fermée sur le sol sale et m'effondrai sur le matelas nu et taché. Je dormis ainsi, toujours vêtue et chaussée, pendant au moins une journée et une nuit entières, m'éveillant occasionnellement trempée de sueur et confuse. Le matin suivant, je me lavai dans la salle de bain commune au bout du couloir, m'habillai lentement et pris un petit-déjeuner dans un café-restaurant non loin.

Remplie de pancakes, de sirop et de café noir, je pris la prochaine bétaillère menant à Hanford pour aller voir le docteur Hall au sujet de mon travail.

Infinité

Le docteur Hall ne m'avait jamais rendu visite à l'hôpital, mais dès l'instant où j'entrai dans son bureau, il se leva pour me serrer la main, se tourna vers sa nouvelle secrétaire et, sans le moindre mot d'excuse, la renvoya. Elle partit en luttant pour ne pas pleurer, serrant son manteau contre elle, et il lui dit d'annoncer aux ressources humaines qu'il l'avait licenciée. Je me sentais mal pour elle, mais pas au point de lui venir en aide. C'était ma place. *Meurtriers et Cie.* Le docteur Hall tira pour moi la chaise en face de son bureau et, lorsque je fus convenablement installée, il retourna s'asseoir.

Je n'étais pas morte. J'étais de retour là où j'étais censée être. Il n'y avait aucun endroit plus sûr que ce bureau. De là, nous attaquions le monde. Rien ne pouvait y entrer, seulement en sortir.

Au moment même où je pensais cela, je me rendis compte à quel point ce raisonnement était faux. La vulnérabilité m'était à présent très familière.

– Mademoiselle Groves, vous êtes revenue exactement au moment où nous avons besoin de vous. Nous augmentons la production de plutonium.

Je réprimai un rire. Bien sûr ! *Encore plus de plutonium. Encore plus de bombes.* Je songeai à Tom le chat, à son voyage jusqu'à l'océan. *Coulant vers l'ouest de l'État de Washington.* Combien de temps prendrait un tel périple ?

– Oui, dit le docteur Hall en m'observant attentivement. Oui, cela m'inquiète, moi aussi. Beaucoup de physiciens quittent le programme, mademoiselle Groves. Il se trouve que vos hypothèses concernant cette arme étaient véridiques. Il est difficile de se sentir fier d'une chose qui a engendré autant de destruction, bien que je sois assurément admiratif. La suite du programme vous a-t-elle inspiré quelque réflexion ?

Je secouai la tête. Pendant un court laps de temps, j'étais libérée des visions. Mais dans quelques jours, je me mettrais à rêver de bébés nés avec des têtes déformées et dégonflées. Je rêverais de virevoltants roses, de crocodiles radioactifs lâchés dans le Columbia et de produits chimiques avec des noms comme « iode radioactif » et « xénon », déversés en masse dans des zones habitées. Je verrais des hommes en combinaison explorant des terres cultivées au beau milieu de la nuit, prélevant des matériaux radioactifs pendant que les fermiers et leurs familles dorment dans leurs modestes maisons. J'aurais des visions des morts prématurées de mes collègues, y compris le docteur Hall, qui succomberait d'un rare cancer de l'estomac, et de Gordon, aussi, qui périrait misérablement d'un cancer hématologique.

Cela arriverait. Cela s'imposerait à nous comme le grand vent de Hanford, comme le fleuve Columbia lui-même.

– Non, dis-je.

Et pour ce jour-ci, cette semaine, je ne mentais pas. Je n'avais rien vu.

Le docteur Hall resta silencieux pendant un long moment, sa tête songeuse penchée sur le côté.

– Je me rappelle vous avoir entendue parler des pilotes. C'est ce qui m'a frappé. Ce que vous avez dit, vous aviez raison. Saviez-vous que les pilotes qui ont largué la bombe n'avaient aucune idée de ce qu'ils transportaient ? Ils ont senti le choc de la déflagration des kilomètres plus loin, après avoir volé jusqu'en zone sûre, et lorsqu'ils sont retournés plus tard au-dessus de la ville, ils ont vu des milliers de petits incendies fusionner sous leurs yeux pour en former un immense. C'était pire que le bombardement de Tokyo. L'un des pilotes a pleuré et posé ses mains contre le hublot.

– Il devait être terrifié.

Le docteur Hall acquiesça tristement.

– Il savait ce que cela signifiait pour les gens en dessous. Un moment poignant, assurément.

Il releva ses lunettes sur son front, révélant ses yeux cernés et gonflés.

– Je regrette de ne pas avoir vu ça. Je me sens horriblement mal de penser une telle chose, et pourtant.

Son regard se reporta vers mon visage, le détaillant de mon menton jusqu'au sommet de mon crâne, s'attardant sur la ligne tordue de mon nez, mon œil à moitié fermé avec son globe oculaire de verre, le renfoncement anguleux de mon front. Il prit un air presque tendre.

– Je suis désolée pour ce qui vous est arrivé, Mildred.

Je laissai échapper un petit sanglot de surprise.

– Le pouvoir des hommes, dis-je.

Je songeai au pouvoir que j'avais sur eux, aussi. *Pauvre Tom le chat. Si tu avais suivi leurs règles, tu aurais pu gagner,* me dis-je, comme si, en tuant un homme, j'avais revêtu leur manteau.

– Farmer n'est pas satisfait, bien sûr, reprit le docteur Hall, et je compris que le sujet de mon agression était clos. Il pense que c'est une abomination. Il veut mettre un terme au programme dans son ensemble. Même Einstein est de son côté. Ceux-là mêmes qui ont tout lancé ! Certaines personnes esquivent toute responsabilité dès qu'ils ont atteint un objectif appréciable. Ils ne se rendent pas compte de ce que cela pourrait signifier pour la sûreté de ce monde. Ils n'arrivent pas à imaginer ce que nous serions capables de faire par la suite.

– Ils craignent peut-être qu'une bombe soit larguée sur nous.

– Oui ! C'est exactement pour cela que nous devons augmenter la production. Précisément pour empêcher cela. Les Soviétiques travaillent déjà d'arrache-pied sur leurs propres armes. Quelqu'un a fait fuiter nos plans. Il y aura toujours de nouveaux ennemis, mademoiselle Groves.

Je songeai à la stupidité des humains, à leur manque de créativité.

– De nouveaux secrets, remarquai-je.

– Des secrets nécessaires.

Je pris un bloc-notes. Il portait le gribouillage de l'autre secrétaire, celle qui venait d'être renvoyée, et je remarquai le manque de sophistication de sa sténographie.

Le docteur Hall me tendit l'un de ses stylos de luxe.

– Un cadeau, dit-il.

C'était un beau stylo, petit et ferme entre mes doigts. Je le remerciai.

Avec de l'entraînement, j'espérais parvenir à faire taire mon esprit, à fermer l'écluse de mes pensées. Je me fierais au travail qui nous attendait. J'entendis quelques ouvriers passer dans le couloir derrière nous. Tom le chat, pensai-je, puis je frémis.

Gordon.

Je me redressai sur ma chaise, continuant de leur tourner le dos, leur montrant la canne rigide qu'était ma colonne vertébrale. Je contrôlais ce corps, du moins jusqu'à un certain point ; il n'appartenait qu'à moi de rester forte malgré ce que d'autres pouvaient lui faire.

le passage indifférent du fleuve
les corps qu'il charrie
le fleuve le fleuve le fleuve

– Commencez ici, indiqua le docteur Hall.

Amour véritable

Je tombai sur Bethesda un samedi, alors que j'achevais ma promenade matinale. J'étrennais une nouvelle paire de chaussures et j'en étais satisfaite. Elles avaient des semelles compensées en cuir marron, sans rien de spécial, des « chaussures de tous les jours » comme les avait appelées le vendeur au magasin. Elles ressemblaient à celles de Luella Wood, et je me rappelais tout ce qui nous séparait et nous rapprochait. Les chaussures étaient robustes et ordinaires, mais confortables. Je n'avais jeté celles de Susan Peters que la semaine passée, et je n'avais pas ressenti la moindre once de regret en les lançant dans la benne à ordures verte derrière mon immeuble. Contrairement aux chaussures de ma mère, les nouvelles m'octroyaient la liberté de mouvement, et contrairement à celles de Susan Peters, le pouvoir de disparaître. Je sentais leur poids à chacun de mes pas, mais c'était une pesanteur satisfaisante, comme si elles donnaient un sens à mon voyage.

J'entamais normalement ma promenade dans la Washington Avenue, où se trouvait mon appartement, puis je virais au sud, vers le fleuve, où il m'arrivait parfois de rencontrer un cerf ou un faisan qui me fixait, terrifié, depuis les hautes herbes. Je flânais ensuite en reprenant au nord, vers la zone commerciale, et terminais par un peu de lèche-vitrines machinal. Ce jour-là, cependant, je bifurquai dans la Flager Avenue et me figeai.

Beth était là, telle une statue pleine de grâce, à l'angle de la rue, comme si elle attendait quelqu'un de spécial. Elle fixait la manche de son manteau et triturait un fil qui dépassait, le visage encadré par de belles boucles de cheveux auburn. Un petit porte-monnaie rouge était accroché à son poignet et elle était élégamment habillée d'une jupe plissée bleue, de simples ballerines noires et d'un long manteau marron. Elle était clairement venue en ville pour faire du shopping et, l'espace d'un instant, je me demandai si je pouvais me retourner et m'éclipser avant qu'elle me remarque, mais elle sentit ma présence au même moment et releva la tête, son visage se fendant en un large sourire.

Au début, je fus soulagée de voir qu'elle semblait bien aller. Elle était plus radieuse et belle que jamais. Mais lorsqu'elle m'attrapa par les épaules et m'attira vers elle, m'étreignant trop fort, je perçus une odeur toxique dans son haleine. Elle se mêlait de manière grotesque à l'odeur intense d'hamamélis qu'elle utilisait pour se nettoyer le visage. J'eus un mouvement de recul, sentant que je risquais d'avoir un haut-le-cœur. Elle avait probablement une dent nécrosée.

– Milly, pourquoi tu n'es pas venue me voir ? Tu n'as pas reçu mes lettres ?

Je les avais reçues, cinq ou six, et, assise sur mon lit dans mon petit appartement, j'avais fait courir mes doigts sur ces enveloppes d'un blanc immaculé. Je les avais toutes jetées sans les ouvrir. Je redoutais les faux sentiments qu'elles renfermaient. Elle ne s'était pas donné la peine de me retrouver d'une façon ou d'une autre, elle n'avait fait qu'écrire. Si elle avait mentionné Gordon ou Tom le chat, j'aurais tellement hurlé que j'aurais été renvoyée de mon nouvel immeuble.

– Non, dis-je. Je n'ai rien reçu.

– J'ai eu ton adresse grâce aux dames du service de paie, dit Beth. J'ai été si surprise d'apprendre que tu vivais seule. Je ne t'en veux pas de vouloir vivre en dehors du camp, après tout ce qui t'est arrivé, Milly, et après la disparition de Tom le chat. Mais nous aurions pu prendre un appartement ensemble.

– J'aime être seule.

Une partie de moi voulait lui présenter des excuses. Quelque chose d'autre en moi grognait : *Le fait est que j'ai fini par en avoir marre de toi.*

Mais en vérité, je l'aimais plus que jamais. Sa voix était chaude, tendre et sincère. Je compris que les mots froids qu'elle avait dits à mon sujet n'avaient probablement rien d'insidieux, qu'elle avait juste eu besoin de s'épancher sur une personne qu'elle aimait comme il nous arrive à tous lorsque la vie devient terne ou difficile. Elle n'avait pas plus voulu me blesser que je n'avais voulu le faire.

– J'ai supposé que tu emménagerais bientôt avec Gordon, dis-je. Quand aura lieu le mariage ?

Je faillis me gifler pour avoir prononcé son nom, décontenancée par mon agaçante curiosité.

– Dans un an environ, répondit-elle. Et en effet, nous avons prévu de repartir à Seattle. Je m'y rendrai la première, j'ai déjà trouvé un travail là-bas.

J'attendis un moment, étudiant silencieusement son visage, les yeux humides et gentils, les longs cils, les cheveux brillants qui se présentaient sous leur meilleur jour lorsqu'ils laissaient apparaître sa mâchoire, soigneusement rangés sous une coiffe d'infirmière. J'adorais son calme familier, ses épaules rondes et fortes, son menton relevé, maîtrisé.

Et pourtant, son haleine imprégnait l'air autour de nous d'une puanteur d'abats. Quelque chose n'allait pas.

– Il est si mal luné ces derniers temps, me confia-t-elle. Rien que je ne puisse gérer, bien sûr, mais mon Dieu, c'est épuisant.

Je restai silencieuse. Je voulais le lui dire. Je le voulais. Mais... et si elle ne me croyait pas ? Peut-être que tout se passerait bien pour elle après tout. Peut-être qu'il l'aimait suffisamment pour bien la traiter. Je savais que c'était ridicule. Comme il était lourd, le fardeau de ma propre amertume. J'étais lasse de ne jamais être crue, lasse de donner des avertissements.

– Je ne sais pas pourquoi je te dis tout ça, Milly. Je sais que tu ne l'aimes pas. C'est juste que c'est si facile de parler avec toi.

– Je le déteste, dis-je alors.

L'irrévocabilité de mon ton lui fit lever les yeux vers moi. La sombre transparence que j'y vis me dévoila la vérité que je ne m'étais pas permis d'envisager.

Je m'éloignai d'elle.
– Tu sais.
Son visage se décomposa.
– Savoir quoi, Milly ?
C'était une hypocrite. Je reconnaissais ce ton, cette voix qui imposait la douceur alors même qu'elle vous jugeait.
– Tu sais ce qu'il m'a fait, et tu vas l'épouser malgré tout.
– Milly, tu es devenue folle ?
Mildred la folle.
– Quelle tombe laide et superficielle tu t'es creusée, lui dis-je méchamment, froidement, en prenant la voix de Mère.
– Il a dit que tu étais folle. Il a dit que tu essayerais de lui faire porter le chapeau. Il m'en a averti.
Ses yeux étaient deux boules de feu étincelantes sur son visage, mais l'odeur de mort qui émanait de sa dent flottait autour de nous. Une seule petite pépite de son corps avait deviné ce qui s'était passé et en souffrait. Elle porta une main à sa bouche, comme pour étouffer la puanteur.
– C'est lui qui m'a fait ça, dis-je en désignant mon visage, puis le bas de mon corps, et tu sais ce que j'ai fait à cause de ça ?
Elle secoua la tête. Elle ne voulait pas savoir. Elle voulait que la conversation s'arrête. Elle gémit et plaqua sa main contre sa mâchoire : la dent pourrie lui faisait mal.
J'étais en colère, principalement contre moi-même. *Quelqu'un nous fait du mal, et nous nous retournons et faisons du mal à quelqu'un d'autre.*

On ne pouvait rien retirer de ce que l'on disait en ce monde, pas vraiment, pas du tout. Toutes nos mauvaises actions étaient connectées.

– J'ai tué Tom le chat. Je l'ai poussé du haut des White Bluffs. J'ai imaginé que c'était Gordon lorsque je l'ai fait.

Son visage s'éclaira sous le coup de la stupéfaction, mais elle secoua ensuite la tête.

– Il a dit que tu étais folle, Milly. Mon Dieu. Et dire que j'ai pris ta défense.

Elle se détendit. Elle ne me croyait pas. Ce que je disais à présent n'avait plus d'importance – avenir, passé, présent – rien de tout cela n'était crédible. En le disant, je le dépouillais de sa réalité. Je détestai ma langue à cet instant, ma bouche, mes poumons et leur respiration insouciante et automatique.

Elle s'avança pour me toucher le bras et je sentis toute sa pitié.

– Je t'aime, Beth, lui dis-je.

Et je le dis fermement, pour la dernière fois.

– Je sais, Milly, dit-elle affectueusement. Non pas que ça nous fasse du bien.

Elle m'invita à déjeuner, mais je refusai, comme elle s'en doutait probablement, j'en étais certaine.

– J'ai une terrible migraine, dis-je, et c'était vrai.

– Tu sais, je m'inquiète pour toi, surtout la nuit, me confia-t-elle. Est-ce que tu fais encore des crises de somnambulisme ?

– Non.

Cela aussi, c'était vrai. Pour autant que je sache, je ne m'étais même jamais levée de mon lit pour aller jusqu'à la salle de bain. Je dormais comme un loir la nuit entière et me levais le matin comme si j'émergeais d'une mare épaisse et visqueuse, à bout de souffle, soulagée d'être libérée du néant silencieux du sommeil. Mais il était vrai aussi que mes visions éveillées - bien que rares désormais - étaient plus insoutenables que jamais. Les migraines qui s'ensuivaient me paralysaient. J'étais sous le choc d'une douleur si intense que je vomissais généralement. *Un grand pouvoir engendre une grande douleur.*

– Donne de tes nouvelles, me supplia-t-elle.

Mais je ne le ferais pas.

*

Lorsque Beth m'envoya une nouvelle lettre, je la lus, cette fois. Elle était arrivée à Seattle. Elle avait commencé à travailler dans le quartier de Cherry Hill, à l'hôpital de la Providence. Elle me demandait de lui écrire. Elle me demandait de lui rendre visite. Si je voulais recommencer de zéro, je pourrais partager un appartement avec elle et quelques autres filles, puisqu'elle ne s'installerait pas avec Gordon avant leur mariage, qui aurait lieu au moins un an plus tard. Elle m'assurait que je pourrais trouver un super poste de secrétaire dans la ville. Le changement me ferait du bien, écrivait-elle, mais je savais qu'être avec elle, si fort puisse être mon désir, pourrait très bien me tuer. J'allais rester à Richland et continuer à travailler à Hanford, ce qui me semblait être l'endroit où j'étais censée être, en dépit de ses démons.

Je ne lui répondis jamais. Ou plutôt, je le fis, mais je ne postai jamais la lettre. De temps à autre, je m'asseyais et je couchais sur une feuille mes regrets et mon chagrin. Je lui posais des questions telles que : *Et s'il avait fait cela à ta sœur Annie ? Pardonnerais-tu à Annie si elle avait tué un homme ?* C'étaient des lettres qui l'auraient profondément bouleversée ; je décidai que les lui envoyer serait trop délibérément cruel. J'en avais assez dit à Beth. Elle allait à présent déterminer seule ses propres limites en matière de tolérance et de pardon.

Je m'interrogeais sur son avenir : le mariage, les enfants, la corvée d'être une femme au foyer dévouée. Fut un temps où j'avais souhaité toutes ces choses, moi aussi, non parce que j'étais née ainsi, mais parce qu'elles m'avaient été inculquées de force par le monde façonné par les hommes. Je ne méritais rien de tout ça, ni ne le désirait à présent. Je détestais penser à ce qui se passait derrière toutes ces portes closes. Mon mariage avec Tom le chat avait été sanglant, violent et, par chance, très court. Mes enfants étaient les biens que je consommais tous les jours : une miche de pain, un pichet de lait, une tasse de café, que je savourais sur ma petite table de cuisine ronde. Lorsque je les avais brièvement chéris puis absorbés, j'en achetais de nouveaux. Ma maison était un foyer joyeux, empli de ces petites relations. La seule personne que je pouvais décevoir, c'était moi-même.

Je pensais à feu mon père, à la fois où par hasard je l'avais entendu dire qu'il aurait aimé être entièrement seul : pas d'enfants, pas de femme, pas de travail, pas de responsabilité. Je lui avais demandé : « Mais qu'est-ce que tu aurais fait, alors ? » Il m'avait répondu très simplement : « J'aurais jardiné. » Il disait que cela lui donnait une telle joie, une telle sérénité, que peu lui aurait importé de savoir s'il était heureux ou non. À sa mort, j'avais espéré qu'il avait reçu sa propre parcelle de jardin au paradis.

Depuis le temps, Tom le chat devait avoir atteint l'océan. Dans les jardins des grands fonds marins, son âme nageait et tournoyait. D'autres âmes y tourbillonnaient aussi. Des bulles sortaient de leurs bouches mortes, elles parlaient de ceux qui leur avaient fait du tort et de ceux à qui elles avaient fait du tort. Elles rendaient les détails confus, les bourreaux, les victimes.

Dans ces abysses nébuleux, elles trouvaient la paix.

Le mur

La culpabilité ne disparaît pas avec l'âge, mais elle s'adoucit. Il y a des moments, bien sûr, qui jaillissent de terre comme des feux d'artifice et vous font tomber à genoux, mais avec le temps, ces détonations faiblissent et s'effacent plus rapidement. On s'habitue à elles, finalement. On les endure. On marche d'un pas lourd, et le temps, comme le fleuve, emporte avec lui l'intensité, érode les angles acérés. Notre identité se fond avec celle des victimes. Les corps que l'on imagine descendre le courant deviennent le nôtre.

Je ne sus jamais si Gordon éprouva de la culpabilité. Je fis de mon mieux pour l'éviter. Il avait été transféré hors de l'Unité B et travaillait à l'un des nouveaux réacteurs en construction. J'entendis Kathy dire qu'il prévoyait de rejoindre Beth à Seattle prochainement. J'en étais soulagée. À Richland, je risquais de tomber sur lui à tout moment, ou d'être coincée dans une bétaillère avec lui, et je détestais cela. Plusieurs semaines s'étaient écoulées sans que je le voie ; néanmoins, je devais parfois accomplir une tâche à l'un des autres réacteurs, et je faisais le déplacement emplie d'une terreur suffocante.

Par un mardi chaud, en allant porter des papiers à un directeur de DuPont au nouveau réacteur F, je m'arrêtai dans le hall et mes mouvements se ralentirent comme si j'étais prise au lasso par un ennemi.

Je sentis sa présence avant de le voir. Malgré cette étourdissante sensation, je me tournai vers lui, aux aguets. Il était là, adossé contre le mur en béton.

Il parlait à un autre homme, mais il me regardait de son bon œil, sans cligner de la paupière. Pendant un instant, je craignis qu'il me fasse signe de venir ou s'approche prestement de moi. Comment réagirais-je ? Mes mains tremblaient. Je fis tomber mes papiers. *Il y a si peu de secrets désormais. « Nos bombes ont remporté la victoire. »* Je ravalai un cri ; j'avais peur qu'on se moque de moi, qu'on me réprimande et qu'on me traite de menteuse alors même qu'il m'attaquait, me baisait. Quelques hommes qui flânaient non loin se précipitèrent pour m'aider à rassembler mes documents, mais Gordon me regardait placidement, comme s'il n'avait jamais rien fait de mal. J'étais perturbée. Il l'avait fait, n'est-ce pas ? Je plaquai une main contre mon front.

Mon cœur battait sauvagement. Je me souvins de la sturnelle enfermée dans la cage thoracique de Tom le chat.

C'est arrivé.

– Est-ce que vous allez bien ? me demanda un homme en prenant délicatement mon coude pour m'aider à me redresser.

Je m'appuyai un instant contre son bras. Ses muscles vibraient de masculinité. Je le détestais pour cela. Je m'éloignai brusquement.

Il me tendit le dossier et les papiers en désordre. Je lui bégayai de me laisser tranquille.

– J'essaye juste d'aider, répondit-il.

Je lançai un nouveau regard à Gordon, dont le bon œil m'observait d'un air vide par-dessus l'épaule de l'homme avec lequel il parlait, et je me demandai vers où se dirigeait mon œil de verre, s'il penchait vers la gauche comme le sien. *Jumeau maléfique.* Comme je lui ressemblais, à présent ; il m'avait brisée pour que je lui ressemble. Lui et moi, endommagés, endommageant, ne verrions jamais que la moitié de la vérité.

Je réarrangeai à la hâte les documents dans la chemise et m'en allai précipitamment.

J'aurais aimé avoir tué Gordon, et pas Tom le chat.

Ce fut la seule fois que je m'autorisai à le penser.

*

Au lieu de retourner à l'Unité B, je pris l'une des premières bétaillères en direction de Richland. Là-bas, je téléphonai à Mère depuis une cabine téléphonique, en serrant toujours le dossier contre ma poitrine, à présent sale et plié. J'étais bouleversée, je sanglotais. Elle ne comprenait pas un mot de ce que je disais.

– Je n'ai qu'une seule fille à présent, me dit-elle. Tes larmes ne m'intéressent pas.

– Je l'ai vu, Mère, dis-je. Je l'ai vu.

Il y eut un silence pendant un long moment. Puis :

– Je suppose que je n'ai pas besoin de demander qui.

Je pleurai dans le combiné, et elle me laissa faire.

Elle finit par se racler la gorge.

– Mildred, ça suffit. Reprends-toi. Tu as une vie à vivre. Choisis d'être forte. C'est tout ce que c'est, la force. Un choix.

– Oui, Mère.

Je me secouai, me redressai. J'étais reconnaissante que l'on me dise quoi faire.

– Et n'attends pas une année entière avant de me téléphoner à nouveau, Mildred. Je ne serai plus de ce monde pour très longtemps. Ton silence me tue.

Je voulus lui expliquer, *Je ne voulais pas être une meurtrière. Ce n'est pas qui je suis. Mais j'en suis une, nous en sommes tous, ici, nous...*

Elle raccrocha.

C'était une sorte de pardon, bien plus que ce que je méritais.

La puissance fondamentale de l'univers

Après avoir vu Gordon, mes visions s'intensifièrent. Lorsqu'elles s'abattaient sur moi, je me recroquevillais sous la douleur. Le héron était perché au sommet de ma tête, serrant mon crâne entre ses serres. Son pouvoir tout entier palpitait à travers moi, m'emplissant de la conscience de cet endroit et de tout ce que j'y avais fait de mal. J'appris à connaître la terre, la maladie qui s'y installait, les racines qui buvaient son poison. J'inhalais le venin en même temps que les plantes, j'en absorbais les particules, aspirais l'iode radioactif par mes stomates puis l'expulsais en expirant. J'étais soulagée lorsque des humains me déracinaient, me cuisinaient et me mangeaient, me vidant enfin de la douleur, seulement pour l'absorber eux-mêmes. Lorsque les vaches pressaient leurs museaux contre moi et me ruminaient dans leurs multiples estomacs, j'emplissais leurs gros pis de lait crémeux et empoisonné. À la fin, je devins les enfants malades et les adultes diminués, criblés de douleurs, acariâtres, amaigris par le cancer, jusqu'à ce que je ne sois plus que la patte osseuse du héron, qui faiblissait et s'effaçait. Seulement alors, mes visions me libéraient, s'envolaient, et je recouvrais mon corps en trébuchant, grimaçant, grognant.

Tu aurais pu y mettre fin et tu as échoué.

Il y a plusieurs sortes de meurtriers.

Je les étais tous à la fois.

*

Un soir, comme une farce cruelle, la vision me transforma en Tom le chat, en toutes les parties éparpillées de lui. Un organe léché par un coyote, un os pelvien empêtré dans un enchevêtrement d'algues, la tête, le cou et le torse, encore entiers, gonflés et limoneux, roulant sous la surface du fleuve. Je pouvais voir à présent au-delà de la mort elle-même, je pouvais jeter un coup d'œil dans l'au-delà, l'infini, et je fus troublée par le manque de paix qui régnait là-bas. Pas de paix pour Tom le chat, pas pour moi. Et pourtant, alors que j'habitais cette forme éphémère et estropiée, je ne vis ni colère ni terreur, seulement un attrait désintéressé et persistant vers quelque chose qui me dépassait, un souhait paresseux.

Lorsque je revins à moi – je m'étais évanouie sur un quai surplombant le Columbia –, cette douceur qui restait de Tom le chat faillit me détruire.

Je me détestais, moi et mon don. J'étais un démon.

Les muscles de mon cou et de ma mâchoire palpitèrent. Mon crâne bouillonna. Ces maux de tête m'étaient familiers, désormais, mais on ne s'habituait pas à eux. C'était une douleur qui me rongeait les os, si intense que j'avais peur de cligner des yeux.

Mon estomac se révolta. Je vomis dans l'eau.

*

L'une de mes dernières visions fut la plus froide et la plus solitaire. J'étais une fille, jeune, onze ou douze ans, orpheline depuis peu, rendue léthargique par le deuil. Je me tenais sur une estrade, entourée de docteurs. Je ne parlais pas leur langue. Aucune personne de mon peuple n'était là. Je tremblais, effrayée. La pièce était froide ; je ne portais qu'une culotte et un débardeur en coton fin. Ils examinaient les cicatrices de brûlure sur mon visage et mon bras droit, éclairaient mes yeux avec des lampes de poche, posaient leurs mains rugueuses sur ma mâchoire pour ouvrir ma bouche, appuyaient sur ma langue avec un bout de bois. J'avais des haut-le-cœur, mais ils ne s'excusèrent pas et ne le retirèrent pas, ils se contentèrent de murmurer et de regarder. Ils me penchèrent en avant, baissèrent ma culotte et m'enfoncèrent quelque chose entre les fesses. Un interprète me dit qu'ils savaient que j'avais eu la diarrhée, qu'ils se demandaient si cela m'arrivait encore. J'acquiesçai. Mes entrailles avaient été bouillies par Fat Man, et je n'avais plus été capable de manger ou de faire caca normalement depuis.

L'interprète me dit de me lever. Mes seins avaient récemment commencé à pousser, et j'étais embarrassée car mes tétons pointaient à travers le tissu blanc.

Exposée et vulnérable, je tentai de voûter mes épaules, mais ils tapèrent l'arrière de mes bras et ma colonne vertébrale pour que je me redresse.

Un docteur dit quelque chose, en faisant un geste, et je tournai ma tête sur le côté pour qu'ils regardent dans mon oreille. Des cheveux noirs et raides tombèrent par-dessus mes yeux et je gémis. Quelque part dans la ville se trouvaient mes parents, morts, et je voulus pleurer, les appeler, quitter cette méchante pièce nue.

Les docteurs poussèrent et piquèrent. Ils adoraient mes cicatrices, ils en prenaient soin, ils leur parlaient plus qu'ils ne me parlaient. Ils écrivaient des mots d'adoration à leur sujet, au sujet de mes fesses, au sujet de ma douleur, sur leurs blocs-notes. Ils ne me voyaient pas, mais ils voyaient et admiraient ce qu'ils m'avaient fait.

À travers la jeune fille, je pouvais presque voir Mildred, la prophétesse de retour à Hanford, qui convulsait dans l'herbe d'une prairie, roulant des yeux, les cheveux coincés dans des buissons d'armoise.

Je suis dans une vision, mais je n'en reviendrai peut-être pas.

Le plus vif de tous mes souvenirs, *pas mes souvenirs, ses souvenirs*, s'éleva. Mon père, *son père*, frappé par la boule de feu, suppliait quelqu'un de le tuer, me *la* suppliait de le tuer. Ma *sa* mère gisait quelques pas plus loin, déjà morte. Je tournai autour de mon *son* père, sans savoir comment l'aider, *Papa, パパ, papa, mes bras et mon visage sont en feu aussi, papa, j'ai besoin d'aide, moi aussi,* il s'était exposé à la plupart des brûlures, me *la* protégeant au dernier moment. Il se tordait, *tue-moi, tue-moi,* on aurait dit qu'il cherchait à ramper hors de sa propre peau. Puis ce fut ce qu'il fit. Je le vis s'en extirper, comme un serpent se dépouillant de sa mue, inconscient de ma solitude à venir, *sa fille, pas moi, pas moi s'il vous plaît, pas moi,* inconscient du fait que j'allais être examinée, étudiée et traitée comme un objet par des docteurs américains curieux de ce que leurs bombes avaient fait à tous ces gens, seulement conscient de son agonie foudroyante et de sa soudaine libération. Il luisait à mes pieds, mort.

Ses pieds. Pas les tiens. Mildred, ne disparais pas. Mildred, reviens.

Je me débattis. Je pouvais sentir la fille s'efforçant de me garder en elle, *ne m'abandonne pas, j'ai besoin de toi, qui que tu sois, je suis toute seule*, mais je rampai, rampai comme j'avais vu son père ramper, et m'extirpai d'elle. Je m'éloignai, me détachai en hurlant, et me retrouvai effondrée sur un sentier marqué par le passage des cerfs, dans la prairie de Hanford, à quelques mètres seulement du Columbia.

Quelle heure était-il ? Quel jour étions-nous ?

Mon esprit vacillait. J'étais encore la jeune fille, je n'étais pas encore moi-même. Je pressai les paumes de mes mains contre mes yeux, tentant de me persuader de revenir, et je le fis, avec hésitation et mauvaise humeur.

Je craignais ne pas réussir à revenir de la prochaine.

J'essayais de reprendre mon souffle. *Nous sommes dimanche*, me souvins-je. *C'est presque l'heure du déjeuner. Tu es partie te promener. Tu étais de bonne humeur. Tu as fait des ricochets sur l'eau. Tu as entendu les ailes du héron...*

L'oiseau émergea alors de l'eau, si grand sur ses pattes, son corps couvert de plumes comme une torpille fonçant droit sur moi. *Comme tu es puissante, maintenant*, dit-il, *au point de perdre toute sensation de toi-même.*

Je ne lui répondis pas. Je réussis à respirer. La douleur s'approchait doucement, mon estomac s'agitait déjà, j'eus des haut-le-cœur encore et encore, en sanglotant. J'avais mal à la gorge à force de vomir. Il y avait trop de visions à présent, trop vastes, hors de contrôle.

Je voulais que tout s'arrête.

Allons, allons, dit le héron avec ses yeux jaunes de la mort. *D'une façon ou d'une autre, tout sera bientôt terminé.*

Ombres atomiques

Après plusieurs semaines de silence, de secrets, en vaquant à mes tâches diurnes avec un engourdissement qui ressemblait presque à du contentement, il m'apparut clairement que l'esprit de Tom le chat était logé dans mon œil de verre. Lorsque j'ouvrais un placard pour prendre un gant de toilette propre, il se mettait à chauffer, et je voyais des saumons remonter le courant. Ou lorsque j'entourais une erreur sur une lettre du docteur Hall, cette chaleur produisait des étincelles et je voyais un faucon, ses serres creusant dans un os, *autrefois une partie de moi*, son bec déchirant la moelle. Un autre jour, je retirai ma culotte et vis que mes règles avaient commencé ; alors que, ennuyée, je m'essuyais avec du papier toilette, je vis de mon œil de verre des nuages d'orage au-dessus de ma tête, des éclairs, et je sentis la pluie tomber sur mon visage. Tom le chat me montrait sa vision du monde, en temps réel, peut-être, ou bien ce qui s'était déjà produit, ou ce qui allait lui arriver. Ma langue et ma gorge enflèrent. Il voulait parler à travers moi, il voulait vivre à travers moi, aussi.

Je songeai à l'œil de verre de Gordon et je me demandai qui vivait dedans, un père abusif, une mère tendue, un ami de ses parents qui l'avait touché alors qu'il ne le voulait pas ? Ou bien seulement le vide avec lequel il était né, son mépris de la vie humaine ? Je levai la main pour toucher le verre, et les cils caressèrent le bout de mes doigts, mais l'œil ne tressaillait plus et ne se fermait plus, et je pouvais le tapoter même si la sensation me donnait mal à la tête. Je vécus mes derniers mois à Hanford perturbée par le fantôme qui vivait dans cette orbite caverneuse, niché là comme une chauve-souris endormie, transportée de tâche en tâche avec ce qui restait de moi, comme un perpétuel animal de compagnie non désiré.

Bonne nuit, Tom le chat, dis-je, et à travers le verre, j'entendis une voix répondre, *Bonne nuit, Milly*. C'était la relation qui se rapprochait le plus d'un mariage que je pouvais avoir.

Un matin, je pris la bétaillère pour me rendre au travail et, à mi-chemin du réacteur, elle soupira, crachota et s'arrêta. Un pneu crevé. Le conducteur du bus nous dit de ne pas nous inquiéter, qu'il nous ferait repartir dans une demi-heure tout au plus, et nous autorisa à nous lever et à nous dégourdir les jambes, en nous avertissant de ne pas aller trop loin.

Les hommes me laissèrent descendre la première. Puis ils me suivirent bruyamment, en riant, faisant bouger le véhicule en dévalant les marches. Ils s'avancèrent sur la prairie molle et silencieuse, allumèrent leurs cigarettes et emplirent la quiétude de leurs grosses voix et de leurs gros rires, échangeant des plaisanteries, donnant des coups de pied dans les buissons d'armoise, mais je m'éloignai d'eux, attirée comme toujours par le fleuve Columbia. Leurs voix s'évanouirent derrière moi et je fus soulagée de me retrouver seule.

Mais alors que je descendais la ravine, je fus submergée par une sensation de malaise. Quelqu'un m'avait suivie. J'entraperçus un mouvement à ma droite : une ombre, rien de plus. Presque simultanément, à ma gauche, une autre ombre. J'entendis – et je cherchai du regard – les grandes ailes du héron. Puis l'une des ombres fut derrière moi. L'autre devant. Je m'immobilisai, comme on nous disait de le faire en cas d'attaque d'ours : *Fais la morte, il s'en ira peut-être.*

Les ombres s'étirèrent tout autour de moi, les ombres d'enfants, les ombres d'hommes adultes, les ombres de vieilles femmes courbées, avec des cannes. Elles volaient en nuées épaisses à travers les touffes d'herbe de blé et de fétuque, les membres agités, aussi vivantes qu'indéterminées. Elles glissaient sur le sol comme des silhouettes sur un écran de cinéma. Ce n'étaient pas des *hibakusha* : c'étaient les morts. Ils me firent des signes gracieux, *viens avec nous*, et, effrayée, j'obéis, craignant que si je me retournais et m'enfuyais, leurs mains indistinctes s'abattent sur moi et volent la couleur de ma chair, de mon utérus et de mon foie, de mon cœur et de mes poumons, m'aplatissant jusqu'à ce que je ne sois rien de plus qu'un petit bout de papier noir.

Je suivis une piste de cerfs jusqu'à l'eau. Les ombres me couvraient de tous les côtés, tombaient sur mes chaussures ordinaires, sur les chaussettes qui recouvraient mes chevilles. Le sentier était escarpé et jonché de cailloux ; je glissai, salissant ma jupe, et glissai à nouveau, m'écorchant la paume. Je poursuivis ma marche, appelée par les mains gracieuses et diaphanes.

J'atteignis enfin la rive, mes chaussures couvertes de terre. L'ombre de ce qui devait avoir été un petit garçon pointa l'eau du doigt. Je me penchai, respirant à peine. Je m'attendais à voir Tom le chat flotter là, s'extirpant enfin de moi-même. Ou peut-être Gordon, jaillissant pour m'agripper les bras et m'entraîner sous la surface. Je crispai mon corps, prête à reculer, à courir.

Mais il n'y avait rien. Seulement l'eau, de la couleur de l'étain, fine et froide. De petits poissons s'agitaient frénétiquement sous la surface.

Je me détendis un moment, me réprimandant intérieurement pour ma nervosité. J'étais en sécurité. Il faisait jour. On m'avait déjà fait subir le pire. Rien de mal ne pourrait m'arriver, à présent.

J'entendis la voix du héron. Je sentis son bec comme une dague contre mon épaule.

Il y a un moyen de faire cesser ces visions. Il y a un moyen de ne plus jamais raconter quoi que ce soit à qui que ce soit, de ne plus jamais être traitée de menteuse. Regarde de plus près.

Je me penchai et touchai l'eau. Sous la surface se trouvait un vieux couteau rouillé.

Je voulais, plus que tout au monde, me libérer de moi-même. Je pris le couteau.

Une fine ligne de lumière flamboyait à l'horizon.

L'eau se déchira. Un bruit retentit – comme si dix mille bâtiments étaient éventrés – si fort dans mes oreilles que je hurlai. Ma tête s'effondra sous la douleur. Désorientée, je me rappelai la description faite par le docteur Hall des éclairs de chaleur, qui aveuglaient temporairement tous ceux qui les voyaient. Je levai les mains, touchai ma tête en tremblant de douleur. Les ombres des morts se rassemblèrent autour de moi, voletant ensemble puis se séparant comme une nuée de corbeaux. Pendant un instant, je vis les silhouettes sous l'apparence qu'elles avaient eue lorsqu'elles étaient en vie, et elles étaient belles, pleines de sang et de vigueur. Puis la mort les captura à nouveau et elles s'écroulèrent dans l'obscurité.

Une voix, ensuite, m'appela depuis la falaise. Les ombres paniquèrent et se dispersèrent. Le soleil brilla plus fort, le fleuve bleuit. La douleur dévastatrice dans mon crâne se fondit en une vaste torpeur générale. Mon visage était collant et mouillé. Je me penchai au-dessus du fleuve et le lavai de ma main droite. Lorsque je me tournai, je vis un homme agiter ses bras vers moi depuis le sommet du promontoire : le pneu était réparé, ou presque. Il était temps de repartir.

Je remontai la berge en boitillant. C'était plus facile que la descente, plus stable, même si ma respiration était forte. Ma bouche me semblait lourde, pleine et tendre. Je perdis l'équilibre à un moment donné et basculai en avant, me rattrapant de la main droite. Dans la gauche, mes doigts se serrèrent sur quelque chose d'humide et de chaud.

Haletante, en sueur, je m'arrêtai sur la pente et fixai ma main gauche sans comprendre. Que tenais-je là ? Je me souvins du couteau rouillé, puis rien d'autre que de la lumière, du bruit et de la souffrance. Mais ce n'était pas un couteau que j'avais dans mon poing fermé. On aurait dit l'une de ces grenouilles que le héron aimait attraper, visqueuse, vivante. Elle avait dû être placée là par quelqu'un pendant les éclairs de chaleur – potentiellement une autre de mes visions –, peut-être par l'ombre du garçon, ou par le héron lui-même ? Une farce stupide. Où était le couteau, à présent ?

Je tentai d'ouvrir ma main pour regarder l'objet, mais mes doigts résistèrent.

Pas maintenant.

Mes phalanges étaient tachées par ce qui semblait être de la rouille. Venue du couteau, peut-être. Quel que soit l'objet que je tenais, on aurait dit qu'il fuyait.

Un autre cri retentit, plus pressant cette fois.

Je ne pouvais pas rater mon bus. J'avalai du mucus et de l'eau du fleuve – limoneuse, boueuse – et remarquai à quel point ma bouche était engourdie, n'avait aucune sensation. J'accélérai le pas en m'efforçant de rester calme. Lorsque j'atteignis la bétaillère, je fourrai mon poing gauche dégoulinant dans la poche de mon cardigan et regagnai ma place sans croiser le regard de qui que ce soit.

– Qu'est-ce que tu fichais là-bas ?

– Ta robe est sale, trésor.

– Ah ! Et ces chaussures ! Couvertes de boue !

– C'est une demi-sirène.

– On dirait qu'elle ne nage pas très bien.

– Je parie qu'elle peut flotter ! Un bout de femme rondouillet comme ça.

– Je les aime rondouillettes.

– Laissez-la tranquille, les gars. Elle a l'air d'être une bonne fille.

– Elle a l'air d'un pudding, voilà de quoi elle a l'air.

Je fixai mes genoux. Un liquide commençait à goutter à travers les mailles de mon pull couleur moutarde.

Un couteau. Un cœur. Une souris morte. Un oiseau mutilé.

Un chevreuil à dix cors traversa le talus et examina le bus d'un air méfiant pendant quelques instants en remuant les oreilles, ses yeux aussi noirs que le sommeil. Le véhicule revint à la vie en crachotant et l'animal pivota, plongeant dans la ravine vers le fleuve, disparaissant de mon champ de vision. L'un des hommes se mit à parler de chasse et ils commencèrent tous alors à baragouiner sur le sujet, qui avait tiré quoi et où et quand, et ils m'oublièrent pendant le restant du trajet.

J'étais reconnaissante de cette torpeur confuse sur mon visage et mon crâne. Pour une fois, je n'avais aucune sensation du tout.

*

J'entrai dans le bureau du docteur Hall avec seulement un léger retard. Il était tout de même agacé que je ne sois pas à l'heure et je ne pris pas la peine de lui parler de la crevaison. Il détestait les explications, de toute façon.

Il rouspéta, mais sans relever la tête de son bureau. Je m'assis à côté de lui et pris son emploi du temps dans ma main libre. Nous commencions généralement par un récapitulatif du travail de la veille, puis nous discutions du programme de la journée, mais je me rendis compte, quand je voulus parler, que ma bouche refusait de s'ouvrir. La torpeur s'était tellement répandue que mes lèvres ne semblaient plus recevoir les ordres de mon esprit, comme si un câble entre les deux avait été coupé.

Après un long moment de silence, le docteur Hall leva les yeux de sa paperasse. De mauvaise humeur, il demanda :

– Mademoiselle Groves, qu'est-ce que vous attendez ?

Ma bouche tremblait sous l'effort. Je levai mon poing serré, à présent teint d'un rouge brunâtre, et le tint sous son nez.

– Qu'est-ce qui vous prend ? Vous êtes malade ?

Je me dressai sur mes pieds et un gémissement s'échappa à travers mes lèvres closes.

Tu l'as fait ! Tu l'as fait taire pour toujours ! Bravo !

Ses yeux s'écarquillèrent tandis qu'il remarquait ma robe sale, mes chaussettes déchirées, mes chaussures pleines de boue, mon visage déformé et enflé.

– Au nom du ciel, qu'est-ce qui ne va pas chez vous ?

Je demandai à ma main de s'ouvrir. Depuis le temps, ce qu'elle contenait ne me surprit plus.

Le docteur Hall se leva de sa chaise, se pencha par-dessus son bureau pour regarder la paume de ma main, puis recula, le visage blême de révulsion.

– Est-ce votre... ?

J'essayai de lui dire ce que je croyais qu'il s'était passé. Le couteau rouillé, l'éclair, les ombres qui avaient dû maintenir ma bouche ouverte. Je ne me rappelais pas qui avait procédé à la découpe.

– Mildred, comment avez-vous...

Il fit le tour du bureau et posa sa main contre mon dos. Pendant un instant, je crus qu'il me réconfortait, mais je compris ensuite – il me demandait de sortir. Il me poussait vers la porte, hors de son bureau et de la vue de la salle de contrôle. Dans celle de mon cœur, un feu se déclencha, les voyants d'alerte se mirent à clignoter, les boutons cliquetèrent.

J'allais quitter Hanford, pour de bon cette fois-ci. Je me réjouissais presque du changement. Ma prochaine destination était un mystère pour moi. Ce serait mon nouveau chez-moi, et je ferais de mon mieux, là-bas. Je deviendrais la meilleure version de moi-même, je me tairais et disparaîtrais. Je pensai à Susan Peters et à ses adorables chaussures, à la fin que je lui avais vue : le divorce, le sanatorium, l'isolation et la mort. Elle était une star et j'étais une chose dérisoire et insignifiante, une femme, ni plus ni moins. Si elle pouvait endurer cela, je le pouvais aussi, assurément.

– Il faut vous emmener à la clinique, marmonna le docteur Hall en me poussant le long du couloir. On va vous trouver de la glace pour...

Sa voix se perdit dans un murmure, comme s'il craignait de m'alarmer.

– C'est un cauchemar.

Un cauchemar ? Une libération. Maintenant, cela n'aura plus d'importance.

– Il doit bien y avoir de la glace quelque part, poursuivit-il. Allez, dépêchez-vous.

Une petite foule s'était rassemblée, nous observant, remarquant peut-être ma robe et mes mains tachées de sang. Je continuais à tenir ma langue dans mon poing, et la farce que c'était me fit presque rire – *tenir ma langue !* L'idée me vint de la jeter dans une poubelle. À quoi me servirait-elle, désormais ? Elle ne m'était plus d'aucune utilité. Les lunettes du docteur Hall étaient de guingois sur son étroit visage. Il transpirait de terreur tout en me guidant stupidement vers ce qu'il croyait être mon salut. Rien ne pourrait m'aider à présent. J'avais dépassé le stade où l'on pouvait m'aider. Je n'en voulais plus et n'en avais plus besoin, mais la peur me ravissait, comme si j'avais enfin du pouvoir sur eux tous.

Quelques hommes nous entourèrent, échangeant des murmures. Ils attendaient tous que je dise quelque chose. Ils ne me toucheraient pas tant que je ne l'aurais pas permis. Quel étrange respect me montraient-ils là, alors que je ne le recherchais plus ?

– Où y a-t-il une glacière ici ? demanda urgemment le docteur. Nous avons besoin de glace !

Cette vieille sensation de lévitation me gagna à nouveau, et je flottai au-dessus d'eux dans cette pièce vert-de-gris, leurs visages émerveillés levés vers moi comme s'ils cherchaient un signe dans le ciel – un acte de bienveillance, le père Noël, une bombe, un début, une fin.

Le ressort fixé sur ma mâchoire, quel qu'il soit, se relâcha, et ma bouche s'ouvrit d'un coup. D'elle jaillirent les ombres des morts et l'eau du fleuve, étranglée et noire, puis mon propre sang, rouge et brunâtre, odorant et métallique. J'en aspergeai leurs visages et ils reculèrent, horrifiés, mais je ne pouvais plus m'arrêter, l'eau ne cessait de couler. Je parcourus le hall inondé, laissant le courant malade m'emmener au-delà des portes de métal, vers le désert et la lumière.

Rien ne m'attendait là, il n'y avait que l'immensité vide du plateau du Columbia.

Une pie passa dans le ciel et je craignis qu'elle me parle, mais elle m'ignora. Je n'étais désormais plus un réceptacle pour les mots de l'*Aufhocker*. Mon œil de verre, lui aussi, gisait vide dans ma tête ; Tom le chat n'y vivait plus. J'avais détruit l'organe même qui me donnait le pouvoir de les accueillir.

L'été approchait. Bientôt, la chaleur serait insupportable, mais je m'en délectais à présent. Je me laissai tomber dans ma jupe en coton au milieu de cet espace nu, non loin du réacteur. De temps à autre, je me penchais pour cracher du sang dans les buissons d'armoise. J'ôtai machinalement la boue de mes chaussures. Je retirai le brome de mes chaussettes, un brin à la fois. Si je continuais à me faire belle, à me pomponner et à enlever les herbes, j'aurais l'air à moitié convenable à l'arrivée de l'ambulance. Ils me donneraient peut-être du papier et un crayon, et je pourrais leur demander, dans mon excellente écriture cursive, *Si possible, s'il vous plaît, j'aimerais être près de l'océan*. Je me sermonnai intérieurement pour cette docilité.

Pour autant qu'ils sachent, tu as été une bonne fille. Ils pourraient très bien te donner ce que tu veux.

Au-delà

Western State Hospital

Une fois que tout fut dit, tu et fait, je me retrouvai avec moins d'un tiers de ma langue. L'équipe chirurgicale avait essayé de recoudre l'organe à sa place, mais il était trop tard : la coupure du couteau rouillé avait été trop bâclée, l'incision trop inégale ; j'avais fait un trajet de bétaillère à travers le désert et la chaleur avec le muscle dans ma main et le docteur Hall, si brillant soit-il, n'était pas parvenu à trouver de la glace. Selon le chirurgien, ils s'étaient battus pendant une bonne heure avant de décider de « laisser les choses en état ».

– Nous ne pouvons pas courir le risque d'une infection, m'expliqua-t-il tandis que je me remettais de l'anesthésie, allongée. Mais nous avons stoppé l'hémorragie, et cela devrait guérir convenablement, maintenant.

Il me recommanda un régime constitué d'aliments mous, faute de quoi je risquerais de m'étouffer et de mourir.

– Vous pourrez avoir de la sauce aux airelles et de la purée pour Thanksgiving, dit-il, mais pas de dinde.

Les infirmières éclatèrent de rire et, dans mon état second, on aurait dit les braillements possédés du héron. J'inspirai profondément par le nez. Bouger ma bouche pendant ces premières semaines était trop douloureux.

– Avec de la patience et de l'exercice, vous serez capable de parler à nouveau, mais je ne peux pas vous promettre que ce sera facile. Il y aura certains sons que vous ne parviendrez plus à reproduire, et j'en suis désolé.

Je secouai la tête. Ils m'avaient rasé le crâne à mon arrivée, pour faciliter l'opération, je supposais, ou peut-être pour me préparer à être transférée au sanatorium, où ma féminité serait moquée et torturée. J'aimais bien cette sensation de légèreté autour de mes oreilles, à présent nues sous le ciel. J'agrippai son avant-bras et secouai la tête plus désespérément.

– Mademoiselle Groves, êtes-vous en train de me dire que vous ne voulez pas parler ?

Il se raidit, comme s'il s'apprêtait à débattre avec moi, mais il soupira ensuite, se rappelant peut-être ce que j'avais fait, devinant peut-être mes motivations.

– Toujours est-il que vous devez apprendre à boire et à mâcher convenablement. Être silencieuse ne pose pas de problème, mais baver est inélégant.

Son ton était taquin, et autour de lui, les infirmières souriaient avec leurs jolies lèvres séduisantes. Je songeai à Beth et m'assombris, me voûtant et baissant la tête. Le chirurgien tapota ma jambe avec compassion avant de se diriger vers la porte.

C'était un homme bon, et beau. Mon ancien moi aurait pu le comparer avec une star de cinéma, Gregory Peck, peut-être, mais j'en avais fini avec tout ça, cette stupide douceur admirative d'écervelée. Si le monde ne voulait rien d'autre que nos bombes et Hollywood, alors il pouvait les avoir. J'en avais terminé avec tout ça.

Martha avait raison. J'avais été naïve. Lorsque je me sentis un peu mieux, environ une semaine après l'opération, je lui écrivis pour le lui dire. Je lui présentai des excuses. Elle me répondit presque aussitôt, me disant à quel point j'avais bien fait, qu'elle était heureuse de me voir adhérer à un état d'esprit chrétien, et continua : « Nous avons hâte de ton retour. Mais sans langue, tu ne me seras pas d'une grande utilité. Nous avons besoin d'une babysitter qui puisse réellement crier sur les enfants. » Je souris, mais je savais que je n'allais pas rentrer à la maison, et j'étais sûre que Martha le savait également. Néanmoins, il était agréable de penser à mes nièces et à mon neveu. J'avais presque oublié à quel point c'était spécial : j'étais une tante. C'était un rôle que je décidai de chérir, à ce moment précis. Je m'étais imaginé que ma brève période d'aidante avait commencé avec Mère et s'était achevée avec Tom le chat, mais ce n'était peut-être pas nécessairement vrai. Je me promis de commander pour chaque enfant un jouet dans le catalogue Sears, et je le fis. Plus tard, Martha m'écrivit que les enfants étaient « aux anges. »

C'était un petit geste, mais il me rappelait l'importance de la vie. J'espérais qu'ils me laisseraient passer de telles commandes, là où j'atterrirais ensuite, mais ce ne serait probablement pas le cas. Je m'arrangeai pour transmettre toutes mes économies à Martha.

Le bon chirurgien essaya de me garder à Richland aussi longtemps qu'il le put. Il sut avant moi où j'allais me rendre, et il devina à quel point cet établissement était terrible. Au fil des jours, je me mis à m'inquiéter qu'ils m'envoient à l'intérieur des terres.

J'écrivis un mot pour le chirurgien : *Pouvez-vous s'il vous plaît demander à ce que je sois placée quelque part à l'ouest ? J'ai tant envie de voir l'océan...*

Il lut le mot devant moi et me dit ensuite qu'il se pencherait sur la question.

– Certaines des infirmières ici ont été formées dans des lieux comme ceux-là, ajouta-t-il. Elles peuvent être... désobligeantes.

Je fus touchée par le fait qu'il voulait m'avertir. Je fis un geste pour qu'il me rende le bout de papier. Je griffonnai : *Je serai à ma place là-bas.*

Le chirurgien m'aimait bien. Il voulait me protéger, tout comme il voulait protéger tous ses patients. Mais je n'avais pas envie de protection, seulement du silence que je m'étais violemment offert.

*

Juste avant qu'ils me transfèrent au Western State Hospital, Bethesda m'envoya une lettre depuis Seattle, pour m'annoncer que le corps de ce pauvre Tom le chat avait été retrouvé non loin d'Umatilla, dans l'Oregon, repéré par deux adolescents qui fumaient près de la rive – « ils étaient probablement en train de se bécoter », avait ajouté Beth, peut-être pour me faire sourire, comme si quiconque pouvait sourire en pensant à la mort de Tom le chat.

Ce dernier avait été méchamment contusionné et brisé, écrivait-elle, et l'on présumait qu'il était tombé d'une falaise près de Hanford et avait ensuite roulé jusqu'au fleuve. Certaines parties de son corps manquaient encore. Ses amis savaient qu'il faisait des randonnées pour le plaisir, le soir, et il avait un jour confié qu'il avait pensé sauter. Il me l'avait dit à moi aussi, pendant l'une de nos conversations amicales dans la bétaillère. « Pas par envie de mourir, mais par une intense curiosité », s'était-il empressé d'ajouter. Ces déclarations inoffensives et funestes étaient peut-être la raison pour laquelle personne n'avait établi de lien entre sa disparition et ma réapparition à Hanford. Ils m'appelaient peut-être en privé *Mildred la folle*, ainsi qu'on le faisait à l'école primaire d'Omak, mais ils ne me croyaient pas capable de tuer quelqu'un.

Beth commenta brièvement ma confession : « Je sais, Milly, que tu crois vraiment l'avoir tué, même si ce n'est pas le cas, mais encore une fois, peut-être l'as-tu vraiment fait, au sens figuré je veux dire, en ne l'aimant pas de la façon qu'il espérait. Mais j'admire cela, vraiment, le fait que tu ne lui aies pas cédé. Tu as toujours été plus forte que moi sur ce point, même si tu ne t'en rendais pas compte. »

Cette affirmation me paraissait étrange, aussi lourde de regrets qu'elle semblait être. *Elle est malheureuse avec Gordon*, pensai-je alors, mais si c'était le cas, cela ne me procura aucune joie. Je me rappelai cette horrible puanteur qui émanait d'elle. Elle connaissait la vérité, qu'elle soit capable de l'admettre ou non. Le reste n'était qu'un choix.

Elle était une meurtrière, elle aussi. Nous tous à Hanford avions, d'une façon ou d'une autre, guidé le plutonium jusqu'à Fat Man. À présent, nous avions cent dix mille morts sur la conscience, et le nombre croissait de jour en jour. Little Boy et Fat Man tuaient avec une infinie patience. Les radiations continuaient à cueillir des gens au fil des jours. Et pas seulement au Japon, mais bientôt ici aussi, au Nord-Ouest. Il y aurait des saumons à trois yeux et des truites cancéreuses. Puis viendraient les petits enfants frappés par une mystérieuse paralysie, et les bébés condamnés, nés avec un cerveau et un squelette non développés. Puis la stérilité, les fausses couches, les unes après les autres. Il y aurait une vague de crises cardiaques, de cancers de l'estomac, de démences, de cancers et dysfonctionnements de la thyroïde. Il y aurait des centaines de croix rouges placées sur la carte de la mortalité de Hanford Reach.

Et ils s'efforceraient de maîtriser les déchets, mais il y en aurait trop. Ils fuiraient et continueraient de fuir cinquante ans plus tard, soixante-dix ans plus tard, un siècle, jusqu'à ce qu'une attaque, une « pluie dévastatrice », s'abatte sur nous aussi.

Tout cela n'était pas nouveau pour moi, cet avenir que j'avais fait apparaître lorsque mes visions étaient nettes et ma langue utile. Rien de nouveau, mais il était tapi à l'horizon malgré tout, attendant que nous le rattrapions, ce que nous ferions assurément.

La Bible de Tom le chat comportait tellement d'erreurs. Dieu n'avait pas mis les hommes sur Terre pour qu'ils s'occupent du jardin. Il les avait mis là pour les détruire.

Tout ce que je faisais, tout ce que j'ai fait, tout ce que je fais. Tout ce que je n'ai pas fait, n'ai pas pu faire, ne ferai pas.

*

Le fait que Tom le chat n'ait pas atteint l'océan me troublait. Lui et moi n'étions peut-être pas destinés à le voir, notre région d'origine en étant séparée par les Cascade Mountains.

Je me demandais à présent pourquoi je n'avais pas avoué aux autorités le meurtre de Tom le chat. Peut-être par peur. Peut-être par colère. Peut-être parce que personne ne m'aurait crue, alors pourquoi m'en soucier ? Je l'avais tué parce que j'étais devenue l'un d'entre eux, mais j'en avais fini avec tout cela désormais. Sans langue, sans gouvernail, mes règles étaient à moi seule.

Beth avait inclus l'adresse de la famille de Tom le chat à Tonasket, au cas où je voudrais leur présenter mes condoléances. Depuis l'hôpital de Richland, je leur renvoyai la Bible qu'elles m'avaient donnée, en ajoutant une simple carte où figurait un unique iris bleu, une fleur qui pour moi sentait la mort, la seule carte que j'avais pu trouver. J'y écrivis :

> Je suis tellement désolée. Cela n'aurait jamais dû se produire. Il était très aimé. Merci pour cet adorable cadeau, mais je vous le renvoie. Je ne peux pas l'emporter avec moi, là où je vais.
>
> Sincèrement vôtre,
> Mildred Groves.

C'était loin d'être une confession, mais cela aidait.

*

Pendant mes derniers jours à l'hôpital de Richland, je restais assise, les yeux fermés, ne faisant pas grand-chose, voire rien du tout, creusant des tunnels dans ma conscience. C'était plus facile d'oublier le monde, maintenant.

Comme nous nous dupons facilement, en neutralisant notre empathie.

Cela arrive très loin d'ici, donc ça n'arrivera pas ici. Cela arrive à quelqu'un d'autre, mais pas à moi. Cela arrive à ceux qui ont été abandonnés, mais pas à ma famille. Cela arrive dans mon esprit, mais pas dans mon voisinage. Cela arrive dans un roman, mais pas dans la vraie vie. Cela arrive cela arrive cela arrive.

Juste avant Noël, ils me transférèrent au Western State Hospital.

*

Lorsque j'écrivis à Martha et à Mère depuis mon nouveau chez-moi, je leur dis que j'avais une chambre avec une petite fenêtre et une vue sur l'océan. Je leur assurai à quel point j'étais reconnaissante d'être ici, et pas à l'Eastern State Hospital près de Spokane. Je m'émerveillais de la verdure de cet endroit, avec ses arbres gorgés de pluie et son air iodé qui sentait le poisson ; j'exprimai haut et fort à quel point il était bon pour ma santé d'être dans un environnement différent. Je leur parlai, aussi, de la star de cinéma que j'avais vue ici, Frances Farmer, qui m'avait demandé si j'avais un jour eu le cœur brisé. Mes lettres étaient longues, heureuses et fausses. Martha me répondait tous les quelques mois, et je me ridiculisais en pleurant devant les nouvelles banales de ses enfants, la promotion de Walter, la dernière maladie et guérison de Mère. La simple vue de l'horrible écriture de Martha m'affectait de façon saisissante. Les larmes coulaient avant même que je n'aie ouvert l'enveloppe.

En réalité, il n'y avait pas de fenêtre, pas de vue sur l'océan. Mais je pouvais toujours sentir l'eau saumâtre, et, si je faisais un effort, je pouvais entendre les bruits torturés de la plage rouée de coups par les vagues. J'étais à la fois poussée par l'envie de me rapprocher de l'eau et soulagée d'en être si loin. J'avais peur de ce que l'océan aurait pu me redonner : ma voix, mes visions, tous ces corps pourris de Japonais assassinés, le fémur manquant de Tom le chat, nettoyé par une vie foisonnante.

Je ne méritais pas de voir l'océan maintenant, de tremper mes orteils dans l'eau ni d'en goûter le sel. Mais j'en devinais l'immensité depuis le monticule où les assistantes-infirmières nous emmenaient parfois pour prendre l'air, une longue esplanade grise nichée entre les arbustes verts. Je considérais cela comme mon petit triomphe personnel.

J'avais des nouvelles de Kathy aussi, de temps à autre, même si je lui répondais rarement. Ses lettres étaient remplies de récriminations et d'anecdotes humoristiques sur sa nouvelle vie à Portland, dans l'Oregon. Cela me faisait rire de savoir qu'elle travaillait dans le cabinet d'un pédiatre ; elle m'avait dit un jour détester les enfants. Elle vivait là-bas avec une autre femme et semblait heureuse, du moins aussi heureuse qu'elle pouvait s'autoriser à l'être. J'appréciais ses lettres pour leur sens du détail, mais aussi par la façon dont elle les signait toujours :

> Amitiés ténébreuses,
> Kathy

Je pouvais entendre l'ironie de sa voix dans ces lettres penchées. De temps en temps, il y avait un post-scriptum, toujours le même :

> Ces hommes ne nous définissent pas.

Finalement, Kathy était la seule à Hanford qui semblait se préoccuper de moi. À cause de ce que nous partagions, ces ténèbres réciproques, nous nous faisions confiance. Cela devait être la seule véritable amitié de ma vie.

Avoir été bien traitée à l'hôpital de Richland avait été une torture, et j'étais soulagée de me trouver au Western State à présent, où l'on n'accordait que peu d'égards à nous autres, les femmes. Et dire que j'avais un jour pensé sauter du haut d'une falaise ! Depuis que j'avais tué Tom le chat, l'idée était devenue risible. En faisant une chose aussi horrible, je m'étais réveillée en sursaut. Pour survivre dans ce monde, je devais simplement m'abandonner à ce mode de pensée masculin. Il avait du sens à mes yeux, à présent, le largage de la bombe. *Tiens, prends ça, fais passer, peu importe où elle va ensuite.* À présent que j'avais coupé ma langue, je m'étais privée des pouvoirs de ma grand-mère, les pouvoirs de sa prescience et de ses avertissements. Tout ce que les gens voulaient, c'était un gourdin. La force n'était pas le seul pouvoir, mais c'était le seul pouvoir que les gens reconnaissaient.

Je savais écrire, je m'en étais rendu compte, et j'aimais ça, mais mes récits n'étaient que le produit de mon imagination, jamais des visions. Je pouvais écrire des pages et des pages sans jamais dévoiler le futur. Mais j'écrivais, malgré tout.

Je n'ai pas déclenché cela. J'en fais partie, mais ce n'est pas ma faute. C'est la conspiration des hommes.

*

Dans mon aile, il n'y avait que des femmes. Les docteurs apparaissaient avec leurs appareils et leurs menaces et nous les détestions ouvertement. Les infirmières étaient encore pires. Des femmes qui traitaient des femmes d'une horrible manière, c'était peut-être la punition la plus humiliante de toutes. Comparée aux autres, on me laissait seule la plupart du temps. Les jolies, les bruyantes, les impossibles étaient poussées, couchées et battues. Certaines se plaignaient des rats et de la nourriture, qui avait l'apparence et le goût du vomi. Je m'efforçais de ne jamais froncer les sourcils vers ces pleurnicheuses ou paraître trop condescendante.

À quoi t'attendais-tu ? C'est la féminité réduite à néant.

Certaines des patientes croyaient en leurs progrès, s'imaginaient qu'elles avaient encore une chance d'avoir une vie normale. Elles parlaient avec mélancolie d'un petit ami dehors, ou d'un travail qu'elles aimeraient récupérer, comme si n'importe quel employeur les reprendrait après cela.

Il n'y a pas de vie normale.

Les traitements, sans intérêt, parfois terrifiants, avaient pour seul but de nous distraire de la situation désespérée dans laquelle nous nous trouvions.

Même alors, entouré par ces murs blancs et vierges, mon esprit vagabondait vers ces gens de l'autre côté de la mer, les fleuves que j'avais aidé à vaincre, les carcasses immolées. Si je posais mon oreille contre la peau fine de mon poignet, je pouvais entendre le vide de ces lits de rivières à sec. *Ne vous en faites pas*, disais-je sans bruit dans mes veines. *Ma mort viendra, elle aussi.*

Certaines des femmes hochaient respectueusement la tête sur mon passage. Plus d'une me demanda la permission de toucher mes doigts, mes épaules ou mes cheveux noirs et courts, comme pour transférer une certaine protection sur elles.

Sorcière, prirent-elles l'habitude de m'appeler, et il y avait de la vénération dans leurs voix, du désir, même. Elles voyaient mon silence et mon regard noir comme une sorte de pouvoir en soi. Elles étaient envieuses de la façon stoïque avec laquelle je supportais la misère de cet endroit.

Ce n'était que maintenant, encastrée dans le silence et l'ignorance, que les gens m'acceptaient telle que j'étais.

*

Depuis combien de temps étais-je ici ? Trois ans ? Cinq ? J'avais cessé de compter. J'avais appris à être pleinement dans le présent. Ce qui se passait n'avait pas d'importance. Un docteur me doigtant la chatte, grognant en regardant à l'intérieur. Une infirmière me frappant la gorge avec une règle pour me punir de mon expression sinistre. La vision d'une patiente surmédicamentée qui glissait dans le coma, puis dans la mort. Je voyais tout, observant sans juger ce miracle et cette tragédie, cette souffrance et cette beauté. Je me déplaçais lentement le long du couloir, de sorte que tout se liquéfiait et qu'il ne restait plus que le poids de mes os, le petit fantôme blanc de mon nez flottant constamment devant moi, compagnon loyal si peu apprécié, le son de ma respiration, la froideur de l'inhalation, la chaleur de l'expiration, le soutien du plancher en pin sale sous mes pantoufles, ferme et clément.

Je me réveillai un matin dans ma cellule et réalisai que l'une de mes camarades de chambre, une fille de dix-sept ans tout au plus, gisait à mes pieds. Je me redressai et caressai ses cheveux. L'aube était paisible. Mon esprit était prodigieusement calme, mon sommeil tranquille. Sans affluent, mes prophéties s'asséchaient et disparaissaient.

J'aimais les femmes ici, pour leur innocence collective.

Ma camarade de chambre gémit ce qu'ils lui avaient fait. Je la réconfortai du mieux que je pus, en la caressant et en fredonnant. Si j'avais pu lui parler, je lui aurais dit de ne pas se battre, de se recroqueviller, d'attendre et de se faire toute petite.

Lorsque le mur de la haine d'un homme s'abat sur toi, ne lutte pas. Ramollis-toi.

Flotte comme les morts.

Laisse-toi porter là où les vagues t'emmènent.

Je tentai de projeter ces mots sur mes paumes jusqu'à son crâne, et la fille devint silencieuse sous la pression de mes mains.

La porte s'ouvrit alors en grinçant, et la voix rauque d'une infirmière dit :

– Mildred Groves. Il y a quelqu'un pour vous.

La fille se mit à geindre de nouveau, affectée par mon départ, mais je portai un doigt à ses lèvres et elle se calma.

Je me levai, enfilai mon peignoir et mes pantoufles et me rendis dans le couloir faiblement éclairé. Rien ne m'appartenait, alors je laissai tout derrière moi. Je m'imaginais qu'ils allaient me transférer dans un autre endroit. Ou peut-être dans une clinique où il y aurait de nouvelles piqûres, une procédure différente. Ils aimaient faire des expériences sur nous. Cela m'indifférait. L'infirmière me fit signe de la suivre.

– Vous avez de la visite, dit-elle. Dépêchez-vous.

J'étais surprise. Je fis craquer les articulations de mes doigts. Personne ne m'avait jamais rendu visite. Je craignis que ce ne soit Beth, peut-être avec Gordon, *oh mon Dieu, pas lui, je le tuerai*, peut-être avec leur enfant. Quelques années plus tôt (deux ? trois ?), elle m'avait écrit pour me dire qu'elle était enceinte.

Après cela, les lettres avaient cessé d'arriver. Je me doutais de la raison, mais j'espérais avoir tort : Gordon lui avait montré qui il était réellement. Je me rappelais ce que le héron m'avait dit : *Un jour, il nous faut devenir ce que nous sommes.* Une fois que Gordon la posséderait pleinement, il n'aurait aucune raison de lui cacher son sadisme. Elle était à présent trop honteuse, je le craignais, ou trop tourmentée (*trop blessée ?*), pour me contacter. J'espérais qu'elle avait amassé suffisamment de force pour s'extirper de là avant que sa colère n'affecte le bébé.

Je marchais si lentement que l'infirmière se retourna pour me hurler dessus :

– Arrête de traînasser, la Muette ! J'ai pas toute la journée !

J'acquiesçai, mais je n'accélérai pas la cadence. Je pataugeais dans le ciment liquide de l'effroi.

Nous descendîmes deux volées de marches et passâmes à travers une porte verrouillée, puis parcourûmes le long couloir qui menait au foyer du bâtiment. Là, elle s'arrêta, me désigna un salon dans un coin, une pièce dans laquelle je n'étais jamais entrée.

– Vas-y, dit-elle. On t'attend là.

Elle se retourna et s'en alla, et je songeai : *sans surveillance ?* Ils ne m'avaient jamais laissée faire quoi que ce soit sans surveillance.

J'entrai dans la petite pièce.

Ce n'était pas Beth.

Ce n'est pas Gordon.

Mais j'étais choquée, malgré tout.

C'était Mère.

J'hésitai sur le seuil de la porte, examinant les cheveux clairsemés de la petite femme assise devant moi, une femme que je n'avais jamais considérée comme petite auparavant. Elle avait perdu pas mal de poids et ne m'avait pas entendue entrer. Elle se tenait convenablement, ses mains agrippées au sac en cuir verni posé sur ses genoux. Elle portait ses gants de conduite. Je pouvais distinguer ses cuisses épaisses sous sa robe simple, et la peau distendue et profondément ridée de ses bras. Je sentis l'odeur de propre du savon en copeaux qu'elle utilisait pour la lessive, et je réprimai mon envie de l'enlacer et d'enfouir mon visage dans son cou.

Je m'avançai et posai une main sur son épaule.

Elle sursauta, puis se tourna à moitié sur sa chaise. Ses yeux me virent et s'adoucirent. Elle ne fit aucun mouvement pour se lever, mais elle étendit son bras et serra fermement ma main, avec une telle force que j'en eus les larmes aux yeux. Je m'assis sur une chaise à côté d'elle et nous entrelaçâmes nos mains.

– Mildred, espèce de vilain pou, tu as une tête horrible.

Je touchai mes cheveux courts. Je ne m'étais pas regardée dans un miroir depuis des années ; ils n'autorisaient pas les miroirs dans notre aile, car les femmes se blessaient avec, mais je me vis alors telle que Mère me voyait : pâle, gonflée, les cheveux en bataille, bourrés de vermine, une bête boursouflée avec un œil enflé et injecté de sang.

Je haussai les épaules, comme pour dire, *qu'est-ce que ça peut faire ?*

– Tu as besoin d'une coupe de cheveux. Je vais voir si madame Brown a un bon rouge à lèvres pour toi. Tu aurais bien besoin d'un peu de couleur sur tes joues, aussi. Tiens, essaye de passer ça dans le nid d'oiseau qui te sert de crâne.

Elle ouvrit le fermoir de son sac à main et me tendit un peigne. Je le pris et le passai dans mes cheveux, à contrecœur, grimaçant en entendant les petits cris des mèches se rompant.

Mère me regarda, satisfaite.

– Tu auras l'air passable en un rien de temps.

Lorsque j'eus fini, je lui rendis le peigne. Elle le regarda un moment en le tenant éloigné d'elle avec son pouce et son index, puis le jeta dans une poubelle.

– Rentrons à la maison, dit-elle.

Je haussai les sourcils, horrifiée.

– J'ai déjà signé la paperasse, Mildred. J'ai demandé à récupérer tes affaires, mais ils m'ont dit que tu n'avais pas grand-chose, hormis ces chaussures.

Elle montra quelque chose sous la chaise, et elles étaient là, comme si elles m'avaient attendue toutes ces longues années, mes chaussures ordinaires, celles que j'avais achetées lors de ma dernière tentative, ratée, de vivre une vie normale à Hanford.

– Mets-les. Il est temps de partir.

Je secouai la tête. J'imitai d'un geste un crayon écrivant sur du papier, et ma mère soupira.

– Quoi encore, Mildred ? Tu ne seras donc jamais contente ?

Mais elle fouilla une nouvelle fois dans son sac à main et en sortit une enveloppe et un stylo. Elle me les tendit, et je pouvais sentir la chaleur de sa curiosité se répandre à mesure que je gribouillais. Il me fallut plusieurs minutes pour tout écrire. J'entendais le tic-tac de l'horloge sur le mur dans la petite pièce, cette pièce avec des chaises souples uniquement, et aucune surface tranchante. Ils ne nous faisaient jamais confiance.

Enfin, je finis, je me relus et lui tendis l'enveloppe d'un air suppliant.

Mère la lut, ses lèvres formant les mots dans une sorte de murmure que j'avais oublié depuis le temps que j'étais partie. Entendre ce bruit m'emplit de souvenirs, et une soudaine bouffée d'amour m'étourdit. Je m'appuyai contre son épaule tandis qu'elle lisait. Elle aussi était plus fine que dans ma mémoire. *Est-elle malade ?* L'heure sonna et l'horloge rota un petit oiseau en bois qui s'agita avec raideur, se réjouissant de sa liberté avant d'être aspiré à nouveau dans son cercueil.

Lorsque Mère eut fini de lire, elle m'écarta gentiment et se leva en grognant, maladroitement, faisant craquer ses genoux.

– Bien, dit-elle en déchirant la lettre en petits morceaux. Faut y aller.

Elle jeta un coup d'œil vers la corbeille où se trouvait le peigne, mais sembla avoir une meilleure idée et les fourra à la place dans son sac à main.

Je grimaçai. Ces petits bouts d'enveloppe étaient tous des langues blanches miniatures. Si elles se recollaient, elles formeraient l'essentiel de ma propre vérité.

Je ne pouvais plus crier de terreur. Je plissai les lèvres et durcis mon regard.

– Allez hop, c'est parti ! lança-t-elle, comme si mes mots ne valaient rien.

Elle tira sur la manche de ma robe, tentant en vain de me lever.

Je soufflai par le nez et croisai mes bras contre ma poitrine. Je n'allais pas changer d'avis pour elle, pas maintenant.

– C'est ta seule chance de partir. Cela fait des mois que je négocie pour ça. Si tu refuses, que Dieu te vienne en aide.

Que Dieu me vienne en aide, songeai-je, et je fermai les yeux.

J'entendis un froissement, le cliquetis du sac à main et des clés. J'ouvris les yeux, m'attendant à voir le bras de Mère replié en arrière, prêt à m'envoyer son sac à la figure comme une massue. Mais à mon grand étonnement, elle était par terre devant moi, agenouillée, les mains jointes en prière.

– S'il te plaît, Mildred, lève-toi. Viens avec moi. Nous voulons te ramener à la maison.

Je clignai des yeux en la regardant, secouée, embarrassée. Je n'avais jamais imaginé auparavant ma mère dans cette position, m'implorant sincèrement. Ce devait être un imposteur, un loup portant un costume, peut-être même Gordon déguisé. Je passai une main sur mon visage.

– Peu importe ce que cette lettre était, Mildred, une confession, des excuses, un pet d'encre, oublie cela. Il faut que tu viennes avec moi, maintenant.

Je me pointai du doigt en écarquillant les yeux pour accentuer mon geste, et j'articulai avec insistance les syllabes *MEUR. TRI. ÈRE.*

Je voulais qu'elle prenne pleinement conscience de ce qu'elle voulait, de qui était la personne qu'elle voulait emmener chez elle à Omak.

Elle leva les bras en signe de frustration.

– Toutes les mères sont des meurtrières, si on y réfléchit bien. Pour l'amour de Lucifer, lève-toi, abrutie. On rentre à la maison.

Je me mis debout, gigantesque, encombrante, alourdie par mes longues années de deuil, et elle m'entraîna en boitillant hors de cette petite pièce, mes bonnes chaussures sous son bras.

Nous passâmes devant le bureau de l'accueil, avec son infirmière à la mine renfrognée et au visage longiligne, et son étrange statuette d'une fille embrassant un satyre. La lumière matinale passait à travers les fenêtres du foyer tournées vers l'est, et l'effet était plaisant, mais écrasant.

Lorsque l'un des aides-soignants tenta d'aider Mère avec la porte, il toucha le bas de son dos comme pour l'aider à avancer, et elle lui aboya dessus :

– Bas les pattes, mon gars. On est des meurtrières. Tu n'aimerais pas t'embrouiller avec nous.

Il eut un rire gêné et s'éloigna promptement.

La voiture de Walter attendait sur la longue allée circulaire, moteur allumé, et, bien sûr, Martha était au volant. Elle m'adressa un signe nonchalant de la main, comme si je revenais simplement d'un rendez-vous chez le coiffeur.

– Vous en avez mis du temps, lâcha-t-elle quand Mère ouvrit la portière passager.

Je levai une main pour la saluer et articulai avec difficulté, *Salut Marthie.* Elle avait pris du poids, était plus belle et avait l'air plus calme que dans mes souvenirs. C'était un soulagement de la voir. Mes yeux s'embuèrent sous le coup de l'émotion.

– Assieds-toi là, devant, me dit Mère.

Je l'ignorai et ouvris la portière arrière d'un coup sec.

– Comme tu veux, tête de moineau, soupira-t-elle.

Je pouvais deviner au son de sa voix qu'elle était reconnaissante d'avoir le meilleur siège. Elle pensait peut-être même que je le lui avais laissé par gentillesse, par sens du devoir filial, et cela m'allait.

Mais j'avais réellement envie de m'installer à l'arrière. De là, je pouvais voir le monde tourner autour de nous, je pouvais assister à tout ce qui allait suivre, la verdure suffocante de l'ouest de l'État de Washington, les chutes d'eau étiolées qui striaient les Cascade Mountains, les premières prairies, les poings musclés et brunis du canyon, le serpent gris et indifférent du fleuve Columbia, la steppe à armoises desséchée et sans couleur, la pente vers la vallée de ma ville natale, avec ses maisons formant des carrés bien nets et ses couchers de soleil de la couleur de la honte. Je pouvais regarder et regarder et regarder sans qu'aucune vision ne se déroule, rien de plus que le paysage, et le futur aussi mystérieux que la signification de tout cela.

Depuis la banquette arrière, je pouvais regarder, en silence, sans terreur ni jugement.

Je pouvais regarder sans que personne ne me regarde.

Références

« Voices of the Manhattan Project », http://manhattanprojectvoices.org/.

« Daughters of Hanford », http://www.daughtersofhanford.org/.

« Native Americans Begin "Ceremony of Tears" for Kettle Falls on June 14, 1940 », par Cassandra Tate, www.HistoryLink.org, Essay 7276.

« Mourning Dove (Christine Quintasket) (ca. 1884-1936) », par Jack et Claire Nisbet, le 8 juillet 2010, www.HistoryLink.org, Essay 9512.

Hiroshima, par John Hersey, initialement publié en 1946, disponible à la lecture sur le site Internet du *New Yorker*.

« Exhibit Chronicles Hard Life for Blacks at WWII Hanford », par Annette Cary, publié dans le *Tri-City Herald*, le 27 février 2016.

« C'est une bombe atomique. C'est une exploitation de la puissance fondamentale de l'univers. La force dont le soleil puise son énergie a été lâchée contre ceux qui ont apporté la guerre en

Extrême-Orient. » Déclaration du président Harry S. Truman annonçant l'usage de la bombe atomique, le 6 août 1945.

Atomic Frontier Days, par John M. Findlay et Bruce W. Hevly (University of Washington Press, 2011).

« The Night the "Little Demons" Were Born », article du *Spokesman Review*, le 28 juillet 1985, écrit par Karen Dorn Steele, journaliste d'investigation environnementale ayant percé à jour les secrets de l'impact nocif de Hanford sur l'environnement de la région.

Remerciements

Pour l'écriture de ce sombre récit, je suis reconnaissante des corrections minutieuses, excellentes et nécessaires de mon agente, Julie Stevenson, de mon éditrice à Henry Holt, Caroline Zancan, et de mon mari Simeon Mills, infiniment perspicace et d'un soutien sans faille. Merci à l'incroyable équipe de Holt, notamment Kerry Cullen, Austin Price, Declan Taintor, et la conceptrice graphique Meryl Sussman Levavi. Je tiens également à remercier Elizabeth Conway, Kris Dinnison, Lisa Heyamoto, Aileen Luppert, Ed Reese, Greg Reese, Gayle Terry, Karen Dorn Steele, J. Robert Lennon, Megan Fadeley, Andrew Gerhardt, Shann Ray, Sarah Ruppert, Kevin Taylor, John Smelcer, Mpho Tlali, John Paul Shields, Alexis M. Smith, Colin Sorenson, Sandra Patricia Cano, Rob & Kisha Schlegel, Jeremy N. Smith, Crissie McMullan, Lisa Stisser, Astrid Vidalón, Jess Walter, Ellen Welcker, Ryan et Kim Yahne, Maya Jewell Zeller, mes grand-mères Itha Anderson et Jessie Shields, et mes parents, plus particulièrement ma mère, qui ont tous, d'une façon ou d'une autre, été une source d'inspiration et d'encouragement pour la forme et le contenu de ce roman. Merci, aussi, à mes amis, ma famille, mon groupe d'écriture ici à Spokane et à mes collègues du District des bibliothèques du comté de Spokane, tous des humains pleins de compassion.

Et à mes enfants, Henry et Louise : je vous aime. Vous (tous les enfants) méritez un monde magnifique.

Cet ouvrage a été achevé d'imprimer sur Roto-Page
pour le compte des éditions Aux forges de Vulcain
par l'Imprimerie Floch, à Mayenne,
en avril 2025

Imprimé en France
Dépôt légal : mai 2025
N° d'édition : 195 - N° d'impression : 106838